박민형 장편소설

어 머 니

박민형 장편소설

어머니

예서

얘야, 네 부모가 나이 들었을 때 잘 보살피고,
그들이 살아 있는 동안 슬프게 하지 마라.

—〈집회서〉 3장 12절 인용—

차례

1. 가장 사랑하는 것이 최대의 적이다

연일 이어지는 폭염이다. 지독한 더위는 잠시도 수그러들 기미가 보이지 않는다. 내리쬐는 햇볕은 강렬하다. 눈이 부셔서 뜰 수가 없다. 하늘에서 지상을 향해 조명탄을 마구 쏘아대는 것 같다. 유별난 날씨는 골목길이라고 해서 다르지 않다. 골목을 지나다니는 사람들의 어깨는 축 쳐져 있다. 걸음걸이는 무척 무거워 보인다. 더위에 지쳐 있는 모습이 역력했다.

손을 놓고 가만히 앉아 있어도 땀이 흐른다. 비를 맞은 것처럼 땀으로 옷이 젖어 드는, 그런 날씨인데도 불구하고 골목길 한 쪽에는 많은 사람들이 손차양을 한 채 서 있었다.

지나가던 초로의 남자가 무리지어 있는 사람들과 폴리스 라인이 쳐진 것을 보며 고개를 갸웃거린다. 걸음을 멈춘다.

초로의 남자는 둘러 서 있는 사람들 틈을 비집고 끼어든다. 그리고는 사람들이 뚫어져라 쳐다보고 있는 시선을 따라간다. 그들의 시선은 하나같이 '보금자리 고시텔'이라고 쓰인 건물의 출입문을 바라다보고 있다.

골목길은 발 디딜 틈이 없다. 시간이 흐를수록 구경꾼들의 숫자는 더욱 늘어난다. 경찰들은 구경꾼들이 폴리스 라인이 쳐진 곳으로 가까이 오는 것을 통제하느라 바쁘게 움직인다. 골목 안은 경찰들과 둘러 서 있는 사람들로 해서 명절을 앞둔 시장통처럼 북새통을 이루고 있다.

드디어 고시텔의 출입문이 열린다. 흰 가운과 마스크를 착용한 남자들의 모습이 보인다. 그들은 들것을 든 채 걸어 나온다. 들것에는 한 구의 시신이 누워 있다. 푸르스름한 천에 싸인 채 들것에 실려 나오는 시신은 고시텔에서 홀로 죽음을 맞이한 노인이다. 노인의 시신이 발견된 것은 며칠 만이다. 유서는 발견되지 않았다고 했다.

노인의 시신이 세상 밖으로 나올 수 있었던 것은 악취 때문이다. 꼭 생선 썩는 냄새처럼 지독했다고 했다. 냄새의 진원지를 찾다가 노인의 방문을 열었을 때, 노인은 방 한가운데에 개구리처럼 납작 엎드린 채 숨져 있었다고 했다. 노인과 한 고시텔에서 살고 있는 염씨는 소주를 사러 편의점에 와서는, 노인의 방문을 열게 된 경위를 설명해 주며 한숨을 쉰다. 땅이 꺼져라 한숨을 쉬던 염씨는 노인의 이야기를 이어 나간다. 노인은 자식들의 냉대를 견디다 못해 고시텔로 오게 되었다. 갖고 있던 재산을 자식들에게 미리 증여한 것이 화근이었다. 노인이 고시텔에서 2년 넘게 지내는 동안 노인의 가족이 찾아오는 것을 염씨는 한 번도 보지 못했다. 노인의 과거에 얽힌 이야기를 하며 생전의 모습을 떠올리던 염씨는 그래서 자식들한테 미리 재산을 증여하는 게 아니라고 목소리를 높인다. 자식을 믿은 노인의 잘못도 크다고 혀를 차던 염씨는 노인이 이승에서의 고달팠던 기억은 모두 잊어버리고, 부디 좋은 곳으로 떠나기를 바라는 마음으로 소주나 한 잔 올려 드려야겠다며 출입문을 밀친다.

염씨가 문 밖으로 사라지자, 효심은 컴퓨터 한쪽에 붙여 놓았던 영수증을 뗀다. 홀로 죽음을 맞이한 노인은 한 번도 외상으로 물건을 달라고 한 적이 없었다. 노인이 '6,700원'이라는 금액을 미수로 남긴 건 처음 있는 일이었다. 아무리 단골 고객이라고 해도 절대 외상을 주어서는 안 된다. 그것이 편의점의 규칙이다. 그러나 규칙을 지키는 일이 쉬운 일은 아니다. 매일이거나 아니면 하루에도 몇 번씩 마주하게 되는 얼굴들이다. 그렇게 안면이 익은 이웃들에게 외상으로 물건을 줄 수 없다고 거절하기란 결코 쉽지 않다.

노인이 외상으로 물건을 가져 간 것은 5일 전이다. 평소와 다를 게 없는 얼굴로 편의점에 들른 노인은 외상으로 물건을 가져 갈 수 있겠느냐고 미리 양해를 구했다. 노인은 자식들한테서 생활비가 들어오면 바로 갚겠다고 했다. 물건을 골라 와서는 계산을 할 때 외상으로 달라고 떼쓰는 사람들도 간혹 있었다. 하지만 노인은 처음부터 돈이 없다는 것을 밝혔다. 노인의 말에 효심은 그렇게 하시라고 승낙했다.

노인이 외상으로 구입하기 위해 가져 온 것은 컵라면과 빵, 우유, 계란 등등이었고, 소주도 한 병 들어 있었다. 물건 값은 '6,700원'이었다. 효심은 노인이 골라 온 물건을 비닐봉지에 담아 노인의 손에 들려주었다. 노인은 "고마워요. 정말 고마워요. 외상값은 약속한 날에 꼭 갖다 드릴 테니 걱정 말아요. 고마워요" 하며 출입문을 밀치고 나갔다. 노인이 편의점에서 나가자, 효심은 지갑을 열었다. 노인이 외상으로 가져 간 물건 값을 채워 놓기 위해서였다. 노인 대신 6,700원을 지불한 효심은 영수증을 컴퓨터 뒷면에 붙여 놓았었다. 그리고 바로 오늘이다. 노인이 외상으로 가져 간 물건 값을 갚겠다고 약속한 날이. 어쩌면 노인이 효심에게서 외상으로 가져 간 식품들이 노인에게는 이승에서의 마지막 만찬이 되었을지도 모를 일이다.

효심은 떼어낸 영수증을 물끄러미 들여다본다. 노인이 이 세상에 남긴 마지막 유품 같았기 때문이다. 영수증에서 시선을 떼지 못하던 효심은 다시 유리문 밖으로 시선을 보낸다. 어둠 속에서 빛나는 짐승의 안광처럼 깜박거리던 구급차의 뒤쪽 문이 열린다. 노인의 시신이 구급차 안으로 밀어 넣어진다. 동시에 문이 닫힌다. 홀로 죽음을 맞이한 노인을 위한 어떤 의식도 없다. 짐짝처럼 구급차에 태워진 노인은 이제 이 골목에서 영원히 작별을 하는 것이다. 노인을 태운 구급차는 사이렌 소리를 요란하게 내며 골목을 빠져나가고 있었다. 노인을 위해 눈물을 흘리는 가족도 없다. 지인이나 친구도 없다. 마지막 가는 길을 배웅하는 사람은 단 한 사람도 없다. 뜨거운 햇볕을 머리에 인 채 서 있는 구경꾼들이, 노인의 마지막 길을 배웅하는 유일한 사람들이다. 구급차가 떠나자, 구경꾼들은 아무 일도 없었다는 듯 제 각각 흩어지고 있었다. 염씨만이 소주병을 든 채 앉아 있을 뿐이다. 작열하는 햇살이 염씨의 어깨를 짓누르고 있는 것처럼 꼼짝하지 않던 염씨가 일어난다. 그리고는 노인을 태운 구급차가 떠난 자리에 천천히 소주를 흩뿌린다.

　자동차 경적 소리가 좁은 골목으로 울려 퍼진다. 자동차 한 대가 겨우 비켜 나갈 수 있는 골목길은, 노인의 시신을 싣기 위해 서 있던 구급차로 인해 주차장처럼 변해 있었다. 더구나 이 골목길은 음식점과 주점들이 유독 많다. 주점이나 음식점에 물건을 내리느라 차량들이 수시로 드나든다. 그러다 보니 경적 소리가 끊이지 않는 골목이기도 했다. 행인들은 손차양을 한 채 문이 열려 있는 주점 안을 흘깃거리며 지나간다. 방금 전까지만 해도 홀로 죽음을 맞이한 노인의 주검을 구경하느라 여념이 없던 사람들이다. 통 유리창으로 되어 있는 주점은 문이 닫혀 있을 때나 열려 있을 때나 보여지는 내부의 풍경은 별로 다를 게 없었다. 의자 서너 개와 벽에 붙어 있는 선풍기, 칸칸으로 되어 있는 사물함이 비치되어 있다. 사물함 위로는 일회용 커피 박스와 종이컵 등등의 잡다한 물건들이 보였다. 그런데도 지나가는 행인들은 문이 열려 있는 주점 안을 기웃거리고 있었다.

양손에 비닐봉지를 든 중년의 여자가 편의점 쪽으로 걸어오고 있다. 오리걸음으로 뒤뚱뒤뚱거리며 걸어온 여자는 파라솔 아래에 놓여 있는 의자에 엉덩이를 붙이며 앉는다. 고시텔의 출입 문 쪽에 바투 서 있다가 그곳을 통제하던 경찰에게 제지를 받던 여자이다.

편의점 문에 매달려 있는 종소리가 딸랑거린다. 유리문 밖을 내다보던 효심은 젊은 남녀가 들어오자 "어서 오세요" 하며 고개를 돌린다.

"와, 진짜 시원하다. 여기가 천국이다, 그치?"

"응. 정말, 시원하다. 어휴 무슨 날씨가 이렇게 더운지. 세상 전체가 찜질방인 것 같아."

남자의 말에 여자가 벌게진 얼굴을 두 손으로 톡톡 두드리며 대꾸했다. 남자가 담배 진열대를 가리킨다.

"저기에 있는 진달래 한 갑 주세요."

"진달래는 무슨. 폐암 주세요, 해야지?"

"아, 알았어."

"제발 담배 좀 끊어. 끊는다고 했잖아."

"이것만 피우고 안 피울게."

"어제도 그 소리 했거든. 4,500원이면 하루 반찬값이다."

"누가 아니래. 결국 서민들 주머니를 털어서 세금 거둬들이는 꼴인데. 그걸 알면서도 담배를 피우고 있으니……."

"그러니까 끊어. 난 음료수나 하나 마실래."

남자에게 담배를 끊으라고 통박을 주던 여자가 냉장고 쪽으로 걸어가고 있었다.

효심은 남자가 지명한 담배를 꺼내 놓는다. 담배 갑을 들여다보던 남자가 "이 담배 말고요. 저기에 있는 진달래 담배요" 하며 종류별로 담배를 꽂아 놓은 진열대를 다시 가리켰다.

"죄, 죄송합니다. 제가 잘못 알아들었어요."

"그럴 수도 있죠, 뭐. 담배 종류가 워낙 많잖아요."

"고마워요. 이해 해 주셔서."

효심은 젊은 남자를 향해 사과했다. 그리고는 젊은 남자가 말한 진달래 담배를 꺼내 든다. 이런 일은 극히 드문 일이다. 아무래도 오늘 아침 다용도실에 갇혔던 일의 여파 때문인 듯했다. 아니 홀로 죽음을 맞이한 노인의 시신이 들것에 실려 나오는 것을 본 탓인지도 몰랐다. 공중에 떠 있는 풍선처럼 자꾸만 허둥거려진다.

계산을 마친 남녀가 출입문을 밀고 있었다.

"감사합니다. 안녕히 가세요."

효심의 인사에 젊은 남자가 고개를 돌리며 "네, 고생 하십시오" 하고 인사를 건넨다. 남녀가 사라지자 효심은 다시 유리창 밖을 향해 고개를 돌린다. 파라솔 의자에는 여자가 여전히 앉아 무언가를 먹고 있었고, 테이블 위에는 음료수통 등등이 어지럽게 놓여 있다. 만약 편의점 주인인 숙희가 지금 이 자리에서 여자의 모습을 보았다면, 벌써 달려 나가고도 남았을 것이다. 그리고는 "가실 때 쓰레기는 꼭 치워 주세요"라고 분명한 어조로 한 마디 했을 것이다. 숙희가 제일 싫어하는 손님들이 바로 저 여자처럼, 다른 곳에서 간식거리를 사 들고 와서는, 파라솔 밑에서 자리를 차지하고 앉아 있는 사람들이다. 그런 데다가 대부분의 사람들은 먹고 난 쓰레기를 테이블 위에 그냥 놓고 가 버렸다. 그래서 수시로 나가 파라솔 주변을 쓸고, 테이블 위를 닦아야 했다. 더구나 요즘 같은 여름철에는 더욱 심했다. 조금만 청소를 게을리 하면 비벼 끈 담배꽁초와 빈 담뱃갑, 음료수병과 일회용 컵, 햄버거 포장지, 빈 도시락 케이스 등등이 쌓여 갔다. 지나가는 행인들까지 그곳에다가 쓰레기를 던져 놓곤 했다. 그 바람에 파라솔 주변은 마치 쓰레기를 모아 두는 하치장처럼 변해 갔다.

편의점은 오피스텔과 고시텔, 여인숙, 여관, 모텔, 유흥업소가 즐비한 골목에 위치해 있다. 길 건너편에는 재래식시장과 지하철역을 두고 형성되어 있는 골목 안의 건물들은 지하철역과 가까운 탓인지 고시텔이 많다. 그뿐만이 아니다. 여인숙과

여관, 모텔의 출입문에는 '장기 방 있음', '월 방 있음'이라는 문구가 항상 붙어 있었다. 그만큼 숙박업소가 많은 골목이기도 했다. 주변의 환경 탓인지는 몰라도 담배와 술, 데우기만 하면 먹을 수 있는 지어진 밥과 물만 부으면 먹을 수 있는 컵라면, 도시락, 삼각 김밥, 국 종류가 매상의 절반을 차지한다고 해도 과언이 아니다. 그런 편의점이 북적거리기 시작한 건 서너 달 전이다. 골목 입구에 있는 오래 된 건물을 리모델링하는 공사가 시작되고서부터다. 안전모 착용에 작업화를 신은 인부들로 골목 안이 북적거렸다. 편의점의 매상은 평소보다 더욱 늘어났다. 음료수와 생수, 우유, 빵 등등의 간식거리가 동이 날 지경이다. 그 밖에도 잡다한 것들을 찾는 낯선 손님이 부쩍 많아졌다.

효심은 퍼뜩 냉장고 쪽으로 걸어간다. 음료수를 채워 놓아야 하기 때문이다. 냉장고에 빠진 음료수를 채워 놓는다는 것이 그만, 노인의 일 때문에 잊고 있었다. 그런데다가 오늘 아침 다용도실에 갇혔던 일이 자꾸만 노인의 일에 오버랩 되었다. 푸르스름한 천에 덮인 채 들것에 실려 나오던 노인의 시신을 보는 순간 효심은 고독사(孤獨死)란 비단 노인의 문제만이 아닐 것이라는 생각이 들었었다. 혼자 사는 사람들이라면 누구에게나 찾아 올 수 있는 일이다. 점점 혼자 사는 일인 가족이 늘어나는 추세라고 했다. 혼자 밥 먹고 혼자 잠을 자고 혼자 일어나고 혼자 차를 마시는 일이 결코 바람직한 일은 아닐 것이다. 두 시간 넘게 다용도실에 갇혀 있었던 것도 혼자 지내기 때문에 일어난 일이다. 가족이 단 한 사람이라도 곁에 있었다면 다용도실에서 두 시간 동안이나 갇혀 있지는 않았을 것이다. 혼자라는 것은 항상 예기치 못한 상황과 맞물려 있는 것인지도 모른다. 그 생각을 하자 다시 다용도실 안에 갇힌 것처럼 두려움이 몰려온다. 한기가 느껴진다. 부르르 진저리를 치던 효심은 출입문 쪽으로 시선을 보낸다. 출입문에 매달려 있는 종소리가 들린 것 같아서다. 아니나 다를까. 오후 근무를 하는 미스 정이 들어서고 있었다. 효심은 "나, 여기 있어" 하고 외치며 손을 흔든다.

"제가 할 게요. 얼른 나오세요."

"다 했어. 빨리 시원해지라고. 공사장에서 일하시는 분들이 음료수를 엄청 사가시네."

"어제도 그랬어요."

"그랬어. 학원에서 바로 오는 거야?"

"네."

"재밌어? 커피 만드는 일이? 맞나? 내 물음이? 이상하다 커피 만드는 일이라고 하니까."

효심의 말에 미스 정이 배시시 웃으며 대답한다.

"네, 즐거워요."

"그래, 즐거우면 되는 거야. 얼른 인수인계부터 하자. 약속 있어서."

"네."

미스 정이 판매한 물건 값과 돈이 맞는지를 확인하기 위해 정산하는 것을 보며 효심은 소지품을 챙긴다. 그리고는 벽에 걸려 있는 시계에 시선을 보낸다. 숙희를 만나기로 한 탓이다.

"어, 마이너스 18,000원이 뜨는데요?"

미스 정이 고개를 갸웃 하며 말하자, 효심은 미스 정에게서 프린트된 용지를 받아든다. 미스 정의 말대로 프린트된 용지에는 '18,000원'이 부족하다고 표시되어 있다. 미스 정에게 다시 한 번 계산을 맞춰 보자고 한 효심은 미스 정과 함께 세밀하게 돈을 셌다. 십 원짜리 하나도 틀리지 않는다. 역시 18,000원이 모자란다. 도대체 어디서 잘못된 것일까. 효심은 18,000원이라는 액수를 채워 놓아야 될지도 모른다는 생각을 하며 곰곰이 지난 시간을 떠올려 본다. 아주 가끔 몇 백 원에서 몇 천 원은 모자랄 때가 있었다. 이렇게 큰 액수는 나온 적은 없다. 처음 있는 일이다. 오늘은 여러 가지가 참 이상한 날이다. 효심은 지갑을 연다. 돈을 꺼내 미스 정에게 내민다.

"어떡해요?"

미스 정은 효심에게서 돈을 받아 들며 울 듯한 표정을 짓는다.

"뭘 어떡해. 할 수 없지. 혹시 나오면 다시 받음 되잖아"

효심은 미스 정에게 말은 그렇게 했지만 쓸쓸한 마음은 털어지지 않는다. 멀쩡히 앉아서 사기를 당한 것 같은 기분이다. 그 기분을 털어내듯 효심은 말 머리를 돌린다.

“빨리 나가봐야겠다. 요 앞에서 정 사장을 만나기로 했거든.”

“사장님을요?”

“응.”

“사장님은 이 앞까지 오셔서도 가게에 들르시지 않으시네요?”

“글쎄. 음……. 일하는 우리들이 불편할까 봐서, 그러는 거 아닐까?”

효심의 말에 미스 정이 또 배시시 웃고 있다.

“그럼 수고 해.”

“네. 안녕히 가세요. 월요일 날 뵐 게요.”

출입문을 밀치고 나오는 효심의 등 뒤로 미스 정의 목소리가 따라 붙고 있었다.

편의점에서 나온 효심은 문득 걸음을 멈춘다. 코를 찌르는 니코틴 냄새 때문이다. 골목 한 쪽에서는 사람들이 무리지어 담배를 피우고 있다. 그들은 하나같이 한 손에 들려진 휴대폰에서 시선을 떼지 못한 채 연달아 담배연기를 품어 대고 있었다. 서둘러 골목을 빠져나온 효심은 숙희의 모습을 찾기 위해 두리번거린다.

“효심아!”

숙희의 목소리이다. 효심은 숙희의 목소리가 들리는 쪽을 향해 고개를 돌린다. 숙희가 활짝 웃으며 손을 흔들고 있다.

"많이 기다렸지?"

효심은 숙희의 손을 잡으며 묻는다.

"뭐, 10분 정도야……. 혹시 미스 정이 늦게 나왔니?"

"아니."

숙희의 물음에 효심이 정색을 하며 대꾸했다. 미스 정이 늦게 나왔다고 해도 발설할 효심이 아니다. 숙희는 효심의 성격을 누구보다 잘 알고 있었다. 알면서도 괜한 걸 물어봤다는 생각에 숙희는 열 쩍은 웃음을 짓는다.

"잘 지냈지?"

숙희가 묻자, 효심은 고개를 끄덕이며 웃는다. 숙희와는 매일 통화를 하는 편이다. 편의점의 일 때문에라도 하루가 멀다하고 통화를 하는 일이 생겼다. 하지만 숙희의 얼굴을 보는 건 한참 만이다. 숙희는 여전했다. 힘 있는 말투와 힘 있게 내딛는 걸음걸이…… 자신감이 넘쳐 보인다.

"넌?"

효심의 물음에 숙희가 양손을 펼쳐 제스처를 쓰며 대답했다.

"나야 뭐, 아주 잘 지냈지."

"그래 보인다."

효심이 목덜미를 누르며 대답하자, 숙희가 고개를 갸웃하며 묻는다.

"…너, 어디 아프니?"

"아니. 내가 그래 보여?"

"응. 피곤 해 보이는 것도 같고. 지쳐 보이는 것도 같고."

효심은 숙희의 말에 "안 피곤한데" 하며 얼굴을 매만진다.

숙희는 효심이 아니라고 잡아뗐지만, 효심을 찬찬히 훑어본다. 어딘지 모르게 지쳐 보인다. 눈꺼풀이 움푹 패여 있다. 그래서인지 또 하나의 눈꺼풀을 만들어 놓고 있다. 날밤을 꼬박 새우고 난 사람처럼, 눈 밑에 짙은 음영도 드리워져 있다. 8시간을 편의점에서 일한다는 것이 쉬운 일은 아닐 것이다. 한창 때의 나이도 아니다. 환갑도 훨씬 지난 나이다. 체력이 아무리 좋다고 해도 일이 끝나는 시간쯤 되면 지치게 마련일 것이다. 숙희도 그랬다. 편의점의 일이 끝나면 빨리 집에 가서 쉬고 싶은 생각이 들 뿐이었다. 아무런 생각도 들지 않았다. 효심 또한 그럴 것이라고 숙희는 생각했다. 효심과는 초등학교부터 시작해 중학교와 여고까지 함께 다녔다. 여고 3학년 때는 한 책상을 쓴 짝꿍이기도 했다. 결혼해서도 사는 동네가 가까웠다. 그러다 보니 친동기간보다 더 각별한 사이가 됐다.

"근데 왜 저녁을 산다는 거야?"

효심이 숙희 곁으로 바싹 붙어서며 묻고는 숙희를 올려다본다.

"아… 사실은 공돈이 생겼거든."

"공돈?"

"응."

숙희는 머리를 세차게 끄덕이며 대답했다.

"무슨 공돈인데?"

"배고프지? 일단 뭐 좀 먹자. 먹으면서 이야기해 줄게. 뭐 먹을까? 시원한 냉면 먹을까? 물냉면?"

순간 효심은 진저리를 치듯 몸을 떤다. '물냉면'이라는 소리에 냉장고 안에 들어가 있는 것처럼 뼈 속까지 냉기가 훑고 지나가는 것 같아서다. 실온을 유지해야 하는 편의점은 24시간 동안 에어컨을 켜 놓은 것처럼 공기가 항상 싸늘하다. 효심은 실내온도 때문에 고욕이다. 목에 수건을 두르고 긴 팔을 입고 일을 해도 별 차이가 없었다. 더구나 냉장고 안에 음료수나 그 밖의 것들을 진열할 때는 고충이 이만 저만이 아니다. 무척 날이 더운 요즈음에도 시원한 음식보다는 김이 무럭무럭 나는 찌개 종류가 더 생각나는 것도 하루 종일 찬바람에 노출되어 있어서인지도 모른다.

"칼국수 어때?"

시청 쪽으로 걸음을 옮기다가 효심은 '손칼국수'라고 쓰여진 입간판을 보며 숙희에게 묻는다.

"좋아."

숙희의 혼쾌한 대답에 두 사람은 칼국수집 안으로 들어선다. 칼국수 집은 더운 날인데도 테이블마다 손님들이 앉아 있었다. 비어 있는 자리를 찾아 의자에 앉으며 효심이 궁금한 낯빛으로 숙희에게 묻는다.

"무슨 공돈이 생겼는데?"

"시어머니가 용돈을 주셨어."

"정말? 얼마를?"

"삼만 원. 건강검진을 받으셨는데, 나쁜 곳이 별로 없으셔. 혈압, 당뇨, 고지혈증. 하나쯤은 나쁘게 나올 수도 있잖아. 근데 다 좋으시데. 나는 혈압은 약을 먹어야 되고 나머지는 전부 경계에 있는데 말이야. 아흔이 코앞인 시어머니가 건강검진이 잘 나온 기쁨을 누리자며 삼만 원을 주신 거야. 돼지고기를 사다가 당신도 보쌈 해서 드실 거라면서, 나더러도 남편하고 같이 그렇게 해 먹으라고."

효심은 숙희의 말에 고개를 끄덕이며 웃는다.

숙희의 시어머니는 상당한 재산을 소유하고 있는 재력가다. 한 번 주머니에 들어간 돈은 여간해서는 나오는 법이 없다는 숙희의 시어머니가 삼만 원을 며느리에게 주었다는 건 대단한 일이다.

"좋겠다. 용돈 주는 시어머니가 있어서……."

효심은 숙희에게 진심어린 말투로 말했다.

"좋지. 절대 자식들한테 폐 안 끼치고. 당신이 당신 앞가림 다 하시고. 우리 어머니 같은 시어머니만 계시면 지구 자체에 고부갈등은 없을 걸. 참 상길이는 요즘 어때?"

"그렇지 뭐."

"얼른 자리를 잡아야 할 텐데……."

숙희의 말에 효심의 얼굴이 순간 어두워진다. 숙희는 효심의 낯빛을 보며 얼른 화제를 돌린다.

"미스 정은 잘 하고 있는 거야?"

"잘 하지. 근데 왜?"

효심은 숙희의 얼굴을 외면하며 되물었다. 중국 사람들은 믿을 수가 없다며 미스 정의 채용을 놓고 고심하던 숙희의 모습이 떠올랐기 때문이었다. 아르바이트생을 뽑기 위해 면접을 본 효심은 그래도 편의점 주인이 봐야 되지 않겠느냐고 물으면, 숙희는 항상 알아서 하라고 했다. 그래 놓고는 막상 아르바이트생을 뽑아 놓으면, 숙희는 아르바이트생들에게 이것저것 캐물었다. 숙희의 태도가 못마땅했다. 이해가 안 되었다. 숙희의 속내가 알고 있었던 것과는 다른 것도 같았다. 낯설었다. 하지만 효심은 숙희의 그런 면이 사업하는 사람들의 근성일지도 모른다고 숙희를 이해했었다.

"그냥 물어봤어."

"누가 편의점 주인 아니랄까 봐서……."

효심은 숙희의 대답에 응수하며 눈을 흘긴다. 효심이 눈을 흘기는 것을 보며 숙희가 손사래를 친다.

"알았어. 내가 너한테나 물어보지 누구한테 물어보겠어. 여기 편의점은 네가 있어서 내가 한결 수월해. 근데 저쪽은 아르바이트생들이 들락거려서 아주 골치다. 어느 장사든 사람 때문에 속 썩는 건 다 마찬가지인가 봐. 음식점 할 때는 조리장 같고 그러더니.”

“그래도 음식점보다는 사람 구하는 게 났지 않아?”

“그렇지.”

효심의 물음에 물을 마시며 대답을 하던 숙희가 사래가 들렸는지 ‘켁,켁’거린다. 효심은 얼른 냅킨을 뽑아 숙희에게 내민다. 숙희는 효심이 건넨 냅킨으로 입 주변을 닦으며 말을 잇는다.

“낫기만 한 정도가 아니지. 일단 기술을 요하는 게 없으니까. 아무나 일을 맡겨도 되고. 대신 아르바이트는 어떤 사명감 같은 건 또 없잖아. 말 그대로 아르바이트야. 언제든 그만둔다는 생각 때문인지는 몰라도. 여기 편의점엔 별일 없지?”

“…없어.”

효심이 힘없는 목소리로 대답하자, 숙희가 눈매에 힘을 주며 묻는다.

“아무 일도 없는데 왜 이렇게 힘이 하나도 없어 보이니?”

“내가 그래 보여?”

“그렇다니까.”

“사실은… 우리 가게 앞에 있는 보금자리 고시텔 있지?”

“응. 왜?”

“고독사한 노인이 며칠 만에 오늘 발견 되었어.”

“뭐, 정말?”

놀라며 묻는 숙희에게 효심은 대답 대신 고개를 끄덕거린다.

"그런 일이 있었단 말이야."

"우리 편의점에도 자주 들리시던 분이라 그런지 심란하네. 남의 일 같지도 않고."

"… 켁, 켁. 남의 일 같지 않다니? 무슨 그런 말을 해."

"나도 모르겠어. 괜히 그런 생각이 들어. 혼자 지내는 사람한 테는 그럴 수도 있는 거고."

무슨 말인가 더 하려던 효심은 입을 다문다. 자세를 고쳐 앉으며 이마를 쓸던 효심은 얕은 한숨을 내쉰다. 말꼬리를 흐 리는 효심을 보며 숙희가 다시 묻는다.

"그나저나 넌 별일 없는 거지? … 켁, 켁. 요즘 네 얼굴 본 지가 한참이어서 시어머니가 준 용돈을 핑계로 보자고 한 거 야. 우리 남편하고 보쌈 해 먹어야, 남편 배만 더 나오게 하는 거고. 근데 너 정말 엄청 피곤해 보여. 켁, 켁… 켁. 무슨 일 있는 거 아냐?"

숙희는 여전히 '켁,켁'거린다. 가슴을 손바닥으로 톡톡 두드 리던 숙희는 근심어린 얼굴로 효심을 바라본다.

"… 아니, 없어. 진짜 내가 그렇게 보여?"

"그래. 켁,켁. 아휴, 짜증나."

숙희는 가슴을 두드리며 이맛살을 잔뜩 찌푸렸다. 사래가 단단히 들린 모양이다. 효심이 숙희의 모습을 바라보며 중얼 거린다.

"… 다용도실에 갇혀 있었던 일 때문에 그런가."

"다용도실에 갇혀? 왜?"

눈을 크게 뜨며 의자를 바투 끌어당기는 숙희는 더 이상 '켁,켁'거리지 않는다. 사래가 멈추었는지 어느 새 기침이 멈춰 있다.

효심은 편의점에 출근하기 전에 빨래를 시작했다. 빨래가 다 된 것 같다. 세탁기에서 '삐,삐'거리는 소리가 들린다. 효심은 세탁 된 빨래를 건조대에 널기 위해 다용도실로 들어선다. 다용도실 문을 열자, 슬리퍼가 문틈에 끼어 있어 문이 잘 닫히지 않는다. 효심은 슬리퍼를 빼느라 문을 밀었다. 문을 민 것이 화근이다. 문이 닫히면서 그대로 잠겨 벼렸기 때문이다. 도난 방지창이 문제였다. 다용도실 안에서는 절대 문을 열 수 없다. 잠금장치는 오직 집안 쪽에서만 문을 열 수 있게 되어 있었다. 바깥쪽으로 난 작은 창이 있다고는 하나 그곳에 김치냉장고를 놓은 탓에 기린처럼 목을 길게 빼야만 겨우 바깥이 보였다. 이른 아침이라서인지 지나가는 사람 하나 없다. 족히 두어 시간은 흐른 것 같았다. 그제야 지나가는 효심 또래의 이웃집 여자가 보였다. 효심은 구조 요청을 했다. 이웃집 여자는 효심이 무슨 말을 하는지 알아듣지 못하겠다는 듯 안 들린다는 소리만 했다. 효심은 답답했다. 다시 소리쳤다. 그제야 이웃집 여자는 휴대폰을 흔들며 전화를 하라고 했다. 효심은 휴대폰이 있으면 왜 이러고 있겠느냐고 소리치려는 마음을 누른다.

효심은 휴대폰이 없다고 했다. 효심은 현관문의 비밀번호를 알려 주며 소리쳤다. 문을 열고 들어와서 다용도실 문을 열어 달라고. 그러자 이웃집 여자는 알겠다고 했다. 그리고는 이웃집 여자의 모습이 사라졌다. 효심은 이제야 이웃집 여자가 말귀를 알아들은 모양이라고 생각하며 안도했다. 잠시 후 현관문에 부착 된 벨 소리가 들려왔다. 벨 소리는 한참을 울렸다. 다용도실에 갇혀 있는 효심은 이상하다고 생각했다. 이웃집 여자라면 효심이 알려 준 비밀번호를 누르고 들어와서 다용도실 문을 열어 주어야 되는 것이다. 그런데 벨 소리만 요란하게 들리다가 조용해졌다. 이웃집 여자의 목소리가 다용도실의 창문 밖에서 다시 들린 건 잠시 후였다. 이웃집 여자는 벨을 눌렀는데도, 왜 문을 안 열어 주느냐고 역정을 냈다. 효심은 어처구니가 없었다. 효심은 악을 쓰듯 소리쳤다.

"현관문을 열 수 있으면 내가 왜 비밀번호를 알려 주겠어."

그제야 이웃집 여자는 "아" 했다.

다용도실에서 나온 효심은 목이 메었다. 갇혀 있었던 그 두 시간이 왜 그리도 두렵고 무서웠는지 모른다. 너무나 익숙한 집안인데도 불구하고 그랬다. 다시는 빠져나오지 못할 공간에 갇힌 것처럼 금방이라도 무언가가 쏟아질 듯이 아랫배가 팽창해졌다. 변이 쏟아질 것도 같았고 아닌 것도 같았다. 낭패였다. 만약 여기서 변을 쏟아 놓는다면……. 복부는 더욱 요동을 쳤다.

다용도실에서 나오자, 그 증상은 말끔히 사라졌다. 그러나 무언지 모르게 슬펐다. 집안인데도 아무도 문을 열어 줄 수 없다는 것이. 집안에 효심 말고는 그 누구도 없다는 것이 서러웠다. 또한 집안이라는 공간이 그렇게 공포감을 불러일으킬 줄은 몰랐다. 갇혀 있어 보았자 집안이었다. 그럼에도 불구하고 이성적인 판단이 되지 않았다. 이웃집 여자가 말귀를 제대로 알아듣지 못하고 벨을 누를 때는 기가 막혔다. 다용도실에 갇힌 것이 이웃집 여자의 잘못도 아니었다. 그런데도 화가 났다. 이웃집 여자 때문에 다용도실에 갇힌 것처럼 욕설이 튀어나올 것도 같았다. 어쩌면 이웃집 여자의 모습이 거울 앞에 선 것 같은 효심이었을 것이다. 그 사실이 서러웠는지도 모른다. 결국은 늙음과 맞닿아 있다는 것이다. 마음은 앞서나 판단력이 흐려진 정신력과 둔해진 몸은 꼭 서너 발짝 늦게 반응하고 나선다. 나이를 먹는다는 것은 서글픈 일임에는 틀림없다. 나이가 들수록 정신과 육체는 점점 더 노쇠해질 것이다. 점점 쇠산해 가는 육체와 정신으로 100세를 운운하며 혼자 살아가야 한다는 것이다.

효심의 이야기를 듣고 난 숙희가 배를 움켜쥐고는 깔깔거리며 웃어대기 시작했다.

"왜 웃어?"

"창문에 대고 구조 요청을 하는 네 모습을 상상하니까 너무 우스워서 그래. 그래 봐야 집안인데… 아이고, 배야. 앞으로는 화장실이나 다용도실 같은데 들어갈 때도 꼭 휴대폰을 목에 걸고 다녀라."

숙희는 배꼽을 쥐고 한참을 웃어 제친다. 그리고는 눈가를 훔친다.

"너무 우스워서 눈물이 다 난다, 야."

"난 진짜 너무 무서웠다니까."

"그니까 내가 뭐랬어. 재혼하라고 했잖아. 지금이라도 안 늦었어. 재혼 해."

"재혼은 무슨? 재혼이 말처럼 그렇게 쉽니?"

"네가 어렵게 생각해서 그렇지. 재혼한 사람들 잘만 살더라. 현자 봐봐. 잘 살잖아. 아주 팔자가 활짝 폈어. 걸핏하면 해외로 골프나 치러 가고. 앞으로도 몇 십 년을 더 살아야 한다고 생각해봐. 자식들만 보고 살 수는 없는 거 아냐? 아니지. 이미 자식들은 다 짝을 찾아서 효심이 네 곁을 떠났고, 어쩌면 지금이 딱 적당할 때인지도 몰라. 잘 생각 해봐."

효심은 숙희의 말에 화제를 돌린다. 현자의 안부를 묻는 것으로 재혼에 대한 이야기를 회피한다.

"현자는 특별한 케이스고. 참 현자는 자주 만나?"

"두어 달에 한 번 보나. 현자한테 네가 먼저 연락해. 친했잖아, 우리 셋이서… 왜 그러는지 이유를 알려 주든가."

효심은 숙희의 말에 대꾸 없이 칼국수 국물을 후루룩 들이킨다.

"며느리는 소식 있어?"

칼국수 그릇을 테이블 위에 놓으며 효심은 숙희의 며느리 안부를 묻는다. 숙희가 앞 테이블에 앉아 있는 임산부를 흘깃거렸기 때문이었다.

"없어. 아무 이상이 없다는데, 도대체 뭐가 문제인지."

"아기가 늦게 들어서는 여자들도 많잖아. 너무 애태우지 말고 순리대로 기다려. 아직 젊잖아."

"젊기는 낼이면 마흔이야."

"마흔은 무슨. 새미는 잘 살지?"

"잘 살지. 욕심이 많아서 그렇지. 글쎄, 벌써부터 욱이한테 재산 다 줄까 봐 한 번씩 확인하는 거 있지. 제 동생 아이 없는 걱정은 안 하고. 집집마다 걱정거리 하나씩은 다 안고 산다더니……"

말끝을 흐리는 숙희를 보며 효심은 새미가 설마 재산 때문에 그러겠느냐고. 말을 돌려서 하지 못하는 성격 때문일 거라고. 그 말을 하려던 효심은 입을 다문다.

*

조갈이 일었다.

칼국수 국물을 들이켠 탓인 것 같았다. 효심은 냉수 한 컵을 단숨에 벌컥거린다. 꼭 조갈이 일어서만은 아니다.

'집집마다 걱정거리 하나씩은 다 안고 산다더니…' 하던 숙희의 말이 내내 가슴 한 쪽에 얹혀 있다. 한 가지 걱정거리란 다름 아닌 상길을 염두에 두고 한 말이라는 걸 효심은 잘 알고 있었다. 상길이 운영하는 치킨 집은 국내에서도 알아주는 체인점이었다. 하지만 생각했던 것처럼 장사가 되지 않는 것 같았다. 장사가 영 신통치 않다고 큰 며느리인 희선이 투덜거리는 것만 보아도 그렇다. 투덜거리는 큰 며느리의 말 때문이 아니더라도 상길의 얼굴에서 효심은 그 모든 것을 읽을 수 있었다. 어머니란 존재는 그런 것이다. 자식의 얼굴 표정에서도 사소한 몸짓에서도 가만가만 내뱉는 숨소리에서도 조심조심 걷는 걸음에서도 알아차린다. 자식이 지금 밥을 먹었는지 굶었는지 어떤 고민을 하고 있는지를. 자식이란 부모에게 있어 그런 존재이다. 그렇기 때문에 그 자식들이야말로 부모에게 있어, 이 지구상에서 가장 사랑하는 존재인 동시에 최대의 적일 수도 있다.

효심의 휴대폰이 울린다.

'큰 아들'이라고 뜬 이름을 보며 효심은 "어, 상길이냐?" 하고 묻는다. 그러나 가슴 위로 무언가가 덜컥 떨어지는 것 같다.

"네, 엄마."

"… 집안에 별일 없고?"

"그… 그럼요. 다… 잘 지내요. 근데… 저… 엄마?"

"응, 왜?"

"잠깐 집에 가려고요."

"집에?"

"네, 드릴 말씀이 있어서요."

"무슨 일인데?"

"가서 말씀드릴 게요."

"어… 언제 올 건데?"

"조금 있다가요."

"조금 있다가?"

"네."

효심은 상길의 말에 재차 확인한다. 상길의 전화가 걸려 왔을 때 가슴에 덜컥 떨어지던 원인이 비로소 정체를 드러내고 있는 것 같기도 했다.

"몇 시쯤 올 건데?"

"금방 가요?"

"그래, 그럼. 이따가 보자."

"네, 엄마."

상길과 통화를 끝낸 효심은 몸을 일으킨다. 거실 전등의 스위치를 켠다. 어둡던 집안이 대낮처럼 환해진다.

상길은 자동차 안에 앉아 두 눈을 감고 있다. 어머니와 전화를 끊었지만, 바로 집으로 들어갈 수가 없다. 기쁜 일로 어머니를 만나러 가는 것이 아니다. 어머니가 살고 있는 집의 전세금을 빼서 빌려 달라고 하기 위해 온 것이다. 자식이 되어 가지고 부모에게 그것도 아버지 없이 혼자 지내고 계신 어머니가 살고 있는 집 전세보증금을 달라고 하기 위해서 왔다는 사실이 상길의 발목을 잡고 있었다. 더구나 어머니는 상길이 결혼 할 때 살고 있는 집을 매매해서 전셋집을 얻어 주었었다. 그 전세금의 일부를 뺄 수밖에 없었던 것은 치킨 집을 차리는 데 있어 모자라는 돈 때문이었다. 가맹점비와 보증금 등등을 마련하기 위해 살고 있는 집 전세금을 빼고 월세로 돌렸다. 하지만 치킨 집을 개업한 지 3년 째 된 지금 보증금마저 다 까먹고 말았다. 건물 주인은 가게 보증금을 다시 걸지 않으면 임의대로 가게를 처리하겠다고 마지막 통보를 해 왔다. 달리 손을 벌릴 곳이 없다. 어머니 외에는.

상길은 담배 한 대만 피우고 어머니를 뵈러 들어가자는 마음이었다. 그런데 지금 몇 대를 빼어 물었는지 모른다. 담배연기를 훅 내뱉던 상길은 목젖에 이물질이 걸린 것처럼 기침을 쏟아 내었다. 한참 기침을 쏟아 내던 상길의 눈에 눈물처럼 물기가 번지고 있었다. 눈가의 물기를 닦기 위해 거울을 보던 상길은 주춤하며 의자 등받이에 몸을 기댄다. 거울 안에서 지금의 상황을 보고 있는 것처럼 아내의 성난 얼굴과 내뱉던 말들이 되살아나고 있었다.

"나와 애들 생각은 안 하지. 당신 어머니만 중요하지? 지금 가게가 어떤 상황인지 당신이 더 잘 알잖아. 보증금 만들어서 채우지 못하면 그냥 쫓겨나는 거야. 권리금이고 뭐고 한 푼도 없이. 근데 어머니한테 말씀을 못 드리겠다는 거야. 우리 엄마 노후자금 모아 놓은 거, 금 갖고 있던 것까지 몽땅 팔아 썼잖아. 그런데도 당신은 어머니한테 그 말씀도 못 드려. 우리가 지금 이 지경인데."

"아빠, 그만 해? 엄마 하지 마?"

유치원에 다니는 아들 민준은 아내 희선의 팔을 잡고 흔들었다가, 상길의 바짓가랑이를 붙잡고 애원했다. 둘째 민이는 희선의 품속에 얼굴을 묻은 채 훌쩍였다. 상길은 민준을 안아 올렸다. 등을 토닥여 주며 괜찮다고 했지만, 민준은 더 서럽게 울었다.

상길은 민준을 안고 집을 빠져나왔다. 그것은 아이를 달래려는 목적도 있었다. 무엇보다 아내와의 대거리를 피하기 위해서였다. 아이가 좋아하는 과자와 아이스크림을 골라 계산을 마친 상길은 아이를 집인으로 들여보냈다. 그리고는 자동차를 몰았다. 달리 갈 곳도 없는 상길은 바로 어머니의 집 앞으로 왔다. 어머니의 집은 불빛이 환하게 새어나오고 있었다. 항상 따뜻하면서도 밝은 불빛이 새어나오는 집이다. 늦게 들어오는 자식을 위해 어머니가 켜 놓은 전등 빛만으로도 지친 마음과 고단한 육체가 눈 녹듯 사라졌던 공간이었다. 그 안에는 늘 미소를 띤 어머니의 품이 있었다. 고단한 몸을 상처받은 가슴을 뉘일 수 있는 곳이었다. 말하지 않아도 알고 있다는 어머니의 웃음이 내일에 대한 희망을 품게 하는 힘의 원천이었다. 그렇게 늦은 시간까지 자식을 위해 불을 밝히고 있던 어머니의 집은 언제부터인가 빛이 사라진 채 어둠 속에 잠겨 있었다. 자식들이 모두 출가를 해 떠나고부터였다. '왜 불을 켜지 않고 깜깜하게 계세요?'라고 언젠가 상길은 어머니에게 물었었다. 어머니는 할 일도 없이 불만 켜 놓고 있으면 뭐해. 전기세만 많이 나오지, 했다.

상길은 환하게 불빛이 어리는 어머니의 집 앞에 왔는데도 당당하게 문을 열고 '엄마!' 하며 들어설 수가 없다. 어머니와 마주해야 한다는 것이 버겁다. 그러나 그 버거움을 안고 어머니를 대면해야만 하는 것이다. 상길은 자동차 문을 열었다. 언제까지 자동차 안에서 이러고 앉아 있을 수는 없는 일이다. 겁에 질린 얼굴로 바라보던 아들 민준의 모습이 떠올라 목울대에 가시가 박힌 것처럼 뜨끔거린다. 상길은 자식인 민준을 위해서라도 용기를 내야 한다고 생각했다. 상길은 어머니의 집을 향해 뚜벅뚜벅 걸었다. 집 앞에 도착한 상길은 현관문을 열기 위해 비밀번호의 숫자를 누른다. 동시에 '차르륵'거리는 소리가 경쾌하게 들리면서 현관문이 열린다.

"상길이냐?"

어머니의 목소리가 들린다.

상길은 멈칫했다.

늦은 시간이나 새벽에 들어오는 자식의 이름을 불러서 확인하는 것이 어머니의 오랜 버릇이다. 그 사실을 알면서도 상길은 도둑질하다가 들킨 사람처럼 화들짝 놀란다.

"… 네, 엄… 엄마!"

효심의 물음에 대답을 하며 현관으로 들어서던 상길은 허리를 굽힌다. 흐트러진 효심의 운동화를 가지런히 놓는다. 상길은 구두를 벗는다. 효심의 운동화 옆에 나란히 놓는다.

"저녁은?"

"먹었어요. 엄마는요?"

"응, 숙희 아줌마랑 먹었어."

"아, 네. 아줌마도 잘 지내시죠?"

"그럼."

"욱이랑 한 번 봐야 하는데."

"그래. 보지는 못하더라도 가끔 안부 전화라도 하고 지내. 네들 친형제처럼 지냈잖아."

"그러게요. 알면서도 서로 바쁘다 보니까……"

"아무리 바빠도 서로 전화 한 통 할 시간이 없어서야 되겠어?"

"… 네, 엄마. 욱이한테 안부 전화 넣을 게요. 참, 욱이네 아이 소식은 있어요?"

"아니. 둘 다 이상이 없다는데… 숙희 아줌마도 걱정이 이만저만이 아니야. 그건 그렇고. 너 온 길에 현관문 비밀번호 좀 바꿔주고 가?"

"비밀번호요? 왜, 갑자기요?"

상길의 물음에 효심은 "그냥" 하고 얼버무린다. 상길에게 오늘 아침, 다용도실에 있었던 이야기부터 해야 했다. 그래야만이 현관문의 비밀번호를 바꾸게 된 것을 상길이 이해할 수 있을 것이다. 이웃집 여자라고 해도 집안으로 들어올 수 있는 현관문의 비밀번호를 알고 있다는 것이 마음에 걸린다고. 이유를 설명 해 주고 비밀 번호를 바꿔 달라고 하는 게 맞는 일이다. 효심은 상길에게 아무런 설명을 하지 않는다. 가뜩이나 심란해 보이는 상길에게 집안에서 있었던 일까지 알리고 싶지 않기 때문이다. 효심의 마음을 알 리 없는 상길은 순간 서운한 마음이 스친다. 아무리 자식이라고 해도 비밀번호를 누르고 집안으로 불쑥 들어오는 것이, 어머니의 입장에서는 못마땅할지도 모를 일이다. 어디까지나 이제 우리들의 집이 아닌 어머니의 공간이다. 이해는 된다. 하지만 왠지 모르게 서운한 마음이 든다. 그 사실 만큼은 부인할 수 없다.

상길은 내색하지 않고 비밀번호를 바꾸었다. 비밀번호를 바꾸고 난 상길은 어머니와 마주 앉는다. 그리고는 어머니의 휴대폰에 현관문의 비밀 번호를 입력시켜 놓으며 "혹시 몰라서요" 한다.

"아직은 그 번호보다 더 긴 숫자도 다 외워. 매일 숫자와 놀고 있잖니."

효심의 농담에 상길이 소리 내어 웃는다.

"그래, 나한테 상의할 일이 뭔데?"

효심이 물었다. 효심의 물음에 상길은 웃음을 멈춘다. 효심은 무거운 얼굴이 되는 상길의 모습에서 무슨 일이 있어도 전세보증금만큼은 어떻게 하는 일은 만들지 않겠다고 다짐했던 것이 일순간 무너져 내린다. 상길은 자식이기 전에 남편 같은 아들이다. 공부는 뒷전인 채 친구들과 어울려 말썽을 일으키는 준길로 해서 속을 끓이는 효심의 손을 잡은 것도 상길이다. 준길이 저러는 것은 10대의 호기심이 아버지에 대한 그리움과 겹쳐서일지도 모른다고. 지나가는 과정이 분명하다며 조금만 더 지켜보자고, 하던 상길은 미라의 혼전 임신 앞에서도 흔들림 없이 효심을 위로했다. 상길에게 의지해서 산 세월이다. 남편 없는 20여 년의 세월을 상길이가 곁에서 지켜 주지 않았다면 그 시간을 견딜 수 있었을까 싶다. 그렇다고 둘째인 준길이 상길이 보다 못하다는 이야기는 아니다. 첫째와 둘째의 차이점은 그릇이 다른 것 같았다. 열 손가락을 깨물어서 안 아픈 손가락이 없다는 속담처럼 첫째라고 해서 둘째라고 해서 막내라고 해서 자식에 대한 사랑이 달라지는 게 아닌 것이 또한 자식이다. 성질이 급한 둘째 준길은 무슨 일이 있어도 제 할 말을 다했다. 그 대신 뒤 끝이 없다. 그러나 둘째는 둘째이다. 아직까지 준길의 월급이 얼마인지 알지 못했다. 공부라면 진저리를 치던 준길이 그나마 늦게 철이 나 공부를 한 탓에 전문대학을 졸업했다. 중소기업에 취업한 준길은 얼마간의 생활비만 내놓았지, 상길처럼 통장까지 맡기지는 않았었다. 그런 반면, 맏이인 상길은 처음 태어난 자식이라서 더 손을 탔을 것이다. 막내딸 미라는 말 그대로 마지막 자식이라는 생각에서 더 손이 갔을 것이다. 미라는 제 오빠들의 사랑까지 받으며 자랐다. 미라가 저밖에 모르는 이기적인 성격이 되어 버린 것도 상길과 준길의 지나친 사랑 때문일 것이다. 그러고 보면 둘째 준길은 위, 아래에 끼여 부모들의 손길을 덜 받고 자랐는지도 모른다. 그러다 보니 제 스스로 살아가는 방법을 터득했을 것이다. 상길은 감추는 것도 숨기는 것도 없이 언제나 가족들이 먼저였다. 맏이는 하늘에서 내린다고 했던가. 아니면 일찍 아버지를 여읜 탓이었을까. 시간이 되면 무슨 일이라도 하려고 했다. 한 푼이라도 벌어 오면 그 돈을 모두 생활비에 보태라며 내놓았다. 그 돈이 새벽부터 공사판에서 막노동을 한 돈이라는 걸 알았을 때 효심은 온몸에 바늘이 꽂혀 있는 것처럼 고통스러웠다. 그때 상길의 나이 19살이었다. 그렇게 벌어 온 돈은 하루를 살아가는 일용할 양식이 되었다. 부족한 생활비로 써야만 했던 그 돈을 쓰지 않고 액자에다 끼워 표구해서 벽에 걸어 놓고 싶은 심정이었다. 남편이 벌어다 주는 돈은 앉아서 받고 자식이 벌어 오는 돈은 서서 받는다는 옛말이 하나도 틀리지 않는 것 같았다. 상길은 자식이 아니었다. 남편이었고, 친구였다. 듬직한 보호자였다. 또한 상길은 생의 마디마디에 끼어 있는 불온한 일들을 견디게 해 주는 힘이다.

"… 저, 엄마… 사실은… 저… 돈… 돈이 좀 필요해서요."

깍지 낀 손을 연신 비비고 있는 상길을 보며 효심은 가슴이 저릿저릿했다. 돈 이야기를 꺼내기 위해 얼마나 많은 시간을 고민하고 고민했을지, 상길의 고통이 전이되는 것 같다. 효심은 저릿한 가슴을 감싸 안듯 두 무릎을 곧추 세우며 감싸 안았다. 상길을 쳐다보며 묻는다.

"왜?"

"… 가게 보증금 때문에요."

"보증금?"

"네."

"얼마가 있어야 되는데?"

"… 1억요."

"1억?"

상길의 대답에 되묻던 효심은 상길이 듣지 못하게 한숨을 쉰다. 상길은 신발 한 짝도 흐트러진 것을 못 보는 성미다. 무엇이든지 제 자리에 있어야 되는 성격을 가진 상길이다. 그래서 상길이 장사를 하겠다고 했을 때, 효심은 극구 말렸던 것이었다. 그때 더 말리지 못한 것이 후회가 된다. 하지만 이제 와서 지난 이야기를 한들 무슨 소용이 있겠는가. 상길의 마음만 다치는 소리가 될 것이다.

"요즘 장사가 영 신통치를 않다고 다들 그러기는 하더라만.

한 집 건너가 치킨집이고 커피숍이라고들 하던데. 차라리 이번 기회에 가게를 접고 직장에 다시 들어가는 건 어때?"

효심은 상길의 눈치를 살피며 조심스럽게 말했다. 여전히 깍지 낀 손을 비비고 있던 상길이 효심의 물음에 고개를 든다.

"취업난이 얼마나 심한지 엄마도 잘 아시잖아요. 설사 직장에 들어간다고 해도 몇 년이나 다니겠어요."

상길의 말에 효심은 고개를 주억거린다. 숙희에게 들은 소리가 퍼뜩 떠올랐기 때문이었다.

"당산동에 있는 편의점은 나중에 욱이한테 맡길 거야."

'숙희 같은 부모도 있는데.'

효심은 마음속으로 그렇게 중얼거리며 상길을 쳐다본다.

"내게 무슨 돈이 있다고."

"죄송해요……."

상길이 말끝을 흐리며 고개를 숙인다.

효심은 고개를 숙이고 있는 상길을 건너다보며 정수리 부근을 툭툭 두드린다. 한동안 뜸하던 두통이 다시 시작되었기 때문이다.

2. 무너진 자존심

효심은 전셋집을 줄여 이사하기로 마음을 굳힌다. 마침 전세 기간도 만료되어 가고 있었다. 미라를 결혼시키면서 일부를 뺀 전세금 대신 집주인 할머니에게 월세를 계산해 주고 있던 터였다. 길에 앉아 행상으로 5남매를 키웠다는 집주인 할머니는 효심이 살고 있는 독채 말고는 모두 월세로 방을 세놓고 있었다. 다세대주택이지만 새롭게 리모델링을 한 탓에 사는 동안 불편함 없이 살았다. 효심은 이사를 하겠다고 집주인 할머니에게 통보했다. 그러고 나자 비로소 마음이 편안해졌다. 정말 전세금을 빼는 게 맞는지, 전세금을 뺀 돈을 상길에게 주는 게 맞는지, 도통 갈피를 잡을 수가 없었던 마음이었다. 그랬던 마음이 이사를 가기로 결정하고 나자, 거짓말처럼 가라앉았다. 효심의 처사를 두고 집 주인 할머니는 혀를 찼다. 자식들한테 갖고 있는 돈을 그렇게 야금야금 퍼주다가는 종당에는 길거리에서 지내는 신세가 될 거라고 나무랐다. 그러면서 집 주인 할머니는 당신의 말이 틀리면 손가락에 장을 지진다고 호언장담했다. 집주인 할머니의 이야기를 들으며 효심은 "우리 자식들은 절대 그럴 아이들이 아니에요" 하고 혼자말로 중얼거렸다. 전셋집 대신 월세집을 구하기로 한 것도 한 푼이라도 더 상길에게 주고 싶었기 때문이었다. 전세로 사나 월세로 사나, 그것이 무슨 차이가 있나 싶었다. 자식이 잘 되면 그만이지 하는 마음이었다. 또한 아직은 일을 할 수 있는 건강한 육체에 대한 자부심도 있었다. 편의점에서 매달 받는 월급이 있다는 게 무엇보다 든든하게 여겨졌다. 자식들 몰래 들어놓은 적금도 있다. 내년이 만기다. 노후는 크게 걱정 안 해도 될 것이다.

전셋집은 의외로 빨리 계약이 성사됐다. 마침 혼자 지내기에는 부족할 것 같지 않은 월세집도 마음에 들었다. 이삿날을 최대한 앞당겨 계약을 체결한 효심은 삼남매를 불러 들였다.

"엄마 이사 간다. 엄마가 이사 갈 집도 구했고."

효심의 말에 준길이 멍한 표정으로 효심을 바라보다가 입을 연다.

"갑자기, 왜?"

"정말이야, 엄마?"

자세를 고쳐 앉으며 미라도 입을 떼었다.

상길만이 말없이 깍지 낀 손을 비비고 있다.

"그렇게 됐어. 이 집 뺀 돈 2억 중에서 1억은 엄마 이사 갈 집 보증금 하고, 1억은 일단 네 형한테 꿔 주려고 해. 형이 하는 가게에 마침 필요하기도 하고."

"아, 잠깐만, 엄마!"

준길이 손 사례를 치며 효심의 말을 막는다.

"그러니까 지금 엄마가 형 때문에 이사한다는 거네. 우리한 테는 한마디 상의도 없이."

"네 형 때문이 아니더라도 이사하려고 했어. 네들도 다 떠나고 엄마 혼자 살기에는 좀 큰 것 같아서."

준길이 효심의 말을 자른다. 그리고는 따지듯이 언성을 높인다.

"엄마, 혼자 지내시더라도 능력이 되면 큰 집에서 사는 거라고. 무슨 혼자 살기에는 크다고 집을 줄여. 솔직히 말해서 형 때문이잖아. 왜? 형 때문에 엄마가 집을 줄여야 하는데. 그리고 엄마 사실대로 말해 봐. 형한테 꿔 준 거야. 그냥 준 거야?"

준길이 거친 숨을 쏟아 내며 단숨에 말을 토해내자, 미라도 거들고 나선다.

"작은 오빠 말이 다 맞아. 엄마는 어쩜 그래. 큰 오빠만 자식이고. 우리는 자식이 아니야? 우리한테는 한 마디 상의도 없이."

"시끄럿! 넌 입 다물고 있어."

준길이 벌컥 화를 내며 미라를 꾸짖는다.

"나는 자식 아니야. 왜, 아무 말도 못하게 하고 그래."

미라의 말에 준길이 고개를 휙 돌린다. 미라를 쳐다보는 준길의 얼굴이 붉다. 입을 달싹이던 준길이 답답해서 못 견디겠다는 듯 '어휴' 하며 깊은 한숨을 내쉰다.

"좋아. 어차피 형한테 돈은 다 건너간 거고, 지금 따져 봐야 나만 미친놈이고. 엄마는 형한테 돈을 꿔 준 거라고 하지만, 형이 줘야 엄마 돈이고. 그럼 나중에 엄마 이사하는 집 보증금 1억 그건 나하고 미라 줘. 그래야 공평한 거 아니야."

'근데 네들이 왜 엄마가 사는 집 보증금 갖고 그러니? 너 준길이 결혼할 때 집 판 돈 갖고 있다가 1억 줬고, 미라 넌 결혼할 때 이집 전세금 빼서 5천 주었으면 나도 네들한테 할 도리 다 한 거야. 안 그래?'

그 말이 효심의 목젖에 걸려 있다. 하지만 효심은 끝내 발설하지 못한다. 어쨌든 맏이인 상길이 결혼할 때 준 1억 5천보다는 준길이나 미라에게 간 액수가 적은 건 분명한 일이기 때문이었다. 그런데다가 전세금을 뺀 돈 중에서 상길이 1억을 또 가져가는 것이다.

"알았다. 그렇게 하자."

효심은 준길을 보며 명쾌하게 대답했다. 망설임 없이 단호하게 내뱉는 효심의 대답에 오히려 준길의 눈빛이 흔들린다. 준길은 화가 나서 그냥 한 번 내던진 말이었다. 보증금이 탐나서 던진 말은 결코 아니다. 어머니가 상길에게 전세보증금을 빼서라도 해 주어야 할 자식이라는 걸, 준길은 그 누구보다 잘 알고 있었다. 상길은 형이 아니라 아버지와 같은 존재이다. 고등학교 때였었다. 학교 옥상에서 담배를 피워 보고 술을 마시다가 적발되었을 때 담임선생님은 부모님을 모셔 오라고 했다. 호기심이었다. 서너 명의 반 아이들과 담배를 피워 보고, 술을 마신 건. 아버지에 대한 그리움이 사무쳤기 때문이었다. 너무나 보고 싶은 아버지. 아버지가 곁에 있다면 담배를 피워 보고 싶은 호기심을 술을 마시고 바라다보는 세상이 왜 달라 보이는지에 대해서 묻고 싶은 것도 많았다. 듣고 싶은 것도 많다. 아들과 아버지가 아닌 남자와 남자로서 독대하고 싶다. 그래서 남자들만이 꿈꾸고 있는 세상의 것들과 남자들이 알아가야 하는 세계에 대한 이야기를 아버지와 나누고 싶다.

담임선생님은 남자이면서도 남자들의 통과 의례적인 단면들을 놓고 분노했다. 교내에서 담배를 피웠다는 것만 놓고 보면 분노할 만도 했다. 그러나 남학생들이 교내서 술을 마셔 보고 담배를 피워 보지 않으면 갈 곳이 없다는 것을 담임선생님은 모르는 듯했다. 정학 처분이 내려질 거라는 소문이 나돌았다. 차마 어머니에게 말할 수 없는 준길은 상길에게 솔직하게 고백했다. 공부밖에 모르는 샌님 같은 상길이 의외로 담담하게 받아들였다. 대학 1학년생이었던 상길은 학교로 찾아 왔다. 담임선생님 앞에서 양 무릎을 꿇었다. 동생 준길을 잘못

가르쳐서 이런 일이 일어났다고 백배사죄했다. 상길의 사죄가 받아들여졌다. 상길의 진심어린 사죄로 준길은 정학을 면할 수 있었다. 친구들은 형들과 싸운다고들 했다. 하지만 준길은 한 번도 상길에게 대들어 본 적이 없었다. 상길은 싸울 일을 만들지도 않았다. 준길이 상길에게 혼을 나는 경우는 상길의 물건을 쓰고 제 자리에 두지 않는 것 정도였다.

　숙희가 운영하는 식당에서 일을 하는 어머니 대신 밥을 지어 놓는 것도 상길이었다. 상길은 계란을 풀어 뚝배기에 바글바글 끓인 계란탕도 만들었다. 신 김치를 총총 썰어 찬밥을 섞어 해 주는 볶음밥은 간이 딱 맞았다. 배가 부른 데도 수저질을 멈출 수가 없었다. 상길은 계란만을 갖고도 신 김치를 갖고도 음식을 특별하게 만들어 내는 재주가 있었다. 상길이 만들어 주는 음식은 별미 중의 별미였다. 이상하리만큼 맛이 있었다. 상길은 형이 아니었다. 상길은 아버지였고, 때로는 어머니이기도 했다. 아니 그 이상과도 같은 존재였다. 상길이 힘들어서 어머니에게 손을 벌린 것을 놓고 왈가왈부하는 것 자체가 우스웠다. 하지만 무언지 모르게 준길은 속이 상했다. 괜스레 화가 치밀었다. 또한 말할 수 없이 외롭기까지 했다. 아버지가 돌아가셨을 때처럼 슬펐다. 지치고 힘들어서 잠시 쉬고 싶어서, 아무 때나 찾아 가서 아무데나 벌렁 누워 있을 수 있는 비밀 아지트가 사라진 것 같은 안타까움 같기도 했다. 그러나 그 무엇도 아닐 수도 있었다. 대한민국에서 제일 좋다는 대학을 나온 상길이다. 그 누구보다도 똑똑하고 잘난 상길이 이렇게밖에 살지 못하는 현실에 화가 난 것이리라.

"괜찮지? 이집 보증금은 나 죽고 나면 준길이랑 미라 주는 거?"

이마를 짚고 있던 효심이 상길을 바라보며 묻는다.

"네. 미안하다, 준길아, 미라야!"

상길이 고개를 숙인 채 대답을 하고 있을 때 미라가 발끈했다.

"엄마는 무슨 말을 그렇게 해. 우리가 꼭 엄마 빨리 죽기를 바라고 있는 것처럼."

언성을 높이는 미라를 보며 준길의 양미간이 좁혀진다.

"야! 너, 지금 엄마한테 말하는 태도가 그게 뭐야? 엉?"

"뭐? 내가 어때서? 오빠는 엄마한테 별 소리 다 하면서……."

미라가 고개를 준길 앞으로 바투 들이밀며 눈을 치켜뜬다.

"어휴. 정말, 내가… 아휴……."

"그만들 하지 못해."

낮은 소리로 단호하게 말하는 효심의 꾸지람 소리가 들리고서야, 준길과 미라는 서로를 노려보고 있던 시선을 거둔다. 효심이 여전히 낮은 목소리로 미라를 부른다.

"미라야! 내 말이 그렇게 들렸니. 그렇다면 네가 잘못 들은 거야. 엄마가 죽은 다음에 네들이 나눠 가지라는 뜻이었어. 언제가 될지는 모르지만, 엄마가 살아 있는 동안에는 이집 보증금 뺄 수가 없잖니? 네들이 보증금을 지금 가져간다면 엄마는 어디로 가? 길에 나 앉을 수도 없고. 안 그래?"

효심이 미라를 똑바로 쳐다보며 물었지만, 미라는 대답을 하지 않고 있다. 그러자 준길이 나선다. 준길이 한결 부드러워진 말투로 입을 연다.

"알았어. 엄마 말대로 할게. 그리고 형이 미안할 거 없어. 형 덕분에 우리도 돈이 생겼잖아. 참 그리고 매달 엄마가 내야 하는 월세는 형이 지불해?"

"응, 그렇게 할 거야."

"약속… 꼭 지켜."

상길은 다짐하듯 묻는 준길을 쏘아본다. 말할 수 없는 자괴 감이 일어서다. 말이라도 "형, 힘내"라고 한 마디라도 해 주면 이 자리에 앉아 있는 기분이 조금은 나아질 수도 있을까. 아니 다. 차라리 형은 왜 이렇게밖에 살지 못하는데, 라고 질책이라 도 한다면 준길을 바로 보지 못했을 것이다. 그런데 준길은 제일 아픈 부분을 건드린 것이었다. 집 월세에 대한 부분을 들먹인 것이다. 그것도 재차 확인을 했다. 그 순간 무너진 자존 심이 꿈틀 거렸다.

"할 이야기 더 없지. 나 먼저 일어날게."

준길이 벌떡 일어났다.

"나도 가야 해."

준길을 따라 미라도 일어서고 있었다. 준길을 쏘아보던 상 길은 시선을 거두며 몸을 일으킨다.

3. 우리도 한때는 이렇게 푸르고 싱싱했던 날들이

낮에는 한여름 날씨처럼 뜨거운데도 저녁으로는 제법 춥다. 창문을 닫고 자야 될 정도로 바람 끝이 차갑다. 곧 중추절이다. 한가위를 앞두고 효심은 혹여라도 며느리들에게 책잡힐 것이 없는지 구석구석을 살핀다. 혼자 지내는 탓에 별로 음식을 조리하지 않는데도 가스레인지 주변이 더러워져 있었다. 얼룩이 진데다가 음식 찌꺼기가 제법 보인다.

효심은 커피포트에 물을 끓인다. 물이 끓자 효심은 물을 설거지통에 붓는다. 더운 김이 훅 끼친다. 효심은 고개를 외로 꼰다. 세제를 푼다. 그리고는 가스레인지부터 수세미질을 시작한다. 가스레인지 주변을 말끔하게 닦은 효심은 냉동실 문을 열어 제친다. 뭉쳐 놓은 음식들이 있을 것이다. 오래 된 음식을 미리 치워 버리지 않으면 추석 날 큰 며느리 손에 들려 나올 것이 뻔했다. 큰 며느리 희선은 손끝이 야물다. 이 집으로 이사하기 전에도 대충 짐을 정리하자며 들른 희선은 냉동실에서 쑥 갠 떡을 꺼내 들었다. 짙은 쑥 색깔이 나야 하는 쑥 갠 떡은 이른 봄에 돋아나는 여린 풀잎 같은 색깔을 띠우고 있었다. 작년 봄에 만들어 놓은 것을 까마득하게 잊고 있었던 탓이었다. 그 때 해 놓은 쑥 갠 떡이 일 년이 훌쩍 지나도록 냉동실 한 쪽을 차지하고 있다가 며느리의 손에 들려 나왔을 때, 효심은 무색해서 얼른 빼앗으며 "먹을 거야. 그냥 둬" 하고는 다시 냉동실에 넣었다. 쑥 갠 떡이 이미 변했다는 것은 효심도 알 수 있었다. 효심은 그날 이후 다시는 냉동실에 음식을 쌓아 두지 않겠다고 다짐했었다. 효심이 다짐했던 대로 냉동실은 더 이상 손 갈 것이 없다. 정돈이 잘 되어 있다. 흡족한 표정으로 냉동실 안을 바라보던 효심은 냉장실 문을 연다. 플라스틱 통이 겹겹이 쌓여 있다. 반찬 통을 모두 꺼낸 효심은 통 뚜껑을 연다. 신 김치며, 나물 반찬과 장아찌, 멸치조림 등등이 꼭 한 젓가락질할 만큼의 양이 남아 있다. 반찬통을 모두 비워 낸 효심은 깨끗이 닦아서 엎어 놓는다.

　냉장실 정리까지 끝내고 나자 허리가 뻐근하다. 종 주먹으로 허리를 두드리던 효심은 주방을 휘 둘러보았다. 주방 안이 말끔하다. 이 정도면 명절날 며느리들이 오더라도 흠을 잡히지 않을 것 같았다. 효심은 무슨 일이 있어도 며느리들에게 집안이 정돈되지 않은 풍경을 보이고 싶지 않다. 그것은 시어머니이기 전에 한 가정을 책임지고 있는 주부로서의 자존심이다. 며느리들 또한 그럴 것이다. 어떤 며느리가 시어머니에게 설거지통에 담겨 있는 그릇을, 빨랫감이 쌓여 있는 빨래 통을 청소하지 않은 집안을 보이고 싶겠는가. 며느리들의 입장을 고려하지 않은 시어머니들이 아들 집이라고 해서 불쑥불쑥 찾아갔다가 낭패를 보았다고 떠드는 소리는 어디서든 심심하지 않게 들을 수 있었다. 사전에 미리 협의를 해서 약속을 한 다음 찾아오고 찾아가는 문화가 자리 잡는다면 고부간의 갈등은 사라질 수도 있을 것이다. 고부간에도 서로가 지켜야 하는 건 아주 사소하고 단순한 것일지도 몰랐다.

집안 청소를 끝낸 효심은 작은 방으로 들어간다. 이사를 하면서 웬만한 것은 모두 버린다고 버렸지만 그래도 잡다한 것들이 꽤나 되었다. 풀지 못한 짐들이 작은 방에 택배상자처럼 쌓여 있다. 일요일인 오늘은 무슨 일이 있어도 풀지 못한 이삿짐을 정리해야 한다. 그렇지 않으면 다음 주로 다가온 추석 때 아들, 딸과 며느리, 사위, 손주들이 발붙이고 앉을 자리도 없을 것 같았다. 효심은 이삿짐 박스를 풀기 시작한다. 짐 정리를 하던 효심은 문득 앨범을 들추며 중얼거린다.

'명절 밑이라고 꿈에 보였나.'

어제 밤 남편은 백발이 성성한 모습으로 나타나서는, 화를 벌컥 내고는 나가 버리는 것이었다. 꿈에서 깬 효심은 한동안 어둠이 깔린 창밖을 내다보았다. 먹물을 풀어 놓은 것 같은 어둠은 몸서리쳐지도록 섬뜩했다. 한 번씩 잠에서 깨어나 앉아 있던 평상시와는 다른 느낌이 드는 어둠이었다. 어쩌면 새로운 동네라서 익숙하지 않은 환경 탓인지도 모른다고 효심은 생각했다. 그렇지만 화를 벌컥 내고 나가 버린 남편의 모습은 마음에 걸렸다. 지금까지 남편이 꿈에서 보여 준 모습이 아니었기 때문이다. 명절 밑이나 기일이 되면 남편은 어김없이 꿈에 나타나곤 했다. 빙그레 웃기도 하고 그저 한참을 바라보기도 했다. 그런가 하면 아이들과 놀이 공원을 가기도 하는 생전의 일상적인 모습이었다. 그런데 어제 밤 꿈에 본 남편은 무척 성난 표정이다. 더구나 백발이 성성한 머리가 왜 그리 생경스러웠는지 모른다. 어쩌면 어둠이 섬뜩했던 것이 아니라 남편의 백발이 섬뜩 했던 것이었으리라.

오래되어 표지가 너덜거리는 앨범은 '국회의원 ○○○'라고 쓰여 있었다. 표지를 열자, 아득하게 여겨지는 세월의 저편의 이야기가 펼쳐진다. 남편과의 결혼사진부터 시작해 상길의 백일사진과 돌 사진, 준길의 백일사진과 돌 사진, 미라의 백일사진과 돌 사진, 유치원·초등학교·중학교·고등학교·대학교 입학과 졸업, 결혼에 이르는 과정의 사진들이 순차적으로 배열되어 있었다. 그 많은 사진들 중에서 아이들의 어릴 때의 모습에 시선이 멈춘다. 남편과 이이들이 서로를 끌어안거나 콧등을 비비며 웃고 있는 사진 속의 모습은 방금 전의 일처럼 느껴진다. 콧등이 시큰해진다. 가슴이 먹먹해지더니 뜨거운 눈물이 손쓸 겨를도 없이 흘러내린다. 무작정 흐른다. 쉴새없이 쏟아진다.

사진 속의 평화로운 풍경은 너무나 젊은 남편이 아무런 걱정없는 얼굴로 아이들과 환하게 웃고 있다. 곧 돌아올 혹은 꼭가야만 하는 더 어른이 되어 가는 그래서 늙어 가야 하는 세월따위는 결코 오지 않을 것 같은 젊은 남편의 모습이다.

효심은 눈물을 훔치며 사진 속의 젊은 남편의 얼굴을 가만히만진다. 그러자 남편과의 신혼 시절이 떠오른다. 연애 시절에몰랐던 남편의 단점이 결혼을 하자 하나 둘 보이기 시작했다. 아무데다 벗어서 던져 놓은 돌돌 말려진 양말, 세수한 물을버리지 않고 그냥 두는 습관, 식사를 하고는 소화시킬 겨를도없이 누워 버리는 버릇. 머리를 감으면서 빠진 머리카락이 욕실 바닥에 그대로 있는 것을 치우며 효심은 어떻게든 남편의잘못된 습관들을 고치고자 악을 썼다. 그러나 남편의 버릇은나아지지 않았다. 잔소리할 때뿐이었다. 친구들과 어울리느라늦게 들어오는 것도, 직장에서 동료들과 회식을 하며 마시는술도 마찬가지였다. 그로 인해 잦은 다툼이 이어졌다. 남편은남편대로 숨이 막힐 것 같다고 소리쳤다. 서로의 단점이 쏟아져 나오기 시작했다. 지쳐 갔다. 결혼에 대한 후회가 일었다. 이혼을 놓고 고민했다. 결혼에서 오는 회의가 수없이 밀려왔다. 그러다가 아이가 생겼다. 아이가 태어나자 서로에게 조금씩 익숙해져 갔다. 아마도 신혼 때의 그 시절은 서로가 서로를 알아 가는 준비의 과정인가 보았다. 다툼을 통해 서로가 가지고 있는 나쁜 것들을 빼져 보내기 위한 날들인지도 몰랐다. 아니면 서로에게 서로를 길들이기 위한 치열한 두뇌 싸움이었을 것이다. 그렇게도 지지고 볶으며 살았던 날들이 순식간에 가 버리고, 어느 사이 이렇게 혼자서 늙어 가는 시간 앞에 있는 것이다. 아옹다옹하며 지냈던 남편과의 그 시간 앞에 다시 설 수만 있다면, 살아서 옆에만 있다면, 술을 마시고 늦게 들어와도 돌돌 말려진 양말을 아무 데나 벗어서 던져 놓아도 세수한 물을 버리지 않고 그냥 대야에 놔둔다 해도, 머리를 감을 때 빠진 머리카락이 욕조 바닥에 뒹군다 해도, 식사를 하고 바로 누워서 텔레비전을 본다고 해도 다 용서가 될 것만 같다.

"우리도 한때는 이렇게 푸르고 싱싱했던 날들이 있었는데."

효심은 사진 속의 남편의 얼굴을 쓸고 또 쓴다. 효심이 남편의 사진을 들여다보고 있을 때, 효심의 휴대폰이 울린다. 효심은 휴대폰의 폴더를 연다. 숙희의 번호이다.

"… 응, 숙희야!"

"목소리가 왜 그래? 무슨 일 있어?"

"아니."

"근데… 왜, 또? 상길이가 돈 이야기해?"

"얘는 무슨 말을 그렇게 해? 상길이를 꼭 범법자 취급하는 것처럼……."

효심은 한마디 더 하려다가 멈춘다. 기분이 언짢다. 아무리 숙희가 가족 같은 친구라고 하지만 자식을 비난하는 건 참을 수 없다. 아니 가족이라고 해도 상길에 대해 함부로 말해서는 안 되는 일이다. 더구나 자식을 가진 부모가 남의 자식 일을 두고 멋대로 해석해서 이야기하는 건 더욱 안 되는 일이다. 자식 일은 서로가 항상 조심해야 하는 것이다. 자식 일은 그 누구도 섣불리 판단을 해서는 안 된다. 어떤 자식이든 부모에게 있어 더할 나위 없는 소중하고 귀한 자식인 것이다. 그런데 숙희는 아무렇지 않게 상길을 범법자 취급을 하며 힐난했다. 빈정거리는 숙희가 효심은 야속했다. 상길이가 효심에게 있어 어떤 자식인지는 숙희가 더 잘 알고 있지 않은가. 효심은 서운했다. 무어라고 한 마디 더 하고 싶은데, 다음 말이 이어지지 않는다. 말이 이어지지 않는다면 행동으로라도 해야 옳다.

전화를 끊어 버리려는데 숙희의 음성이 들린다.

"범법자가 따로 있니. 부모 돈 빼앗아 가도 범법자지. 네가 싫어해서 말 안하려고 했는데. 집까지 홀딱 팔아서 애들 주고. 그것도 모자라 전셋집까지 빼고. 네 남편이 살아 있어 봐라. 어림없는 소리지."

효심은 솟아오르는 분노를 누른다. 가까스로 화를 억누른다. 하지만 말투에는 힘이 잔뜩 실린다.

"그만 해. 그런 말 하려고 전화한 거면 끊어."

"아, 잠깐. 산에 가자고 전화한 거야. 넌 자식이니까 속이

상하겠지만 난 너 땜에 속상해. 내게는 네 자식들보다 효심이 네가 먼저니까. 네 마음 상하게 하려고 했던 말 아냐. 그렇게 들었으면 사과한다. 한 시 반쯤 어때? 너네집 앞에 있는 정류장으로 갈게."

숙희의 전화가 툭 끊긴다.

효심은 휴대폰을 든 채 멍하니 서 있다. 숙희의 말이 옳다. 틀린 말은 아니다. 그러나 자식의 일이다. 자식이 힘들어 하는데 어떤 부모가 모른 척 할 수 있을까. 효심은 불현듯 고시텔에서 홀로 죽음을 맞이한 노인의 모습을 떠올린다. 갖고 있던 재산을 자식들에게 증여할 수밖에 없었던 노인의 마음이 오죽했을까 싶다.

겪어보지 않은 타인들은 쉽게 이야기할지 모른다. 뭣 하러 죽기도 전에 미리 재산을 나누어 줘서 자식들한테 홀대를 받느냐고. 죽은 다음에 자식들이 재산을 나누어 갖든, 재산 때문에 싸움을 하든 내 버려두라고. 자식들을 생각한답시고 부모들이 살아생전에 재산을 분배해 주는데, 그것이 잘못된 일이라고. 자식들한테 재산 많이 남겨 주려고 애쓰지 말고, 살아 있을 때 실컷 쓰고 남으면 놓고 가는 거고, 안 남으면 할 수 없는 일이라고. 죽음 이후의 일까지 미리 걱정할 필요가 있느냐고. 그게 현명한 거라고. 그러나 어떤 부모가 자식들에게서 자유로울 수 있을까. 그건 아무도 장담할 수 없는 일이다. 닥쳐보지 않으면.

버스정류장에서 숙희와 만나기로 한 효심은 배낭을 꾸린다. 숙희와 나누어 먹을 간식과 생수를 챙기면서 효심은 두통으로 이맛살을 찌푸린다. 한동안 괜찮은 것 같더니 다시 또 시작이다. 요즘 들어 자주 일어나는 두통이다. 두 눈을 감은 효심은 관자놀이 부근을 조심스럽게 눌러본다. 두통은 사라지지 않는다. 다른 날에 비해 오늘은 더 심한 것 같다. 효심은 욱신거리는 머리를 뒤로 한껏 젖혀 본다. 그래도 진통은 멈추지 않는다. 가슴속은 무언가를 잘못 먹은 것처럼 메스껍다. 금방이라도 속에 있는 음식물을 게워 낼 것만 같다. 효심은 욕실로 가야겠다고 생각했다. 효심은 욕실 쪽으로 몸을 돌린다.

쿨럭, 쿨럭. 폭발한 분화구처럼 음식물이 꾸역꾸역 효심의 입 밖으로 밀려나오고 있다. 음식물을 쏟아 내던 효심의 눈이 희 번뜩해진다.

*

"아저씨, 죄송하지만 조금만 빨리요. 제발 부탁 드려요."
상길의 다급한 마음이, 애타는 마음이 택시 기사에게 전해졌는가.
택시 기사가 속력을 내고 있었다.
아이들에게 피자를 먹이기 위해, 막 배달 온 피자상자를 풀고 있을 때 상길의 휴대폰이 울렸다. 휴대폰을 열자 '엄마'라고 떴다.

상길은 마른세수를 했다. 어머니에게 효도를 하기 위해서라도 최선을 다해 치킨 집을 운영해 나갈 것이라고 다짐을 하며, 상길은 "네, 엄마!" 하고 어머니를 불렀다. 그러나 전화기 속의 목소리는 어머니가 아니었다.

"상길이니? 나 욱이 엄마."

상길은 숙희의 목소리를 듣는 순간 불안감이 엄습했다. 어쩌면 어머니한테 불길한 일이 일어났을지도 모른다는 생각이 찰나에 스치고 지나갔기 때문이다. 어머니에게 무슨 일이 일어나지 않고서는 욱이 어머니가 전화를 걸어올 일이 없을 것이었다.

"상길아, 엄마가 쓰러졌어. 보호자가 와야 수술할 수 있는데. 빨리 와 줘."

상길은 전화를 끊으며 머릿속이 하얘졌다. 어디로 가야지. 병원이 어디라고 했지? 준길이 전화번호는? 미라는?

아내 희선이 나서서 준길에게 전화를 걸어 통화하고 있었다. 어머님이 쓰러지셨대요. 저희도 자세한 상황은 몰라요. 지금 숙희 아주머니한테 연락 받았어요. H병원 응급실이래요. 빨리 오세요. 미라 아가씨한테 제가 연락해 놓을 게요.

아내가 미라에게 전화를 넣어 준길에게 했던 말들을 다시 이야기할 때에서야 비로소 어머니가 쓰러졌다는 것도, 그래서 지금 병원응급실에 누워 계시다는 것도, 보호자의 동의가 있어야 수술을 할 수 있다는 것도, 택시가 병원 앞에 도착해서야 이 모든 상황들이 사실처럼 느껴졌다.

데스크에서 안내해 준대로 응급실로 들어간 상길은 뇌수술을 받기 위해 삭발을 한 어머니의 모습에 휘청거린다. 갈비뼈가 어긋나는 것처럼 고통스럽다. 가슴을 움켜쥐던 상길은 문득 군에 입대하기 위해 머리를 몽땅 밀고 왔을 때가 떠올랐다. 박박 밀어 버린 상길의 머리를 쓰다듬으며 어머니는 네 머리통에서 빛이 난다고 했다.

이발소까지 쫓아와 입대하기 위해 자른 머리카락을 쥐고 대성통곡을 했다는 친구의 어머니의 이야기를 들어서였을까. 눈물은커녕 농담처럼 던지는 어머니의 말이 섭섭하기도 했었다. 그때는 어머니가 이해되지 않았었다. 그런데 지금 한 올의 머리카락도 없이 밀어 버린 어머니의 민머리를 보자, 이제야 조금은 그때의 어머니의 마음을 알 것도 같았다. 어머니의 마음이 얼마나 힘들었을까를. 상길은 또 양손으로 얼굴을 벅벅 문지른다. 할 일이라고는 그저 얼굴을 문지르는 일밖에 없는 사람처럼. 차라리 어머니의 발목이 팔목이 부러졌든가, 아니면 어딘가가 찢어져서 꿰맨다든지 하는 외상이라면 이렇게 가슴을 쥐어짜는 것처럼, 고통스럽지는 않을 것이다. 외관상으로 너무나 편안해 보인다. 깊이 잠들어 있는 것 같은 어머니의 모습이 그래서 더 두렵다.

"준길아, 어쩌니? 네 엄마 불쌍해서… 산에 가기로 약속을 해 놓고서 안 오는 거야. 전화를 했지. 전화도 안 받고. 다용도실에 갇혀서 두 시간 동안 있었다는 얘기가 퍼뜩 생각나서 쫓아가 봤더니."

거친 숨을 몰아쉬며 응급실로 뛰어 들어오는 준길을 붙잡고 숙희가 훌쩍인다.

"다용도실은 또 뭐예요?"

준길이 눈물을 훔치며 숙희에게 물었다.

"네 엄마 다용도실 문이 안에서 잠기는 바람에 2시간이나 갇혔었잖아. 너도 네 형처럼 몰랐구나."

숙희가 다용도실에서 어머니가 갇혀 있었던 이야기를 상길에게 했던 것처럼 다시 준길에게 설명하고 있었다. 숙희에게서 어머니가 다용도실에 갇혀 있었던 이야기를 들었을 때 상길은 마음속으로 '아, 엄마!' 하고 외마디 비명을 질렀다. 가게 보증금 때문에 돈 이야기를 하러 갔던 그날 밤, 왜 어머니가 현관문의 비밀번호를 바꾸어 달라고 했는지를 그제야 이해할 수 있었기 때문이었다. 다용도실에 갇혀 있었던 일을 자식이 알게 될 것을 우려한 어머니의 속마음도 모르고 상길은 섭섭하기만 했었다. 마음대로 현관문을 열고 들어오는 자식들 때문에 비밀번호를 바꾸어 달라는 것으로 상길은 어머니를 오해하고 있었던 것이었다.

"어훙, 어훙… 엄마, 엄마……."

준길은 숙희의 이야기를 듣고 나자, 더 큰 소리로 효심을 부르며 울기 시작했다. 주변에 있던 다른 환자나 그 가족들이 준길의 통곡 소리에 흘깃거리며 수군거리자, 희선이 제지한다.

"그만 진정하세요. 여기 우리만 있는 곳 아니잖아요."

"그래, 준길아! 네 엄마 괜찮을 거야. 그럼, 그럼."

희선의 만류에 숙희가 나서서 준길을 달래며 등을 쓸어준다.

"뭐래? 우리 엄마 왜 이렇데? 빨리 어떻게 우리 엄마 해 줘야지. 왜 이러고 있는데."

"네들 오기 전에 검사 다 했고, MRI도 찍었어."

숙희가 놀란 가슴을 쓸 듯 한숨을 쉬며 말하는데, '한효심 보호자 분' 하는 간호사의 호명 소리가 들려왔다.

상길과 준길이 동시에 "네" 하고 대답했다.

"보호자 분들, 들어오세요."

상길은 옆에 서 있는 희선을 돌아본다.

"당신은?"

"난, 아주머니하고 어머니 곁에 있을 게. 당신하고 서방님만 들어가. 뭐 하러 다 들어가."

"그래. 네들만 들어가."

숙희도 거들고 나선다.

희선과 숙희의 말에 상길과 준길만이 간호사를 따라 들어갔다. 유독 피부가 까매 보이는 의사는 흰 가운을 막 걸치고 있었다. 휴일 날이라 쉬고 있다가 연락을 받고 지금 도착했다는 의사는 깡마른 체형의 소유자다. 그래서인지 매우 신경질적으로 보인다. 의사는 어머니의 뇌 사진을 가리킨다. 의학적인 상식이 없다 하더라도 의사가 가리키는 곳은 육안으로 식별할 수 있을 정도로 허옇게 변해 있었다.

"이 흰 부분이 출혈이 생긴 곳입니다. 수술을 한다고 해도……. 상태가 너무 안 좋습니다. 환자의 상태를 봐서는……."

의사의 말이 끊긴다. 팔걸이를 한 채 어머니의 뇌 사진을 쳐다보던 의사는 오른손으로 되똑한 코끝을 매만진다. 그리고는 다시 어머니의 뇌 사진을 뚫어지게 쳐다보고 있다. 의사가 어머니의 뇌 사진에서 치료할 활로를 모색하고 있는 것 같아 상길은 숨을 죽인다. 준길은 붉게 충혈된 눈동자를 뒤룩뒤룩 거리며 의사를 주시했다.

"흠."

의사가 얕은 숨소리를 낸다.

숨죽이고 있던 상길이 뱃숨을 내쉬며 어렵게 묻는다.

"가능성은요?"

"1%……."

"엄마."

의사의 말에 준길이 단말마의 비명처럼 효심을 부르며 주저 앉았다.

상길은 비로소 의사를 똑바로 쳐다본다. 1%의 가능성이 있다면 거기에 99%의 희망을 걸 것이라고.

의사를 주시하던 상길이 입을 뗀다.

"수술해 주세요. 수술하다가 돌아가신다 해도. 전 그 1%에 희망을 걸겠습니다."

상길의 단호하고도 확실한 어투에 의사가 상길에게 시선을 돌린다. 그리고는 천천히 입을 열었다.

"만약 수술이 성공한다 해도 하반신마비가 올 수도 있고… 반신불수가 될 수도 있고 언어장애가 올 수도 있습니다. 그 밖에도 여러 가지 합병증이 동반될 수 있어요. 거기에 따른 각오를 하셔야 됩니다. MRI상으로 봤을 때 이 정도면 상당한 기간 동안 환자 몸에 이상이 있었을 텐데요. 가족 분들은 전혀 모르셨나요? 지금까지 아무 일 없었다는 게 기적입니다."

상길과 준길은 서로를 바라본다. 그러나 두 사람 모두는 어머니에 대해 아는 게 없다.

"언어장애나 팔 다리의 마비 증세나, 두통을 호소할 수도 있었을 텐데요."

"두통이요?"

상길의 물음에 의사가 고개를 끄덕인다. 그제야 상길은 가게보증금 문제로 어머니와 마주 앉았을 때가 떠오른다. 어머니가 머리가 아프다며 정수리 부근을 두드리던 모습이었다. 이제야 기억이 난다.

"머리가 아프시다는 소리를 들었던 것도 같습니다."

의사는 상길의 말에 머리를 끄덕이고는 '흠' 하고 한숨을 토해낸다. 그리고는 결심을 한 듯 걸치고 있던 가운을 벗으며 말했다.

"일단 수술을 한 뒤 다시 말씀을 나누죠?"

"고맙습니다. 감사합니다."

준길이 의사의 손을 부여잡고는 머리를 조아린다. 준길의 등을 의사가 토닥인다. 보호자들이 잘 알아들을 수 있도록 조근 조근 설명하는 의사의 말투와 행동에 애가 타던 상길의 마음도 준길의 마음도 조금은 편안해지는 것도 같았다. 신경 질적으로 보이는 의사의 외모와는 대조적인 모습이다. 의사가 수술을 하기로 결정을 내리자, 차트를 든 채 옆에 서 있던 볼이 통통한 간호사가 서류를 내밀었다. 상길은 간호사가 내미는 서류를 받아 든다. 수술이 잘못 되어 환자에게 발생할 수 있는 여러 가지 사항이 적힌 설명서였다. 하지만 글귀가 눈에 들어오지 않는다. 보이는 건 보호자란에 서명을 하는 란뿐이다. 어머니를 살릴 수도 있는 서명이기도 했다. 하지만 어머니가 잘못 되어도 그 어떤 이의를 제기하지 않는다는 서명이기도 했다. 차근차근 설명해 주는 의사로 해서 잠시 편안해진 것도 같았던 마음에 다시 불안감이 엄습한다. 펜을 쥐고 있는 손이 떨린다. 이 순간을 피할 수 있다면 피하고 싶다. 상길은 펜을 쥐고 있는 손에 힘을 준다. 서명을 하며 간절히 빈다. 제발 어머니의 지금의 모습이 마지막이 아니기를.

어머니는 상길에게 있어 그냥 어머니가 아니다. 어머니로

다 표현할 수 없을 정도로 아주 특별한 존재이다. 어머니가 없었다면 상길은 아버지가 없는 그 시간을 견뎌 내지 못했을지도 모른다. 고등학교 때였었다. 짝꿍이었던 인철의 집에 간 것은 인철이 며칠째 결석을 했기 때문이었다. 담임선생님의 권유로 인철의 집에 갔을 때 상길은 아연 질색했다. 치우지 않은 집안은 빨래거리와 먹다 남은 음식물들로 해서 쾌쾌한 냄새가 코를 찔렀다. 악취가 풍기는 어두컴컴한 방에서는 가래 섞인 노인의 숨소리처럼 그르렁거리는 소리가 끊이지 않고 들렸다. 인철의 아버지였다. 병환이 깊은 것 같은 인철의 아버지는 거친 숨소리를 내며 가정사에 얽힌 이야기를 힘들게 꺼내었다. 인철은 집을 나간 여동생을 찾기 위해 학교에 가지 못했을 것이라고 했다. 인철의 어머니는 어린 남매와 병든 남편을 두고 집을 나간 지 오래 되었다고 했다. 인철은 어머니의 가출로 여동생과 병든 아버지의 뒷바라지를 하며 학교에 다니고 있었던 것이다.

상길은 어머니가 옆에 계시다는 것이 어떤 의미였는지를 다시 한 번 느끼었다. 인철도 어머니가 계셨다면 집안이 저렇듯 되지는 않았을 것이었다. 또한 여동생도 집을 나가는 일 따위는 벌어지지 않았을 것만 같았다. 어머니가 집에 있다는 것과 없다는 것은 한 가정을 무너뜨릴 수도 있고, 아무리 힘든 역경이 몰아쳐도 어떻게든 견뎌 내고자 하는 삶의 끈이 될 수 있다는 것을, 상길은 그때 다시 한 번 깨달았었다. 부자는 아니라도 좀 여유롭게 살고 싶었던 때가 있었다. 조금만 집안이 여유롭다면 아니 아버지가 계시다면 상길은 아르바이트를 하지 않았을지도 모른다. 객기를 부리고 싶어 안달을 부렸던 적도 있었다. 근사한 오토바이를 타고 맘껏 도로를 질주하는 상상을 하며 오토바이를 판매하는 대리점 앞에서 한없이 서 있기도 했다. 그뿐인가. 방과 후 친구들이 떡볶이나 짜장면 내기로 하는 농구는 상길이 운동 중에서 제일 좋아하는 종목이었다. 하지만 그 모든 것을 뒤로 할 수 있었던 것은 어머니가 있었기 때문이었다. 숙희의 음식점에서 일을 하는 어머니는 손에서 물기가 마를 날이 없는 듯 했다. 어머니의 손은 마른 등걸처럼 투박했다. 어떻게든 공부를 열심히 해서 어머니의 거친 손을 꼭 잡아 주고 싶었다.

"개천에서 용 안 난다. 요즘은 강남에서 용 난다더라. 부모 잘 둔 덕에."

인철은 그렇게 말하고는 담배연기를 훅 뱉으며 헛웃음을 날렸다. 인철이 담배를 피우는 건 오래 전부터 알고 있었다. 담배 냄새가 구수하게 느껴지면 담배를 피우게 된다고 했던가. 담배를 피워 보고 싶다는 유혹이 강렬하게 솟구쳤다. 그 유혹을 뿌리치듯 상길은 인철의 잔등을 후려쳤다.

"임마, 그래도 공부해서 대학은 가자."

"난 안가. 너처럼 엄마가 옆에 있어서……. 아, 아니다. 그만 두자. 난 고등학교 졸업하는 대로 취직할 거야. 졸업하게 될지도 모르겠지만……."

담배를 비벼 끄며 인철이 일어섰다. 한강 둔치에는 어느 새 어둠이 내려 앉아 있었다. 불빛이 물결에 따라 출렁였다. 인철의 눈빛도 불빛에 출렁이는 물결처럼 흔들렸다. 그러다가 이내 깊은 우물 속처럼 어두워지고 있었다.

수술실 문이 닫힌다.

벽 쪽으로 얼굴을 돌린 준길의 어깨가 들썩인다.

"네 엄마 괜찮을 거야. 그럼 괜찮고말고."

준길의 어깨를 토닥이며 위로하고 있는 숙희를 바라보던 상길은 너무나 쉽게 소리 없이 닫히는 수술실 문을 멍하니 바라다보았다. 한 사람의 생과 사를 가를 수 있는 문이다. 그런데도 어떻게 저리도 조용히 그리고 빨리 문이 닫힐 수 있을까. 적어도 잠깐의 시간은 허용되어야 하는 문이어야 되지 않나 싶었다. 그래서 다시는 못 볼 수도 있는 얼굴을 조금이라도 더 볼 수 있는 배려의 문이 되어야 했다.

"엄마는?"

"어머니는요?"

미라와 준길 댁 지연이 효심에 대해 물으며 들어서고 있었다. 상길은 수술실 문에서 시선을 거둔다. 준길은 여전히 흐르고 있는 눈물을 손등으로 훔치고 있다.

*

　수술은 4시간쯤 걸린다고 했다. 그러나 시간은 자정을 훌쩍 넘기고 있었다. 전광판에는 '수술 중 한 * 심'이라는 이름이 여전히 떠 있다. 수술하는 시간이 길어질수록 가족들은 점차 말을 잃어갔다. 어머니는 쾌차 하실 거라고, 숙희를 안심시키던 상길은 얼굴을 감싸 쥐고 있다. 연신 훌쩍이며 눈물을 훔치는 미라에게 어머니는 그렇게 약하신 분이 아니라고, 반드시 일어나실 거라고 자신 있게 말하던 준길은 전광판을 올려다보며 안절부절거리며 서성인다.

　수술실 벽에 걸려 있는 시계를 바라보며 서성이던 희선은 상길 곁으로 가 앉는다. 양손에 얼굴을 묻고 있는 상길을 보며 희선은 시어머니가 쓰러졌다는 숙희의 전화를 받았을 때를 떠올렸다. 희선은 숙희에게 재차 확인하며 물었었다. 수술을 하면 가망이 있다고 하느냐고….

　희선이 숙희에게 그렇게 물은 것은 시어머니의 회생이 불가능하면 구태여 수술을 할 일이 아니라고 생각했었기 때문이다. 시어머니가 돌아가실 거면 굳이 수술을 할 필요가 없다. 괜히 병원비만 올려 주는 일에 동참하는 짓이다. 그렇지만 그 이야기를 상길에게나 다른 가족에게 희선이 나서서 할 수는 없다. 며느리라는 타이틀은 가족이면서도 어디까지나 피를 나누지 않은 남이라는 사실이다. 상길이 1%의 가망성에 희망을 걸고 시어머니를 수술한다고 했을 때 희선이 잠자코 있었던 것도 그 때문이다. 수술을 하다가 시어머니가 잘못 되어도, 아니 살아나신다 해도 이제는 만만치 않은 병원비가 가족 간의 문제가 될 것이 뻔했다. 희선은 시어머니의 전세보증금을 가지고 온 것을 두고 형제들에게서 말이 나올 수도 있을 것이라고 여긴다. 시어머니의 병원비를 감당해야 하는 상황이 벌어질 수도 있는 일이다. 아니 형제들이 그러기 전에 상길이 시어머니의 병원비를 책임진다고 할지도 몰랐다. 상길은 그러고도 남을 사람이다. 희선은 상길에게 행여라도 병원비를 도맡겠다는 소리를 하지 말라고 일침을 가하고 싶다. 하지만 희선은 입을 다물고 눈치를 보고 있는 중이다. 만약에……. '만약에'란, 시어머니가 수술을 받다가 돌아가시는 일이 발생할 때를 말하는 것이다. 그렇게 된다면 차라리 문제는 간단해질 수 있을 것이다. 장례를 치르는 동안 들어오는 부의금(賻儀金)으로 병원비를 해결하면 되었다. 희선은 일단 그렇게 마음을 정리했다. 그러자 한결 마음이 가벼워진다. 희선은 전광판을 올려다보고 있는 준길을 슬쩍 바라다본다.

준길은 전광판에 떠 있는 어머니의 이름이 빛을 따라 사라지는 것을 보고 있었다. 그러면서 준길은 생각했다. 만약에 어머니가 잘못 되신다면……. 아니다. 그럴 리가 없다. 어머니는 기필코 회생하실 것이다. 아버지 없이도 지금까지 우리 곁을 지켜 온 어머니가 아니던가. 어떤 일에도 흔들림 없이 우리 삼남매의 길잡이가 되어 주는 어머니가, 홀로 지내는 것이 안쓰러울 때도 많았다. 혼자 밥은 드셨는지. 밤새 별일은 없는지. 어디가 아프신 건 아닌지. 홀로 지내다가 죽음을 맞이했다는 독거노인들의 기사를 보거나 뉴스를 접할 때는 가슴이 덜컹 내려앉았다. 서둘러 어머니에게 전화를 넣어 목소리를 듣고서야 안심이 되던 날들이었다. 그럴 때마다 준길은 어머니 옆에 누군가가 있으면 어떨까 하는 마음도 없지 않았다. 어머니 곁에서 어머니를 지켜 줄 보호자가 필요한 것은 분명했다. 그러다가 이내 생각을 접곤 했었다. 어머니는 그냥 우리의 어머니여야 했다. 또한 아버지의 여자로서만이 존재해야 했다. 그랬던 마음이 흔들린다. 어머니가 생면부지의 남자를 만나 새로운 가정을 꾸렸더라면, 오늘 같은 이런 일은 어머니에게 닥치지 않았을까.

준길은 허공을 향해 깊은 숨을 내뱉는다. 사람이란 그런 것 같았다. 누군가를 위하면서 이해를 한다고 하지만 결국은 스스로를 제일 아끼고 사랑한다는 것을. 그래서 말은 어머니한테 좋은 분 있으면 만나라고 늘 이야기하면서도, 진심은 아니었다는 사실이다. 여자인 어머니를 용납할 수 없었기 때문이다. 그저 어머니이어야 했다. 어머니이기만을 바랐다. 한 여자이기 전에 한 인간으로서 당연히 누려야 하는 어머니의 삶을 그렇게도 외면하고 싶었던 것은 결국 준길의 욕심이었을 것이다. 준길은 두렵다. 어머니를 잃게 될지도 모른다는 사실이.

그렇지 않을 것이다. 준길은 마음을 다 잡는다. 그럴수록 불안감은 더욱 커진다.

"어휴, 답답해. 어디 가서 물어 볼 수도 없고?"

버럭, 준길이 소리를 지른다. 준길의 소리에 숙희 곁에서 졸고 있던 미라가 눈을 뜬다.

"아휴, 깜짝야. 놀랐잖아."

"넌 지금 이 상황에서 잠이 오냐?"

준길의 볼멘소리에 미라가 뭐라고 하려다가 입을 다물었다.

"애 키울 때는 잠을 자도, 자도 쏟아지는 법이야."

숙희가 미라를 옹호하고 나서자, 휴대폰을 들여다보고 있던 지연이 준길에게 눈짓을 했다.

"잠깐 나가서 바람 쐬고 오자."

지연의 말에 준길은 고개를 푹 떨어뜨린다.

지연은 준길이 시어머니의 수술이 늦어지는 것을 두고 불안해 한다는 것을 알고 있었다. 그 불안감이 시누이인 미라에게 불퉁거리게 한다는 것도. 하지만 지연의 속셈은 따로 있었다. 시어머니에게 들어가는 병원비에 대해서 준길에게 미리 이야기를 해 두어야 한다고 여기고 있는 중이다. 시어머니는 전세 보증금을 빼어서 큰댁에게 주었다. 그것은 무엇인가. 바로 큰 아들이라는 것 때문일 것이다. 그렇다면 시어머니에게 들어가는 병원비는 당연히 큰댁에서 책임지는 것이 맞았다.

"저희 잠깐 나갔다 올게요."

지연이 준길의 팔을 잡으며 가족을 향해 양해를 구했다.

"그래. 나가서 찬바람 좀 쐬고들 와."

숙희의 말에 지연이

"네, 아주머니"

하고 대답하고는

"뭐 따뜻한 차라도 사 올까요?"

하고 물었다. 지연의 물음에 숙희와 가족들은 고개를 저었다.

준길은 지연을 따라 병원 휴게실로 내려왔다.

"좀 앉아."

휴게실에 내려와서도 초조해서 어쩔 줄 몰라 하는 준길에게 지연은 어린아이를 타이르듯 조용한 어조로 말한다. 그제야 준길은 무거운 짐을 부리듯 의자에 몸을 맡긴다.

"… 병원비 말이야."

지연의 말에 준길이 지연을 향해 고개를 돌린다. 지연과 준길의 시선이 잠시 부딪힌다.

"병원비, 뭐?"

"어머니한테 들어가야 하는 병원비, 우리가 다 책임지는 일 만들지 마."

지연의 말에 준길이 의자에서 벌떡 일어나며 소리부터 질렀다.

"그 이야기 하려고… 날 이리로 데려 온 거야, 지금?"

"맞아."

지연은 돌려 말하지 않는다. 부연 설명도 필요 없는 일이다. 잘라 말했다. 지금 중요한 건 시어머니의 병원비에 대한 문제였다. 준길에게 확실하게 해 둘 필요가 있다고 지연은 생각했다.

"그래도 이건 아니지 않아. 아무리 돈이 중요하다지만 어떻게 엄마 수술하고 있는데, 병원비를 갖고 이야기 하냐. 장모님이 지금 이 상황이 되어도 그렇게 말할래?"

"병이 나서 치료를 받는 일은 누구한테든 벌어질 수 있는 일이야. 내 부모님이라고 해도 마찬가지야. 왜 당신은 감정만 앞세워."

"내가 말을 말아야지."

준길은 지연을 쏘아보며 몸을 돌린다.

"이야기를 끝내야지."

"무슨 이야기를 끝내."

"큰집에서 어머님 전세금 빼서 가져갔잖아. 큰 집에서 해결하게 당신은 가만히 있어. 분명하게 말했다, 나."

준길이 다시 의자에 몸을 던지듯 앉으며 지연의 말을 되받아쳤다.

"형네서 해결 못하면 어쩔래?"

"왜 큰집에서 해결 못한다는 생각부터 해?"

"그럼 엄마 수술하고 있는 중에 병원비 같고 이야기하는 당신 생각은 잘 된 거야? 난 만약에 장모님이나 장인어른한테 이런 일이 생겼다면 당신처럼 이러지 않을 거다. 알았어?"

준길은 지연을 휴게실에 놔 둔 채 수술실 앞으로 향했다. 의자에 앉아 수술실 문이 열리기만을 기다리고 있던 상길과 희선은 무거운 얼굴로 들어서는 준길을 쳐다보았다. 희선은 준길의 얼굴을 보며 고개를 끄덕인다. 지연이 준길과 왜 자리를 떴는지를 알 것 같았기 때문이었다. 분명 시어머니에게 들어가는 병원비 문제로 언쟁을 벌였을 것이다. 희선은 뒤따라 들어오는 지연을 보며 회심의 미소를 짓는다. 그때였다. 수술실 문이 열렸다. 깡마른 의사가 걸어 나오고 있었다. 숙희와 가족 모두는 약속이라도 한 듯이 의사 앞으로 몰려갔다.

희선이 의사 앞으로 한 발짝 더 다가가며 재빨리 묻는다.

"저희 어머님은요?"

"시간이 오래 걸린 것처럼 아주 힘든 수술이었습니다. 일단 수술은 잘 되었습니다만, 장담할 수는 없습니다. 경과를 지켜봐야 합니다. 만약에 뇌압이 올라가면 수술하느라 열어 놓았다가 봉합한 부분이 잘못 될 수도 있으니까요. 그렇게 되면 예기치 못한 일이 발생할 수도 있습니다. 일단 지켜보도록 하죠."

희선의 물음에 의사는 효심의 상태에 대해서 자세하게 설명해 주었다. 설명을 마친 의사는 머리에 쓰고 있던 푸른 두건을 벗는다. 의사의 얼굴은 무척 피곤해 보인다. 지친 기색이 역력했다.

"정말 감사합니다."

"애쓰셨습니다."

"고맙습니다."

"고맙습니다. 우리 친구 살려 주셔서……."

상길과 준길, 미라, 숙희가 차례로 허리를 굽히며 의사에게 진심을 담아 인사말을 건네고 있었다.

"경과를 지켜보면서 다시 말씀 드리겠습니다. 환자분이 사시고자 하는 의지가 아주 강하신 것 같습니다. 수술하는 동안 잘 견뎌 주신 것을 보면……."

의사가 가족들에게 덕담을 건네고는 등을 돌렸다. 의사 곁에 서 있던 간호사가 가족을 향해 입을 열었다. 수술동의서를 내밀며 읽어 보고 서명을 해 달라고 하던 볼이 통통한 그 간호사였다.

"한효심 환자분은 중환자실로 옮겨졌습니다. 면회시간은 오전 7시와 오후 6시이니까, 시간 엄수해 주시고요. 가족 중 한 분은 만약을 위해서 중환자실 앞에서 대기하셔야 합니다."

볼이 통통한 간호사는 가족을 향해 그렇게 설명하고는 뒤돌아선다. 걸음을 옮기는 간호사를 불러 세운 건 준길이다. 가던 걸음을 멈춘 간호사에게 준길이 따지듯 되묻는다.

"만약이라고 하셨죠?"

"네."

준길의 물음에 간호사가 짧게 대답했다.

"만약이란 어떤 때를 이야기하시는 겁니까?"

"교수님이 말씀하셨던 것처럼 뇌압이 올라간다든지… 그럴 때를 대비해서 말씀 드리는 거예요."

말을 마친 간호사가 준길에게 더 물어 볼 말이 없으면 이만 가보겠다는 인사를 하며 사라지자, 숙희가 근심스러운 표정으로 입을 열었다.

"그러니까 수술은 잘 되었는데, 지켜봐야 한다는 거지? 뇌압 땜에?"

숙희가 재차 확인하듯 상길에게 물었다.

"네, 아주머니."

상길의 대답에 숙희가 "후우" 하고 숨을 골랐다.

"의사들은 대부분이 최악의 경우를 생각해서 말하니까, 너무 걱정하지 마세요. 어머님이 사시고자 하는 의지가 강하시다잖아요. 잘 견디실 거예요."

희선의 말에 숙희가 다짐을 하듯

"그래야지. 그렇게 되어야지. 아니 그렇게 될 거야"

하고는 머리를 쓸어 넘겼다.

"형, 오늘 밤은 내가 엄마 곁에서 있을게."

준길이 주머니에 손을 찌르고 서 있다가 손을 빼며 상길에게 말하자, 상길이 정색을 하며 대답했다.

"아냐. 내가 있을 거야."

"오늘은 내가 있을게, 형. 형은 내일 있어."

"넌 출근도 해야 되잖아. 가서 좀 쉬고 있다가 출근하지 그래."

상길은 아침 일찍 출근해야 하는 준길이 걱정스럽다. 조금이라도 눈을 붙였다가 출근했으면 하는 마음이다. 그래도 자영업을 하는 상길이 시간에는 좀 더 자유로울 수도 있다. 상길은 염려스러운 마음에 준길에게 말했지만, 준길은 고집을 피운다.

"지금 가도 잠이 올 것 같지 않아서 그래. 오늘은 내가 엄마 곁에 있을 테니까, 형은 형수님 모시고 얼른 들어가. 가는 길에 아주머니 모셔다 드리고. 당신이 가다가 미라 내려 주고."

준길의 말에 지연이 고개를 끄덕이는데, 숙희가 손사래를 친다.

"아, 아냐. 난 택시 타고 가면 되니까, 내 걱정은 마. 내일 시간 봐서 다시 오든지 할게."

"제 차로 가세요, 아주머니. 모셔다 드릴 게요."

상길이 숙희에게 함께 갈 것을 권유하지만 숙희는 거절한다.

"방향이 달라. 일요일은 아르바이트생이 쉬는 날이라 욱이한테 맡겨 놓고 나왔어. 나 먼저 간다."

"아, 네. 그럼 조심해서 가세요. 욱이한테도 안부 전해 주세요."

"그래. 알았어."

"너무 애쓰셨어요."

"조심히 가세요."

숙희가 손을 흔들며 복도를 따라 걸어가고 있었다.

희선은 저마다 형제들이 숙희에게 마음을 담아 인사를 건네는 동안 때는 지금이다 싶었다.

"병원비가 상당할 텐데… 수술비에다가 중환자실 사용료에… 언제 퇴원하실지도 모르고."

희선이 병원비를 운운하자, 가족들의 시선이 희선에게로 쏠린다. 미라는 희선의 말에 어이가 없다. 어머니의 집 보증금을 가져간 사람들이 누구인데, 저런 소리를 하는가 싶다.

"큰 언니, 지금 병원비가 문제예요?"

미라는 희선을 쏘아보며 앙칼지게 묻는다.

"아니, 아가씨 그럼 뭐가 문제예요? 병원비는 당연히 생각해야죠. 다들 모여 있을 때, 상의 안하면 언제 해요. 이런 대학병원은 일주일마다 진료비를 청구하잖아요. 지금 월요일 새벽이에요. 날이 밝으면 당장 병원비 청구서부터 나올 걸요."

"그건 형님 말씀이 맞아요."

희선의 말에 지연이 동조하고 나선다. 그렇다고 해서 윗동서인 희선의 편을 드는 건 아니다. 이치가 그랬다. 시어머니의 수술은 잘 되었다고 했다. 나머지 문제는 자식들의 몫이다. 그렇다고 간단한 병으로 수술한 것도 아니다. 뇌수술이었다. 의사의 말대로 후유증도 있을 수 있다. 거기에 따른 대비책은 필요한 것이다.

"당신이 뭘 안다고 그래. 지금 병원비를 갖고 왈가왈부 하는 건 아니지 않아?"

준길은 아직도 지연에 대한 섭섭한 마음이 가시지 않고 있었다. 그렇다고 형수 희선의 말에 맞장구치는 것이 야속해서 지연에게 나무라듯이 한 말은 아니다. 자칫하면 어머니의 병원비로 해서 형제들 간에 싸움으로 번질 수도 있다는 생각이 들었기 때문이었다. 그래서 준길은 지연을 향해 잘라 말했던 것이었다. 언제나 돈이 먼저인 사람이 형수였다. 이재에 밝은 사람이다. 형을 시켜 어머니의 전셋집 보증금을 빼 간 것도 형수의 작품 일 것이다. 그러나 준길은 그걸 문제 삼고 싶지는 않았다. 늘 입버릇처럼 말했듯이 어머니를 모시고 사는 걸 희망해 왔었다. 당연히 장남인 형이 어머니를 모셔야 했지만, 그건 어디까지나 이 사회가 만들어 놓은 하나의 제도적인 틀이라는 생각이다. 부모님을 모시는 것에 첫째나 둘째, 막내가 무슨 상관인가. 부모님은 자식들의 서열에 상관없이 우리 모두의 부모님이다.

여행 동우회에서 만난 지연과 결혼하기 전 준길이 지연에게 제일 먼저 물었던 물음이 결혼하면 어머니를 모실 수 있겠느냐는 거였다. 요즘에도 구시대적인 질문을 하는 사람이 있다고 놀라며 지연은 자신 있다고 대답했었다. 어쩌면 지연은 농담으로 받아들였는지도 모르는 일이었다. 하지만 준길은 진담이었었다. 항상 어머니를 생각하면 먼저 가슴이 저렸다. 왜 그러는지 모르겠다고 언젠가 준길은 지연에게 털어놓았던 적이 있었다. 준길의 말에 지연은 처음 어머니를 뵈러 갔을 때,

준길과 어머님의 사이가 각별해 보였었다고 했다. 정말 어머니와 준길 씨는 연인사이처럼 애틋해 보인다고.

"민준 아빠, 다들 여기서 이럴 게 아니라 식사를 하는 게 어때? 병원 앞에 24시 죽집이 있던데."

희선이 상길을 쳐다보며 말했다. 희선의 말에 가족들은 서로의 얼굴을 바라본다. 아닌 게 아니라 빈속이다. 어머니가 수술을 받는 동안 수술실 앞을 지키느라 가족 모두는 저녁을 굶은 채였다.

"생각 없어요."

준길의 짧은 대답에 미라도 거든다.

"엄마가 지금 이 지경인데 밥이 넘어 가겠어요."

못마땅한 표정을 짓는 미라를 보며 희선의 억양에 힘이 실린다.

"그러니까 아가씨 밥 말고 죽을 먹자고요, 죽을. 그리고 무엇보다 환자를 돌보려면 식구들이 잘 먹어야 된다고요."

그렇게 말하며 희선은 가족들 그 누구도 모르게 미라를 향해 코웃음을 친다.

'뭐, 밥이 안 넘어가. 그렇게 말하는 네가 제일 잘 먹을 걸. 그러나 안 그러나 우리 내기 할까?'

코웃음을 치던 희선은 속마음을 감춘 채 힘이 실려 있던 억양을 부드러운 어조로 바꾸며 미라를 채근한다.

"그래도 아가씨 먹어야 해요."

희선은 슬며시 미라의 눈치를 본다. 미라는 눈을 내리깐 채 희선을 외면하며 거절한다.

"전 됐어요."

"그러지 말고 함께 가요, 아가씨!"

지연이 미라의 팔을 잡으며 간곡한 어조로 권유한다. 그제야 미라는 더 이상 거절하지 않고 따라나선다.

자정을 넘긴 거리는 텅 비어 있었다. 새벽 밤공기는 매우 차갑다. 볼을 스치는 바람이 예사롭지 않다. 거리는 떨어진 낙엽만이 뒹군다. 스산하다. 음식물 쓰레기봉투를 뜯던 잿빛 털의 길고양이 한 마리가 새벽 거리에 나타난 사람들을 피해 주차되어 있는 자동차 밑으로 몸을 숨기고 있었다.

지연의 곁에서 보폭을 맞추던 미라가 걸음을 멈춘다. 그리고는 자동차 밑을 향해 몸을 숙이며 길고양이를 부른다.

"이리와, 나비야!"

미라는 가방 안에서 얼른 캔을 꺼낸다. 간혹 길에서 마주하게 되는 길고양이들에게 주기 위해 미라는 항상 길고양이들의 먹을거리를 지니고 다녔다.

"어머, 아가씨!"

뒤를 돌아보던 희선이 반색을 하며 미라를 불렀다.

"아후, 넌 지금 뭐 하냐?"

준길이 추운지 진저리를 치듯 부르르 떨며 미라에게 한 마디

툭 던진다. 상길은 자동차 밑에 몸을 숨긴 채 나오지도 도망가지도 못하는 길고양이를 보고 있었다. 길고양이는 굶주림에 시달리고 있었던 것 같았다.

미라가 캔 뚜껑을 따서 자동차 밑에다가 놓아 주자, 길고양이는 캔을 허겁지겁 핥는다. 그 모습을 지켜보던 지연이 미라에게 궁금한 표정을 지으며 묻는다.

"아가씨는 언제부터 이런 일을 하게 된 거예요?"

"오래 됐어요."

"정말요? 왜요? 특별한 계기라도 있으신 거예요. 길고양이들에게 먹이를 주게 된 이유 같은 거요?"

지연이 미라를 향해 재차 물었다.

미라는 지연의 물음에 중학교 시절, 키우던 고양이를 떠올린다. 까만 털과 흰 털이 섞인 새끼 고양이를 발견한 건 학교가 파하고 집에 돌아오던 길이었다. 눈이 하얗게 쌓여 있는 운동장 귀퉁이에서 새끼 고양이는 바들바들 떨고 있었다. 그대로 놔두면 얼어 죽을 것 같았다. 동사(凍死)하기 직전처럼 보였다. 미라는 새끼 고양이를 안아 올렸다. 비썩 마른 새끼 고양이는 어쩐 일인지 도망갈 생각을 하지 않았다. 힘없는 눈으로 미라를 빤히 쳐다보았다. 그 눈빛은 굶주림과 추위로 인해 더 이상 갈 곳도 숨을 곳도 없다는 간절함 같은 것이 담겨 있었다. 그 눈빛을 들여다보며 미라는 새끼 고양이를 품속에 넣었다. 집에 돌아온 미라는 새끼 고양이를 지극정성으로 돌보았다. 먹지 못해 굶주렸던 새끼 고양이를 위해 미라는 저금통을 깼다. 분유와 젖병을 사온 미라는 젖병에 분유를 탔다. 새끼 고양이는 젖병을 힘차게 빨았다. 분유를 먹고 난 새끼 고양이의 배가 항아리처럼 불룩했다. 배가 부른 새끼 고양이는 내처 잠만 잤다. 그렇게 분유를 먹고는 자고, 일어나서는 또 먹고 하는 것이 마냥 신기했다. 새끼 고양이는 미라의 보살핌을 받으며 무럭무럭 자라났다. 살도 토실토실 올랐다. 이름도 지어 주었다. 암컷인 고양이의 이름을 지어 주기 위해 미라의 이름 첫 자인 '미'를 두 번 부르는 것으로 '미미'라고.

학교가 파하고 집에 돌아가는 일이 그렇게 즐거울 수가 없었다. 곰 인형이 아닌, 토끼 인형이 아닌, 숨을 쉬는 생명체가 눈을 깜박이면서 기다리고 있는 '미미'가 있다는 것이 그렇게 즐겁고 행복할 수가 없었다. 언제나 빈 집이었다. 현관문을 열고 들어가는 것도, 현관문을 잠그고 나오는 것도, 누군가의 배웅도 받지 못하고 나서는 집이 돌아온 집이 항상 쓸쓸했었는데, 이제는 아니었다. 현관문 앞까지 따라 나와서 배를 홀떡 뒤집으며 애교를 부리는 '미미'를 볼 때마다 미라는 어머니가 일하러 나가고 없어도, 오빠들이 없어도 마냥 행복했다. 부는 한 줄기 바람에도 흘러가는 한 점 구름에도 낙하하는 꽃잎만 바라보아도 눈부시던 햇살이 구름 속에 몸을 숨겨도 지저귀는 새 소리에도 눈물이 샘솟았다. 어머니와 오빠들의 일상적인 잔소리에도 괜스레 화가 났고 분노했다. 돌아가신 아버지가 못 견디게 보고 싶기만 했다. 그 모든 것들이 한데 뒤엉키어 반항심만 커 가던 통과의례적인 사춘기는 고양이 '미미'로 해서 잠재워지고 있었다.

미라가 고양이를 돌보아주는 것이 아니었다. 미미가 미라를 돌보는 것 같았다. 시험 본 성적이 오르지 않아 시무룩하게 앉아 있으면 미미는 마치 '괜찮다고. 다음엔 더 잘 할 수 있다고' 위로 해 주는 것처럼 '갸르릉'거리며 자그마한 손을 들어 미라의 얼굴을 어루만져 주었다. 그뿐만이 아니었다. 점심을 먹은 것이 체해 학교에서 조퇴를 한 미라는 집에 돌아왔지만 빈집이었다. 미미만이 집을 지키고 있다가 미라를 맞이해 주었다. 미라는 자리를 펴고 누웠다. 미미는 미라 곁에서 꼼짝하지 않고 앉아 있었다. 마치 아픈 미라를 돌보는 간병인처럼. 미미는 사료를 먹으러 거실로 나가지도 않고 미라를 지켰다. 얼마쯤 시간이 흘렀다. 사위가 깊고 깊은 산 속처럼 고요했다. 창문은 검은 도화지를 붙여 놓은 것처럼 캄캄했다. 그 짙은 어둠 속에서 푸르스름한 두 개의 빛이 보일 뿐이었다. 미미의 눈동자였다. 잠에서 깬 미라는 미미를 끌어안았다. 따스했다. 미미의 체온을 느끼며 볼을 비비던 미라는 거실로 나왔다. 미미의 밥그릇에는 사료가 그대로 남아 있었다. 미라는 품안에서 갸르릉거리는 미미를 밥 그릇 앞에 내려놓으며 말했다. 이제 괜찮다고. 그러니까 미미 너도 어서 밥 먹으라고. 곁을 지켜주어서 정말 고마웠다고. 그제야 미미는 사료 그릇에 얼굴을 묻었다. 미라는 미미로 해서 추웠던 가슴이 따뜻해졌다. 아버지의 부재로 인해 잃었던 웃음이 미미로 해서 되살아났다. 단지 불쌍한 마음에 안아 올렸던 새끼 고양이었다. 그런데 그 고양이는 오히려 미라에게 많은 사랑을 아낌없이 주고 있었다. 가족처럼.

미미가 사랑을 주는 것처럼 미라도 미미를 그렇게 사랑하면 되는 줄 알았다. 발정이 무언지 그것이 본능이라는 것도 몰랐다. 언제부터인가 소변을 모래를 담아 놓은 상자에 보지 않고 아무 곳에나 누웠고 '야옹'거리는 소리를 심하게 내었다. 미미가 잠깐 열어 놓은 창문을 통해 집을 나가리라고는 상상도 하지 못했다. 그때부터였다. 어디선가 고양이 울음소리가 들리면 혹시 미미인가 싶어서 무작정 뛰어나가게 된 것이. 그리고 알았다. 길 위에는 수많은 길고양이들이 하루의 아니 잠깐의 생명을 이어가기 위해 얼마나 많은 위기에 처해 있는가를.

미라는 주변을 두리번거린다. 지금도 '미미'야 하고 부르면 어디선가 모습을 드러낼 것 같기 때문이다. '미미'에 대한 그리움을 떨치듯 미라는 지연에게 시선을 돌린다.

"왜요, 언니도 관심 있어요."

"아뇨, 아가씨! 전 관심도 없고, 그렇다고 길고양이를 싫어하지도 않아요. 무관심이죠. 누군가는 아가씨처럼 길고양이들을 보살피고 누군가는 극도로 싫어하고 누군가는 저처럼 수수방관하고. 그렇기 때문에 길고양이들이 사라지지 않고 살아 있는 거 아니겠어요."

"맞아요, 언니. 이 먹이로 길 고양이들은 그저 잠깐의 시간을 버티는 걸 거예요. 언제 어떻게 될지…."

"길고양이건 사람이건 그래도 여름날이 살기 좋은데. 벌써 한 겨울 날씨처럼 춥네."

미라의 말을 툭 자르듯 희선이 그렇게 말하고는 목을 잔뜩 움츠려 들인다. 미라는 자동차 밑에서 캔에 들어 있는 음식을 정신없이 먹고 있는 길고양이를 보며 석호와의 혼전 임신으로 다영이가 생겼을 때를 떠올린다. 눈밭에서 바들바들 떨고 있던 새끼 고양이 '미미'를 만나지 못했다면 미라는 어쩌면 다영이를 낳지 않았을지도 몰랐다. '엄마'가 된다는 것이 겁이 나서였다. '엄마'로서의 준비도 없이 '엄마'가 될 수는 없었다. 또한 혼전 임신을 가족에게 알릴 일이 너무나 두렵기도 했다. 그 두려움을 몰아내고 가족에게 알릴 수 있었던 것은 새끼 고양이 미미를 키운 것이 큰 용기가 되었었다. 미라는 여전히 캔에 얼굴을 묻고 있는 길고양이를 물끄러미 바라보다가 가족들을 따라 죽집으로 들어갔다.

죽집은 썰렁 했다. 주인인 듯한 여자가 벽에 걸려 있는 텔레비전을 보고 있다가 굼뜨게 몸을 일으켰다. 가족들이 테이블을 차지하고 앉자, 주인 여자는 물통과 컵을 갖다 놓는다. 물은 따뜻했다. 컵에 물을 따르자 온기가 느껴졌다. 희선이 컵을 쥔 채

"다들 드실 거죠? 어떻게 주문할까요?"

하고 물었다. 희선의 말에 지연이

"저는 조금만 먹으면 될 것 같은데요"

했다.

"그럼 동서하고 나하고는 한 그릇 같고 나눠 먹을까?"

"네. 그래요, 형님."

"야채 죽으로 통일해요, 그럼?"

희선의 물음에 가족들은 고개를 끄덕인다. 죽을 주문한 희선은 물을 마시다가 "으. 으윽, 춰" 하며 몸을 부들부들 떤다. 희선의 옆에 앉아 있던 상길이 걱정스러운 눈빛으로 희선에게로 고개를 돌린다. 가족들 역시 희선을 향해 시선을 보낸다.

"괜찮으세요?"

"네. 괜찮아요. 따뜻한 물을 마시니까, 몸이 녹느라고 그러는 모양이에요."

준길의 물음에 희선이 대답하고 나자, 지연이 요즘 감기는 잘 떨어지지 않는다고 하며 병원에 미리 가라고 당부했다.

"그러세요. 이 사람 말대로 하세요, 형수님. 건강이 최고인 거 같아요. 엄마가 저렇게 되시라고는 누가 알기나 했어요. 건강은 건강할 때 지켜야 한다고 하니까, 우리도 미리미리 건강부터 챙기자고요. 형은 건강 검진했어?"

준길이 상길을 바라보며 묻자, 상길이 고개를 천천히 끄덕인다.

"일 년에 한 번씩은 꼭 검진해. 나는 회사에서 정기적으로 하지만 형은 아니잖아."

준길은 말을 더 이으려다가 함구한다. 잘못하면 상길이 오해할지도 모른다는 생각이 들었기 때문이다. 또한 가족들이 있는 앞이다. 상길을 위해서 하는 말들이 잘못하면 무시하는 발언으로 들릴지도 모른다는 생각이 들기도 했다. 남자들에게 있어 직장을 다니는 것과 다니지 않는 것은 민감한 부분일 것이다. 아무리 상길이 스스로 선택한 길이라고 해도 그렇다. 준길은 말 머리를 재빨리 돌린다.

"형수님 말씀대로 병원비는 어떻게 하면 좋겠어요?"

준길이 희선의 시선을 좇으며 병원비 이야기를 꺼내었다.

"뭐 저라고 뾰족한 수가 있나요. 서로 의견을 내놓다 보면 ……."

희선은 쥐고 있던 물 컵을 식탁 한 쪽에 놓으며 상길과 준길, 미라, 지연의 눈치를 살피고 있다. 그러나 가족들은 누구 하나 먼저 병원비에 대한 이야기를 꺼내지 못하고 있었다. 무거운 침묵만이 감돌았다. 그 침묵을 깬 건 준길이다. 성격이 급한 준길은 이런 문제를 두고 시간을 질질 끄는 것을 참지 못했다. 무엇보다 상길의 형편이었다. 형편이 넉넉하지 못한 상길이 먼저 나서서 가족들에게 병원비에 대한 언급을 한다는 것이 힘이 들 수도 있을 것이다. 준길은 지연을 잠깐 훔쳐본다. 병원 휴게실에서 지연이 한 말이 떠올라서였다. 그러나 준길은 지연이 한 말 때문에 어머니의 병원비를 놓고 형제들과 밀고 당기는 짓을 한다는 것 자체가 잘못된 생각이라고 여긴다.

"일단 형 이렇게 하면 어떨까? 내가 지금은 그래도 형보다는 조금 형편이 나으니까 일단 병원비에서 3분의 2를 책임질게. 나머지는 형이랑 미라가 좀 보태 줘?"

상길은 팔걸이를 한 채 의자에 등을 기대고 앉아 눈을 지그시 감고 있었다. 준길이 내놓은 제안에 상길이 의자에서 몸을 떼며 눈을 뜬다. 희선은 컵을 들어 물을 마신다. 지연은 양손으로 턱을 괴고 앉아 준길을 똑바로 쳐다본다. 미라는 마른 침을 거두어들인다.

"그렇게 해도 괜찮겠어?"

"뭐 어쩌겠어. 형편대로 해야지. 미라, 넌 어때?"

준길이 상길의 물음에 그렇게 말하고는, 미라에게 시선을 보내면 물었다.

미라는 선뜻 대답을 하지 못하고 있었다. 시부모님께 매달 용돈을 드리고 있는 미라로서는 병원비가 부담스럽다. 그런데다가 딸아이가 타고 다니는 유모차를 구입하는 데 쓴 카드 값도 만만치 않다. 유모차는 몇 백만 원을 호가하는 외국의 유명 브랜드 제품이었다. 딸 아이 다영이가 다니는 어린이집에서 만난 엄마들과 공동으로 구매한 것이다. 공동으로 구매하는 바람에 시중 백화점보다는 좀 싸게 구입했지만 미라의 형편으로는 부담이 되는 건 사실이다. 어쩌면 미라는 딸아이를 좋은 유모차에 태우고 싶은 마음보다는, 아이들에 대한 정보를 공유한다는 명분으로 매일 카페에서 노닥거리는 엄마들에게 기죽고 싶지 않은 마음 이었을 것이다.

미라는 고민하지 않을 수 없다. 딸아이의 유모차를 구입하느라 할부로 긁은 카드 값 때문에 어머니의 병원비를 낼 수 없다고는 할 수 없는 일이다. 어머니한테는 별로 용돈을 드린 적도 없다. 기껏해야 어머니의 생신날이거나 명절 때와 어버이날에 십만 원 정도의 용돈을 봉투에 담아 준 것이 전부였다. 결혼하기 전에는 어머니가 전세금을 빼면서까지 보태 준 5천만 원을 조금씩이라도 갚을 작정이었다. 그러나 현실은 녹록치 않았다. 남편 석호의 월급만으로는 어림없었다. 아이를 출산하면 다시 직장에 나가기로 했지만 쉽지가 않았다. 직장에 다시 나가려고 해도 딸아이를 누구에게 맡기느냐가 문제였다. 마음 같아서는 어머니에게 맡기고 싶었다. 하지만 어머니는 단호하게 잘랐다. 편의점을 그만 둘 수 없다는 것이 이유였다. 편의점에서 받는 액수만큼의 수고비를 준다고 해도 어머니는 딸아이를 맡지 않겠다고 했다. 야속했다. "내 어머니가 맞아?" 하고 되묻게까지 했다. 오기가 일었다. '어머니가 맡아 주지 않으면 딸아이를 못 키울 것 같아?'라고. 그러나 그건 어디까지나 오기였다. 딸아이를 맡길 곳을 두고 고심하는 미라에게 석호는 직장에 다닐 생각을 아예 접으라고 빈정거렸다. 아이 아버지들도 직장에서 육아 휴직을 주는 시대에 살고 있는 석호의 발언은 근대적인 사고에서 벗어나지 못한 무책임한 소리로밖에 들리지 않았다. 그렇다고 시어머니에게 딸아이를 부탁할 수는 없는 일이었다. 특별하게 무어라고 하지는 않지만 걸핏하면 집으로 들이닥치거나 시댁으로 오라는 시어머니의 부름은 미라의 가장 큰 근심거리였다. 지난 주말에도 미라는 시어머니의 부름에 달려가야 했다. 시댁의 큰 어른이라는 석호의 큰 아버지의 생신에 참석하라는 시어머니의 전화는 의향을 물어 오는 것이 아니었다. 일방적인 통보였다. 아니 명령이었다. 더구나 식당에서 점심을 먹고 헤어지는 가족 모임도 아니었다. 큰댁에서 차린 점심상이었다. 설거지는 결국 며느리의 몫으로 남았다. 시집 간 시누이들은 거실에 앉아 깎아 놓은 과일을 먹으며 웃고 떠들었지만 미라는 설거지를 하면서 분노했다. 남편의 큰아버지의 생일에 왜 설거지를 하고 있어야 하는지 이유를 모르겠어서였다. 미라를 더욱 분노하게 한 것은 석호의 태도였다. 딸아이를 시어머니에게 맡긴 체 휴대폰으로 게임을 하는데 정신이 팔려 있었다. 자지러지는 딸아이의 울음소리가 들렸다. 놀라 뛰어갔을 때 아이의 손가락이 서랍에 끼어 있었다. 다행이 큰 상처는 나지 않았지만 어른들이 방심하는 사이 자칫하면 큰 사고로 이어질 수 있었다. 시누이들과 수다를 떠는 데 정신이 팔린 시어머니에게 뭐라고 할 수 없는 미라는 석호를 나무랐다. 석호는 "그래서 부러진 것도 아니잖아" 하고는 다시 게임에 열중했다.

오늘도 그렇다. 어머니가 쓰러졌다면 당연히 함께 와 봐야 되는 일이다. 그러나 석호는 딸아이를 핑계 삼아 집에 있겠다고 했다. 물론 면역력이 약한 다영이를 데리고 병원에 온다는 생각은 미라도 하지 않았다. 말이라도 함께 가자고 나설 줄 알았다. 아니면 다영이를 시어머니에게 맡기고서라도, 가야 되지 않겠냐고 할 줄 알았다. 섭섭했다. 왜, 며느리는 시댁에서 일어나는 사소한 일에도 다 뛰어가야 되고, 사위는 친정의 작은 일도 아닌 어머니가 뇌출혈로 쓰러진 큰일에도 몰라라 하는지를.

당연히 어머니의 병원비의 일부를 감당해야 옳은 일이다. 하지만 어머니의 병원비를 석호에게 손 벌리고 싶지는 않다. 다영이가 어린이집에 다니고부터 일자리를 찾기 위해 여기저기 이력서를 내놓고 있었지만 지금까지 연락이 온 곳은 한 군데도 없다. 미라는 진작 직장을 잡았어야 했다는 후회가 인다. 그랬더라면 어머니의 병원비를 부담하자는 준길의 물음에 흔쾌하게 머리를 끄덕였을 것이다. 아니 솔직하게 말하자면 사실 병원비는 큰 오빠 상길이 감당해야 맞는 일이다. 엄밀히 따지자면 그러는 것이 옳다. 삼남매 중에서 어머니에게 받은 혜택도 제일 많다. 상길이 결혼할 때 준 돈도 준길이나 미라와는 월등하게 달랐다. 그것은 무엇인가. 바로 큰 아들이기 때문일 것이다. 장남이라는 것은 아직도 이 사회에서는 관습으로 남아 부모에게 받는 혜택이 많은 것 같았다. 그렇지 않고서는 상길이 어머니의 전셋집 보증금을 또 가져 갈 수는 없는 일이다. 상길이 전세보증금을 가져가지 않았다면 어머니의 병원비는 충분하고도 남을 것이다. 그렇지만 미라는 돌려서 말한다.

"근데 난 출가외인 아냐."

"야!"

대뜸 준길이 소리부터 질렀다.

"왜, 소리를 질러?"

"너 지금 말하는 게 틀려먹었잖아. 꼭 그렇게 말해야 되겠어, 그럼?"

"나는 말도 못해. 그렇다는 얘기지. 그리고 나는 결혼할 때 엄마가 오빠들한테 준 돈보다도 훨씬 적었어."

"그만들 하자."

"그래요, 아가씨도 그만 하세요. 다들 어렵지만 조금씩 힘을 합하자는 거니까."

상길과 희선이 만류하고 나섰다. 하지만 미라는 듣지 않았다. 돌려서 말할 필요가 없다고 미라는 생각했다. 희선의 말 때문이다. 지금 누구네 때문에 어머니의 병원비를 놓고 왈가왈부 하고 있는데……. 마치 자신들과는 무관하다는 듯 말하는 큰 올케의 말에 미라는 벼르고 있던 말을 꺼낸다.

"솔직히 말하자면 큰 오빠네가 엄마 병원비 다 내야 되는 거 아니야?"

미라의 말에 상길과 희선은 더 이상 미라를 제지하지 못하고 입을 다물었다. 그 모습을 지켜보던 지연은 미라의 말이 백 번 옳다고 여기고 있었다. 준길의 결정에 이해할 수 없었던 터였다. 병원비에 대해서 분명히 언질을 주었다. 그런데도 준길은 지연의 말을 무시했다. 통장에 저축된 돈은 준길의 것이 아니다. 준길과 지연이 함께 저축을 해 놓은 공동의 재산이다. 지연의 의사를 반영하지 않고 병원비의 삼분의 이를 내놓겠다고 한 준길이 괘씸했다. 벼르고 있는 중이다. 그런데 미라가 지연의 마음속에 들어갔다가 나온 사람처럼 지연이 하고 싶은 말들을 대신하고 있었다. 맞장구는 칠 수 없다. 하지만 속은 후련했다. 또한 지연은 기회는 이때라고 생각했다. 지연은 준길에게 벼르고 있던 말을 꺼낸다.

"당신도 그래. 내 의사는 묻지도 않고, 당신 맘대로 병원비를 왜 삼분의 이를 내겠다고 하는데?"

"가만있어 봐."

준길이 손짓까지 하며 지연을 제지한다. 그러나 지연은 듣지 않는다. 말을 이어나간다.

"왜, 나 보고 가만있으래. 내가 투명인간이야. 똑같이 내든가. 아니면 순서대로 액수를 정하는 게 맞지 않아?"

날이 서 있는 지연의 말투에 작은 소리로 준길이 말했다.

"형네는 지금 장사도 잘 안 되고……."

지연이 준길의 말을 딱 자른다.

"그건 다 마찬가지야. 우리는 큰 집하고 다른 게 뭔데. 결혼한 지 벌써 이 년이 넘어서 삼 년이 되어 가고 있어. 그런데도 아이를 갖지 않는 이유는 우리 아이들에게 이집 저집으로 이 사 다니지 않게 하기 위해서야. 잊었어?"

　지연이 또박또박한 어조로 왜 아이를 지금까지 갖지 않는 가에 대해서 설명했다. 지연이 아이 이야기를 꺼내자, 준길은 더 이상 아무 소리도 하지 못하고, 고개를 숙인다. 준길은 지연 과 부부 모임에 나가면 친구의 아이를 지연이 품에 안아 어르 는 것을 볼 때마다, 얼어 있던 강이 갈라지는 것처럼 가슴에서 쩍쩍거리는 소리가 났다. 지연 못지않게 아이를 빨리 갖고 싶 은 건 준길 이도 지연의 마음과 똑 같았다. 그러나 준길은 어머 니의 병원비를 놓고 서로의 눈치를 살피는 것이 싫다. 아니 그래서는 안 되는 것이다. 어떤 어머니인가. 어머니의 삶보다 는 자식들의 삶이 먼저였던 어머니이다. 어쩌면 형, 상길보다 어머니를 더 잘 알고 있는 것이 준길이었을 것이다. 가끔 어머 니는 준길에게 소주 한 잔 하자고 했다. 형도 부를까, 하고 물으면 어머니는 됐다고 했다. 아마도 맏자식인 상길에게 보 이고 싶지 않은 부분이 어머니에게도 있을 것 같아 준길은 형을 부르겠다고 더 이상 고집을 피우지 않았었다. 몇 잔 마신 알코올로 기분이 좋아진 어머니는 상길의 흉을 보곤 했다. 사 람이란 말이다, 좀 허술한 곳도 있어야 되는 것이거든. 불만이 있으면 말을 해야지, 말을. 아마도 며칠 째 입을 다물고 있는 상길에 대한 울화가 어머니의 속을 태우는 모양이었다. 알았어. 내가 형한테 잘 말할게. 자 한효심 여사님, 집으로 고고 합시다. 준길의 말에 환하게 웃던 어머니였다. 어머니의 그 환한 웃음을 다시는 못 볼 수도 있었다는 생각이 들자, 준길은 잔등이 송연해진다.

가족들은 병원비에 대한 부담감 때문인지 아니면 지연의 말에 할 말을 잃었는지 그저 죽 그릇에 수저질을 건성으로 하고 있었다. 미라만이 죽 그릇에 연신 수저질을 하며 쩝쩝거리고 있을 때, 지연이 갑자기 생각이 났다는 듯 목소리 톤이 높아진다.

"참, 어머니 보험 들어 놓은 거 있지 않을까요?"

지연의 말에 희선은 상길을 쳐다본다. 미라는 하던 수저질을 멈춘다. 준길은 "아, 맞다. 왜? 그 생각을 못 했지" 했다. 어머니의 병원비로 해서 수심에 차 있던 가족들의 눈빛이 갑자기 밤하늘에 뜬 별처럼 반짝인다.

4. 어떤 간절함 같은 것을

미라는 가쁜 숨을 내쉬며 벽시계를 올려다본다. 면회시간까지는 3분 정도가 남아 있었다. 어머니를 만날 수 있는 시간을 맞추기 위해 얼마나 뛰어왔는지 아직도 숨이 가빴다. 중환자실 앞의 대기실에는 상길과 희선이 앉아 있다가 미라가 들어서자, 상길이 "왔니" 하고 물으며 일어난다. 그리고는 미라를 앉게 한다. 희선은 "왔어요, 아가씨" 하고 물은 뒤 다리를 포갠다. 가쁜 숨을 고르며 대답대신 고개를 끄덕이던 미라는 상길의 얼굴이 무척 지쳐 보인다고 생각했다. 어머니에 대한 상심이 상길의 얼굴에 고스란히 드러나 있다. 언제였던가. 아마도 어머니가 숙희의 음식점에서 주방 일을 할 때일 것이다. 어머니가 왼쪽 손의 검지손가락을 칼에 베어서 온 적이 있었다.

소독을 하기 위해 붕대로 감긴 어머니의 손가락을 풀었을 때, 상처는 의외로 깊었다. 상길이 나서서 소독을 했다. 미라와 준길은 상길이 어머니의 손가락을 소독하는 것을 지켜보고 있었다. 그때 보았었다. 상길의 코끝에 매달린 콧물을. 우스웠다. 궁금했다. 왜 어머니의 손가락을 소독하면서 코끝에 콧물이 매달릴까, 하고. 그러나 미라는 곧 알았다. 상길의 코끝에 매달린 콧물은 콧물이 아니라 바로 가슴으로 울고 있는 눈물이었다는 것을.

"다영이는 누구한테 맡기고 왔어요, 아가씨?"

희선의 물음에 미라는 상길에게서 시선을 거두며 "어린이집에요" 하고 대답했다. 미라가 면회시간이 임박해서야 병원에 도착한 건 딸아이 때문이다. 딸아이를 데리고 병원으로 올 수 없는 미라는 출근하는 석호에게 1시간만 앞당겨서 퇴근을 해 달라고 부탁을 했다. 하지만 석호는 퇴근시간이 다 되 가도록 끝내 연락이 없었다. 기다리다 지친 미라는 할 수 없이 잠들어 있는 딸아이를 안고 딸아이가 다니는 어린이집을 찾아가 전후 사정을 설명했다. 미라의 이야기를 들은 어린이집 원장은 늦게까지 돌보는 아이가 있어서 괜찮다며 다영이를 받아 안았다. 미라는 다영이를 어린이집에 맡기고 돌아서는 발걸음이 천근같았다. 딸아이는 낯가림이 심했다. 잠투정도 심했다. 한 번 울기 시작하면 한 시간 가까이 울다가 잠이 들곤 했다. 어른들은 백일이 지나면 나아질 거라고들 했다. 아니었다. 첫 돌이

지났지만 여전했다. 잠시도 미라가 보이지 않으면 울어 제쳤다. 딸아이의 낯가림 때문에 식사를 할 때도 화장실에 가야 하는 일에도 딸아이를 품에서 내려놓을 수가 없었다. 석호의 품에서도 마찬가지였다. 잠시도 있으려 하지 않았다. 그래서 석호가 딸아이에게 정을 붙이지 못하는 건 아닌가 싶기도 했다. 하지만 아버지였다. 다른 아버지들처럼 석호도 딸아이에게 다정한 아버지가 되어 주기를 미라는 바라고 있었다. 석호를 이해 못하는 건 아니다. 미라처럼 석호 역시 아무 준비도 없이 아버지가 된 것이다. 그 사실을 모르는 건 아니다. 그러나 어머니는 죽음의 문턱까지 다녀온 것이다. 어머니 병환 앞에서도 석호는 딸아이를 외면했다.

중환자실의 문이 열리고 있었다. 상길이 미라에게 "먼저 들어 가 봐" 하고 말했다. 미라는 얼른 의자에서 몸을 일으킨다. 중환자실로 들어간다. 미라는 어머니를 찾아 두리번거린다. 중환자실에 들어가자마자, 바로 왼쪽 편에 있는 두 번째 침대에 어머니가 누워 계시다고 했다. 상길이 알려 주던 말을 상기하며 미라는 어머니가 누워 있는 침대 쪽으로 갔다. 중환자실이라는 곳에 들어온 것은 처음이다. 미라가 살고 있는 이 세상이 아닌 것만 같은 풍경이다. 사후의 세상에 와 있는 것처럼 느껴진다. 겁이 덜컥 난다. 빨리 어머니 곁으로 가고 싶다.

미라는 어머니가 누워 있는 침대 곁에 선다. 멈칫한다. 어머니의 몸에 부착된 장치들 때문이다. 어머니의 머리에는 그물

망처럼 얼기설기한 흰 모자가 씌어져 있다. 또한 어머니는 야구선수들이 운동할 때 착용하는 것 같은 긴 양말을 신고 있었다. 양말은 어머니의 무릎 위까지 올라와 있다. 그런데다가 어머니의 양손은 침대 철책에 묶여 있었고, 코에는 긴 호스가 연결되어 있다. 긴 호스에서는 누르스름한 액체가 도랑처럼 쉴새없이 흘러내리고 있다. 어머니의 모습이 낯설다. 평소에 보던 어머니의 모습이 아니다. 미라는 어머니가 정말 맞는가 싶다. 침대 가장 자리에 붙어 있는 '한 효 심'이라고 쓰여 있는 어머니의 이름이 적힌 카드를 다시 한 번 확인한다. 분명 어머니가 맞다. 미라는 머뭇거린다. 어머니의 얼굴을 들여다보면서도 주춤거린다. 가슴이 심하게 요동친다. 빨리 이곳에서 나가고 싶기도 했다. 미라는 도망치고 싶은 마음을 다잡듯 재빨리 어머니의 손을 잡아 쥔다.

"엄마. 나야, 미라. 내가 누군지 알겠어? 내가 누군지 알겠으면 잡은 손에 힘을 줘 봐."

미라는 울먹인다. 가슴 안에서 요동치는 두려움을 몰아내기 위한 울음인지도 모른다. 미라의 울음소리를 어머니가 듣고 있었던가. 어머니의 손에서 힘이 느껴진다. 그제야 미라는 어머니에게서 느껴지던 생경스러움이 조금은 완화되는 것 같다.

"엄마! 엄마!!"

'응, 미라야. 엄마 여기 있어.'

효심은 미라의 음성을 들으며 대답한다. 잡고 있는 손에 힘을 준다.

'내가 너를 어떻게 모를 수 있겠니. 내 딸, 하나밖에 없는 내 딸 미라야! 내 새끼, 내 막내 딸. 네가 어디에 있든 나는 너를 찾아낼 수 있어. 아니 나뿐만이 아니라, 모든 엄마들이 그렇단다. 그게 엄마란다.'

효심은 미라가 잡고 있는 손을 움직인다. 답답하다. 손목뿐이 아니다. 코 속도 마찬가지이다. 이물질을 넣어 놓은 것처럼 코 속이 얼얼하다. 효심은 이마를 찡그린다. 손목을 비틀어 본다. 코에 매달려 있는 것을 떼어내기 위해서이다. 하지만 손목은 마음대로 움직여지지 않는다.

"엄마! 큰 오빠랑 큰 올케도 왔어. 한 사람씩 면회해야 된다고 해서 나만 먼저 들어온 거야. 엄마, 살아 줘서 고마워. 엄마가 잘못 될까 봐, 나 엄청 무서웠어."

미라의 말을 들으며 효심은 잡고 있는 손에 힘을 더 준다.

'엄마가 잘못 되기는. 엄마가 어떻게 너희들을 두고 떠나. 엄마는 절대 너희들을 두고 못 가. 근데, 미라야! 왜 이렇게 잠이 쏟아지는지 모르겠다. 내 딸이 왔는데. 왜 이렇게 졸린 거지? 그리고 우리 큰 아들 상길이… 내 새끼를 꼭 봐야 하는데.'

"잠깐만요."

미라 곁으로 온 간호사가 말하며 어머니 곁에 선다.

"환자분! 눈 뜨세요. 환자분 눈 떠 보세요!!"

간호사가 어머니의 가슴을 두드리며 부르자, 어머니가 슬며시 눈을 뜬다.

"환자분, 성함이 뭐에요?"

"… …한 … 효 … …심."

"한 효 심 씨 맞아요?"

고개를 끄덕 하고는 다시 눈을 감은 어머니는 금세 코를 골고 있다. 어머니는 코를 골면서도 침대 철책에 묶여 있는 손목이 답답한지 계속 움직인다. 어머니의 모습을 지켜보던 미라는 궁금한 눈빛으로 간호사에게 물어본다.

"엄마 손목을 왜 묶어 놓는 거죠? 답답해하시는 것 같아서요."

"아, 그건요. 혹시라도 환자분이 코에 연결된 호스라든지 수술한 머리를 만질까 봐서 조치를 취해 놓은 거예요."

링걸 병에서 수액이 떨어지는 것을 조절하던 간호사는 그렇게 대답하고는 옆 침대의 환자에게로 몸을 돌렸다. 미라는 다시 침대 철책에 묶여 있는 어머니의 손을 잡는다.

"엄마… 정말, 고마워. 살아 줘서. 엄마한테 잘할게. 엄마 용돈도 많이 주고. 엄마가 건강 해 지면, 엄마랑 여행도 다니고. 엄마가 가고 싶다고 하던 몰타라는 나라도 가고……."

미라는 양손으로 얼굴을 가린다. 복받쳐 오르는 감정을 주체할 수 없어서가 아니었다. 부끄럽기 때문이다. 친구들과 여행을 다녀와서는 어머니에게 조잘거리던 지난날들이 한없이 미안해진다.

"엄마 나 결혼하면 엄마 가고 싶은 데 다 보내 줄게. 그러니까 어느 나라부터 가고 싶은지 적어 놔."

미라의 말에 잠자코 있던 어머니가 '몰타'라는 나라를 가고 싶다고 했었다. '몰타'라고 되묻던 미라는 어머니에게 약속했다. '몰타'로 꼭 여행을 시켜 줄 거라고 다짐하는 미라에게 어머니는 딸을 낳으면 비행기를 탄다는 말이 틀지지 않은가 보라며 웃었었다. 그랬었는데……. 비행기를 타고 가야 하는 해외여행은커녕 국내에 있는 여행지도 보내 드리지 못했다. 미라는 얼굴을 감싸 쥐고 있는 양손을 뗀다.

"엄마, 미안해. 나… 정말 나쁜 딸이지? 엄마한테 잘해 드리는 것도 없고. 걸핏하면 짜증이나 부리고. 툭하면 다영이 아빠랑 못 살겠다고 이혼한다는 소리나 하고. 다시는 안 그럴게, 엄마. 그러니까 아프지 마. 그리고 엄마가 가고 싶다는 몰타… 꼭 보내 드릴게. 그러니까 건강하게 내 곁에서 오래오래 살아 줘."

미라는 어머니의 얼굴을 바라보며 말했다. 아니 스스로에게 다짐하는 말들이었다. 어머니는 항상 건강한 모습으로 곁에 있을 줄 알았다. 어머니는 아프지도 않은 사람인 줄 알았다. 어머니가 중환자실에서 이런 괴기스런 것들을 몸에 부착하고 누워 있으리라고는 감히 생각지도 못하던 일이다. 연신 코를 골고 있는 어머니를 지켜보던 미라는 눈가를 훔치며 중환자실에서 나왔다. 면회시간을 가족들과 돌아가면서 활용해야 하기 때문이다. 큰 오빠 상길이 미라가 나오기만을 애타게 기다리고 있을 터였다.

"엄마는 어떠신 것 같아?"

중환자실 문 앞에서 대기하고 있던 상길이 마스크를 착용하다가 어머니의 상태를 미라에게 묻는다.

"손도 잡으시고 하는데……."

미라의 대답이 끝나기도 전에 중환자실로 들어가는 자동문이 닫힌다. 상길은 깊은 한숨을 조심스럽게 쏟아 낸다. 그리고는 어머니가 누워 있는 침대로 간다. 어머니는 푸푸거리며 코를 골고 있다. 오랜 시간을 잠을 자지 못한 것처럼 어머니는 잠에 취해 있다. 어쩌면 어머니는 그동안 밀린 잠을 자고 있는지도 모른다고 상길은 생각했다. 아버지가 돌아가시고 나서부터 일을 시작 한 어머니이다. 고단할 텐데도 여간해서는 늦잠을 자는 법이 없었다. 쉬는 날도 다른 사람을 대신해서 일을 자처했다. 일부러 일에 몰두하는 것인가, 하는 의문이 들 정도였다. 그랬던 어머니는 뇌수술을 받은 지금에서야 이렇듯 세상모르고 자고 있는 것이다. 상길은 어머니를 가만히 들여다본다.

'엄마, 감사해요. 생의 끈을 놓지 않고 끝까지 쥐고 계셔 주셔서. 어머니를 다시는 뵙지 못할까 봐, 엄마를 잃게 될까 봐서 이 못난 아들은 정말 너무나 마음을 졸였어요.'

그렇게 입속말로 웅얼거리던 상길이 어머니의 손을 가만

히 아주 조심스럽게 잡아 쥔다. 목이 메인다. 힘겹게 침을 모두어 삼킨다.

"엄마, 저 왔어요. 저 상길이요. 제가 누군지 아시겠어요?"

상길은 목이 메어 오는 소리를 내지 않기 위해 애를 쓰며 어머니에게 말한다. 상길의 울먹이는 소리를 효심은 듣고 있다. 잠 속에 빠져 있으면서도 자식들이 부르는 소리는 모두 들린다. 자식들의 체취는 다 맡아진다. 자식들의 울음소리는 애간장을 녹인다. 자식이 무엇이기에.

'상길아! 네가 아무리 울지 않는 척 해도 엄마는 네가 지금 울고 있다는 것을 알아. 상길아, 울지 마. 엄마 괜찮아.'

상길을 향해 그렇게 웅얼거리던 효심은 상길이 잡고 있는 손에 힘을 주며 또 이야기한다.

'엄마는 네가 이 안으로 들어설 때 내 아들 상길이가 이 어미 곁에서 멀지 않은 곳에 있다는 것을 알았지. 네가 어디에 있든 이 어미는 알 수 있거든. 아니 세상의 모든 엄마들은 다 알아. 자식들에게서 풍기는 냄새만으로도 엄마들은 자식들을 다 찾아 낼 수 있거든.

상길아, 항상 고마웠어. 넌 내게 있어 남편 같고, 친구 같고 때로는 한 가정을 책임져야 하는 동지애도 느껴지던 아들이었다. 그런데 너를 알아 볼 수 있겠느냐고 네가 물었다. 어떻게 너를 모를 수 있겠니, 내 아들 상길아! 그런 네가 이 어미를 보러 여기까지 왔구나. 고맙다.'

효심이 마음속으로 하는 이야기를 듣고 있었던 것처럼 상길이 효심의 가슴에 얼굴을 묻으며 흐느낀다.

"엄마, 죄송해요. 저 때문에……."

'무슨 말이야. 그게.'

"죄송해요. 정말, 죄송해요."

상길의 눈물이 멈추지 않는다. 참고 참았던 눈물이. 고달프고 힘들었지만 참았던 눈물이다. 한 가정을 책임지고 살아간다는 것이 얼마나 고독 한 것인가를 이제야 알 것 같은 마음이다. 어머니는 그 긴 고독과 마주 한 채 묵묵히 어머니의 길을 걷다가 여기에 이렇게 누워 있는 것이다. 상길은 회한의 눈물을 쏟는다. 상길의 눈물이 효심의 가슴을 적신다.

'상길아! 울지 마. 왜 울어? 그리고 뭐가 죄송하다는 거야. 죄송할 거 하나도 없어. 근데 왜 이렇게 잠이 쏟아진다니. 너무 졸리다. 어쩌지? 상길아! 밥은 먹었니?'

*

간질이듯 온몸이 들썩여진다. 준길은 눈을 번쩍 뜬다. 진동으로 해 놓은 휴대폰이 침대 가장자리 한 쪽에서 울리고 있었다. 준길은 휴대폰의 폴더를 급하게 연다. 휴대폰 액정에 뜬 번호는 병원의 번호이다. 순간 준길은 커다란 바위가 가슴으로 덮치는 것 같았다. 숨이 차올랐다. 어머니가 쓰러지던 날부터 매일 밤 불면으로 이어지던 날들이었다. 토요일인 어제 오전, 오후 두 차례에 걸쳐 어머니를 면회하고 돌아왔었다. 그렇게 뵙고 온 어머니였는데. 어머니에게 무슨 일이 생긴 것인가. 준길은 차오른 숨을 차마 내뱉지도 못하고 더듬거린다.

"… 여… 여… 여보세요."

"한효심 환자, 보호자 되시죠?"

"… 그… 그런데요."

"한효심 환자분을 일반병실로 옮겨야 돼서요. 병원에 몇 시까지 오실 수 있으시죠?"

준길은 간호사의 말이 끝나자, 눈을 감는다. 그리고는 '휴' 하는 안도의 숨을 내쉰다. 가슴에 쌓아 놓았던 숨을 한꺼번에 쏟아 낸 준길은 간호사에게 조금은 느긋한 어조로 묻는다.

"몇 시까지 가면 되죠?"

"최대한 빨리요. 그래야 다른 환자가 중환자실에 들어오실 수 있으니까요."

"네. 최대한 빨리 가겠습니다."

전화를 끊은 준길은 병원 중환자실에서 전화가 올 때마다 눈앞이 캄캄해지곤 했었다. 혹여라도 어머니에게 안 좋은 일이 벌어졌다는 최악의 말을 들을 것 같았기 때문이었다. 병원의 전화번호가 휴대폰에 뜰 때마다 준길은 천당과 지옥을 오가는 기분이다. 준길은 서두른다. 한시라도 빨리 어머니를 일반병실로 옮기고 싶은 마음이 앞선다. 일반병실로 옮긴다는 것은 어머니의 상태가 좋아졌다는 의미일 것이다.

　다급하게 옷을 꿰 차던 준길은 상길에게 전화를 걸어 이 사실을 알릴까 하다가 그만 둔다. 이른 시간이다. 지연이 멀건 낯으로 준길을 쳐다보다가 입이 찢어질 것처럼 하품을 한다. 지연 역시 어제 밤 내내 잠을 설쳤다. 준길 때문이다. 돌아누웠다가는 돌아눕고를 반복하는 준길에게 지연은 짜증을 부렸다. 지연의 신경질에 준길은 베개를 들고 거실로 나갔다. 지연이 화장실에 가기 위해 눈을 뜬 새벽 거실로 나갔을 때, 준길은 창밖을 멍하니 바라다보고 있었다. 지연은 내색은 하지 않았다. 그러나 준길의 모습에서 마음이 아렸다. 지연은 준길의 모습을 보며 어머니의 존재란 자식들에게 있어 어떤 의미일까를 놓고 반문해 보기도 했다. 모든 어머니들에 대한 자식들의 생각은 거개가 비슷할 것이다. 무엇을 하든 간에 힘들고 지칠 때 괜스레 어머니에게 짜증을 부리고, 해결되지 않은 문제를 놓고 갈등하고 고민할 때 어머니의 지혜로 돌파구를 찾게 되지만 스스로가 잘나서 해결한 척 하고, 스스로 선택을 한 일이 잘못 되었을 때는, 그때 왜 더 말리지 않아 주었느냐며 어머니의 탓으로 돌리는 것이 이 땅의 모든 자식들의 공통된 모습일지도 몰랐다. 시어머니의 병원비를 놓고 준길과 싸웠던 날 지연은 친정집으로 갔었다. 지연의 이야기를 들은 친정어머니는 스스로가 선택해서 한 결혼인 만큼 준길의 뜻에 따르라고 했다. 그렇게 말하는 친정어머니가 미웠다. 친정어머니에게 위로의 말을 듣고 싶었던 지연은 이 모든 일의 원인이 친정어머니 때문이라고 쏘아 대었다. 준길과 결혼한다고 했을 때, 왜 끝까지 반대하지 않았느냐고. 지연의 말에 친정어머니는 어이가 없다는 표정으로 지연을 바라다 볼 뿐이었다.

"형님 댁에는 연락했어?"

"아직. 이따가 연락하려고."

준길의 대답에 지연은 준길이 상길에게 왜 알리지 않느냐고 묻지 않는다. 새벽까지 장사를 하는 상길이 안타까워서일 것이다. 그 누구보다도 상길의 고단함을 안타까워하는 준길이다. 시어머니의 병원비를 갖고 준길에게 말은 모질게 했지만, 그들 형제에게서 느껴지는 신뢰는 지연이 생각하는 것보다 더 깊은 것 같았다.

"상황 보고 전화 줘."

"응. 자동차 열쇠 어디에 있지?"

"운전하고 가게?"

"그래야지."

"그러지 말고 택시타고 가."

지연의 말에 준길은 자동차를 운전해서 병원에 가려던 마음을 접는다. 안 그래도 눈꺼풀 주위가 파르르 떨리고 있다. 아무래도 피곤이 누적 되어서 일어나는 증상인 것 같았다.

"알았어. 우리 와이프 말 들어야지."

"언제부터 그렇게 내 말을 잘 들었다고."

준길은 눈을 흘기는 지연의 잔등을 토닥여 주고는 집을 나선다. 하늘빛이 푸르다. 푸르다 못해 제 성질을 못 이기고 성깔을 한껏 드러낸 겨울 바다빛깔처럼 검푸르게 보인다. 벌써 11월로 접어들고 있었다. 그토록 시간이 가지 않을 것 같더니. 시간은 그 어떤 일에도 양보하는 법 없이 흘렀다. 어머니가 쓰러지던 날부터 오늘까지 멈춰 있는 것 같은 시간은 무심히 흘러 11월이라는 공간으로 이동되어 있었다. 덧없이 흐른 시간 앞에 드디어 오늘 어머니를 일반병실로 옮기는 것이다. 그러고 보니 덧없이 흐른 것 같은 시간도 무심히 흐른 것 같은 세월도 어머니의 몸이 완치되어 가는 나날들이었다는 생각이 든다. 그 나날들이 새삼 고맙다. 준길은 지나가는 택시를 향해 손을 번쩍 쳐든다.

기다림의 시간은 한없이 흘러가고 있었다. 무엇이 잘못 되었을까. 일반병실로 옮기기로 한 어머니가 혹시? 의구심은 꼬리를 물고 늘어진다. 준길은 중환자실로 들어가는 출입문의 버튼을 누른다. 잠금장치가 되어 있는 문은 꿈쩍도 하지 않는다. 면회시간에만 잠금 장치를 해제시킨다는 것을 준길은 알고 있었다. 답답한 마음에 눌러본 것이다. 준길은 불안스럽게 서성인다. 입안이 바짝바짝 타 들어간다. 중환자실의 안에 있는 어머니에게 사고가 일어난 것이 분명했다. 준길은 중환자실과 통화할 수 있는 인터폰을 들었다. 받지 않는다. 그러자 준길은 중환자실 안에서 어머니에게 벌어지고 있는 일들이 보이는 듯 했다.

어머니의 심장과 연결해 놓은 컴퓨터의 모니터에는 포물선이 점점 일직선으로 변해 가면서 '띠,띠'거리는 소리를 내고 있었다. 간호사가 달려온다. 어머니의 가슴에 부착된 줄들을 만지던 간호사가 어머니의 위급상황을 의사에게 알린다. 의사는 어머니의 가슴을 압박하기 시작했다. 하나, 둘, 셋, 넷, 다섯…… 하나, 둘, 셋, 넷, 다섯, 여섯, 일곱…… 이어지는 어머니의 가슴 압박에도 컴퓨터의 모니터에는 포물선이 지그재그로 움직이지 않는다. 어머니의 가슴을 압박하던 의사가 심장 제세동기를 가지고 오라고 소리친다. 심장 제세동기를 든 간호사가 달려온다. 어머니의 가슴에 전기 충격이 이어진다. 그 바람에 어머니의 몸이 공중으로 붕 떠올랐다가 내려진다. 의사의 노력에도 불구하고 어머니의 심장은 더 이상 뛰지 않는다. 의사가 가족들을 향해 어머니의 사망시간을 알리고 있다. 준길은 의사를 붙들고 늘어진다. 다시 한 번만 더 어머니에게 심장 제세동기를 작동시켜 달라고, 고개를 젓는 의사에게 준길은 주먹을 높이 쳐들었다. 상길이 만류하지 않았다면 준길의 주먹은 의사의 면상을 향해 나갔을 것이다. 미라가 어머니의 얼굴을 쓰다듬으며 울고 있다. 상길은 어머니의 손을 붙들고 놓지 않고 있다. 준길은 아직도 온기가 남아 있는 어머니의 가슴을 두드리며 소리쳤다.

"엄마, 눈떠. 눈떠. 눈 뜨란 말이야."

간호사가 상길에게 뭐라고 귀엣말로 하고 있었다. 아마도, 다른 환자들을 생각해 달라는. 여기는 중환자실이라고. 장례식장으로 어머니의 시신을 옮겨야 한다는 등등의 이야기를 하는 것 같았다. 준길은 간호사를 향해 고개를 홱 돌린다. 당신 어머니가 지금 막 돌아가셨는데도, 그렇게 말할 수 있느냐고 묻기 위해서이다. 중환자실의 문이 열린다. 준길은 문소리에 화들짝 놀란다. 그리고는 준길이 서 있는 곳이 중환자실 안이 아니라 밖이었다는 사실에 준길은 안도한다.

"한효심 님, 보호자 분 맞으세요?"

간호사가 준길을 쳐다보며 물어 왔다. 준길은 선뜻 대답이 나오지 않는다. 입안이 다 말라 버린 것처럼 입이 떨어지지 않는다. 어머니에게 일어났을 일이 두렵다. 대답을 하지 못하고 엉거주춤하게 서 있는 준길에게 간호사는 방금 환자 한 분이 임종하셔서 시간이 지체된 것이라며 사과부터 했다.

"죄송합니다. 많이 기다리셨죠? 한효심 환자분을 지금 일반 병실로 옮길 거예요. 잠시만 대기해 주세요."

간호사의 말이 끝나기가 무섭게 준길은 의자에 털썩 주저 앉는다.

*

    지연은 효심이 바라보는 쪽으로 시선을 보낸다. 점심식사를 마친 시어머니는 줄곧 벽을 쳐다보고 있었다. 턱을 괸 채 침대에 기대고 앉아 있는 시어머니의 표정은 뚱했다. 지연은 걱정이 됐다. 환자를 돌본 경험이 없는 지연이다. 주말은 간병인이 쉬는 날이다. 그래서 주말 오전은 준길네가 오후는 상길네가 간병인 대신 돌보기로 했다. 미라를 제외한 것은 아직 아이가 어렸기 때문이다. 준길은 급히 검토할 서류가 있어서 회사에 다녀와야 된다고 했다. 준길 대신 효심을 돌보게 된 지연은 효심의 동태를 주시하고 있었다.

    "저, 어머니 화장실 가실래요?"

    지연의 물음에 효심은 도리질을 처음 배우는 아기처럼 머리를 세차게 흔들었다. 그리고는 환자복주머니에서 무언가를 꺼내 지연에게 내민다. 전화번호가 적힌 메모지다.

    "… 누구 전화번호인데요, 어머니?"

    "… 아… 아… 아… 버… 버… 버지."

    어렵게 말을 잇는 시어머니를 보며 지연은 전화번호의 숫자를 속으로 뇌까린다. 그러면서 생각한다. '아버지'는 누구의 아버지를 뜻하는 것일까 하고.

    "아버님이요?"

    지연의 물음에 효심은 고개를 끄덕했다. 그 한 번의 고갯짓에서 지연은 효심의 간절함 같은 것을 보았다면 거짓말일지도 모른다. 그러나 지연은 분명하게 느꼈다. 시어머니의 어떤 간절함 같은 것을.

"통화 되면 이리로 오시라고 할까요?"

지연의 물음에 효심의 입가가 벙싯거려졌다. 의사는 뇌수술로 인한 이상 행동이 시어머니에게 일어날 수도 있다고 알려 주었다. 만약에 그런 증상이 일어난다고 해도 일시적이라고 했다. 시간이 흐르면서 괜찮아진다고 했다. 하지만 가족들은 효심의 이상한 행동을 보지 못했다. 그저 어딘가를 뚫어지게 본다거나 아니면 먹기 싫은 음식을 지나치다 싶을 정도로 거절하는 것 정도였다.

지연은 효심이 적어 준 전화번호를 눌러 본다. 가정집번호인 듯했다. 하지만 신호가 가지 않는다. 존재하지 않는 번호라는 멘트가 이어진다. 지연은 시어머니가 잘못 적어 주었나 싶어 전화번호를 확인하기로 했다. 석연치 않다. 도대체 누구네 집 번호일까. 지연은 고개를 갸웃거린다. 아리송하다. 아니다. 누구네 집 번호가 궁금한 것이 아니다. 시어머니가 말한 '아버지'라는, 사물을 낳게 하는 근본의 이름을 가진 사람에 대한 호기심이다. 지연은 쪽지에 적힌 번호를 다시 한 번 눌러 본다. 조금 전과 같은 내용이 흘러나올 뿐이다.

희선은 끝나지 않을 것 같은 집안일에서 겨우 벗어난다. 기진맥진했다. 그런데도 쉴 틈이 없다. 준길네와 교대를 하기 위해 병원으로 가야 하는 일이 남아 있는 것이다. 일요일이었지만 희선은 평상시보다 더 바쁘게 몸을 움직였다. 가게로 병원으로 종종 걸음을 치던 상길이 몸살이 나서 앓아누웠기 때문이다. 오한이 나면서 근육통을 호소하던 상길은 약에 취했는지 꼼짝도 하지 않은 채 내처 잠만 자고 있었다. 그래도 주말이라 아이들을 친정어머니가 데려간 탓에 그나마 한결 수월하게 집안일을 끝낼 수 있었다. 희선은 버석거리는 손등에 핸드크림을 듬뿍 쏟는다. 그리고는 마사지하듯 손등끼리 비비던 희선은 갑자기 생각이 난 듯 거실 서랍장을 열어젖힌다. 계산기를 꺼내 든다. 희선은 메모를 해 가며 지출해야 하는 금액을 빼고 더하기를 반복한다. 병원비는 시어머니가 들어 놓은 보험이 있어서 그래도 생각했던 것보다는 병원비에 대한 지출이 적었다. 그러나 허덕이는 건 마찬가지이다. 이달도 적자이다. 시어머니를 돌보고 있는 간병인에게 들어가는 경비만 아니라면 겨우 적자를 면할 것도 같았다. 지난 달 간병비도 준길이 대납한 상태였다. 한참을 앉아 계산기를 두드리고 있던 희선은 병원에 가기 위해 몸을 일으킨다. 희선이 병원에 도착하자, 지연은 병실에서 핸드폰을 들여다보고 있었다.

"동서도 게임해?"

"네, 형님! 고스톱요."

"고스톱?"

"네."

지연의 대답에 희선은 의외라고 생각하며 준길을 찾는다.

"서방님은?"

"회사에 잠깐 갔어요. 곧 올 거예요."

"응."

희선은 밑반찬이 든 쇼핑백을 반대 손으로 바꿔 들며 지연의 눈치를 살핀다.

"어머니는 어떠셔?"

"똑 같으세요. 지금은 주무셔요."

"그래."

"… 저, 형님!"

지연은 희선을 불러 놓고는 망설인다. 시어머니가 준 쪽지에 적힌 전화번호에 대해서 말을 하는 것이 옳은지 판단이 서지 않기 때문이다.

"응, 뭐?"

"아… 아니에요, 형님!"

지연이 무슨 말인가를 하려다가 입을 다물자, 희선은 가슴이 뜨끔했다. 분명히 대납한 간병비에 대한 이야기를 하려고 불렀을 것이다. 희선은 얼른 쇼핑백에서 반찬통 하나를 꺼내 든다.

"어머니 드실 반찬하면서 동서네 것도 조금했어."

멸치에다가 온갖 견과류를 넣어 볶은 것이다. 친정어머니가 뇌에 좋다며 시어머니에게 갖다 주라고 사준 견과류였다. 그래서 희선은 견과류를 멸치와 조렸다. 반찬 통을 받아 들며 맛있게 먹겠다고 하는 지연을 보며 희선은 안도의 숨을 쉰다. 이래서 죄 짓고는 못 사는 법인가 보았다. 아래 사람한테 돈 문제로 해서 이러는 것이 희선은 자존심 상했다. 상길이 너무나 원망스럽다. 그냥 직장에 다녔더라면……. 지연에게 이런 비굴한 모습을 보이지 않았을 것이다. 금전적인 문제는 어디서나 사람을 껄끄럽게 하는 모양이다. 희선은 지연과 함께 있는 것이 불편했다.

"얼른 가. 간병인 아주머니 올 때까지 내가 있으면 되니까."

잠이 든 효심의 주변을 정리하며 희선이 말했다. 하지만 지연은 대답이 없다. 희선이 힐긋 지연을 쳐다본다. 지연이 희선을 부른다.

"… 저, 형님 아무래도 말씀 드리는 게……."

"응… 응. 뭐? 말해."

희선은 또 가슴이 철렁 내려앉는 소리를 들으며 벅벅 거린다. 희선은 침을 꿀꺽 삼킨다. 지연은 쪽지를 꺼내 희선에게 보여 준다. 희선의 귀에 입을 대고 지연이 작은 소리로 소곤거린다.

"어머님이 이 번호로 전화를 해 달라고 해서요. 아버님 번호래요."

희선은 쪽지에 적힌 숫자를 들여다보며 돈 문제가 아니라는 것에 한편으로는 다행이다 싶다. 희선은 지연에게 재빨리 되묻는다.

"아버님?"

"네."

"우리한테 아버님이 어디 있어?"

희선의 목소리가 커진다. 희선이 어이가 없다는 듯 웃음을 터트린다. 지연이 얼른 효심을 바라보며 검지손가락으로 입을 가린다. 지연은 희선의 팔을 잡으며 병실에서 나가자고 눈짓을 한다. 희선은 지연에게 이끌려 복도로 나온다. 복도 끝에 마련 된 휴게실의 의자에 앉으며 희선은 실감이 나지 않는 표정으로 지연을 쳐다본다.

"그러게요. 그래서 전화를 해 봤더니 없는 번호래요."

"그것 봐. 동서가 잘못 들은 거 아냐. 다른 사람을 말씀하시는 걸."

희선의 말에 지연은 정색을 했다. 어머님이 분명하게 '아버지'라고 하셨다며 지연도 처음에는 잘못 들었나 싶어 재차 확인까지 했다는 것이다. 무슨 일이든지 앞가림이 분명한 지연이다. 그런 지연이 시어머니의 이야기를 잘못 전해들을 일은 거의 불가능한 일이다. 그렇다면 도대체 누구를 두고 '아버지'라고 지칭했는지. 희선은 머릿속이 복잡해진다.

"아버님이라면 누구를 말씀하시는 거지?"

"그러니까요. 저도 그게 궁금해서요."

희선이 영문을 모르겠다는 표정으로 혼자 중얼거리자, 지연이 조심스럽게 말문을 열었다.

"… 저 형님! 이건 제 생각인데요. 혹시 어머님이 만나시는 분이……."

"에이, 동서 그건 아니다."

"저도 그렇게 생각했었는데, 사람 일은 모르는 거잖아요. 그리고 어머님이 이 쪽지를 제게 줄 때의 표정이 너무나 진지했었어요. 어떤 간절함 같은 것도 느껴졌고요. 무엇보다 엄청 환하게 웃으셨어요."

"정말?"

"네, 형님!"

희선은 지연의 확신에 찬 대답에 입을 다문다. 지연의 말대로 사람 일은 모르는 거였다. 시어머니에게 남자가 없으라는 법은 없는 것이다. 지연을 배웅하고 돌아오자, 언제 잠을 잤냐는 듯 시어머니는 해맑은 얼굴로 앉아 있었다. 아무런 근심도 걱정도 없는 것 같은 얼굴이다. 어린아이 같았다. 희선은 지연에게 들은 이야기를 떠올리며 효심의 눈치를 살핀다.

"일어나셨어요, 어머니!"

"… 응. 언… 제 … 왔… 왔어?"

시어머니는 다정한 목소리로 물으며 희선을 바라본다.

"조금 전에요. 동서는 지금 막 갔고요."

"…작… 작…은 애는 … 잘… 갔니?"

"네, 어머니. 어머니 과일 좀 드실래요?"

"…무… 무… 무슨 과… 과… 과일?"

"귤요, 어머니. 하우스 귤이라서 그런지 아주 달아요."

희선은 귤껍질을 벗겨 효심의 손에 쥐어 준다. 효심은 희선의 손을 탁 뿌리친다. 깜짝 놀라던 희선은 귤을 다시 효심의 손에 쥐어 준다. 효심이 야구공을 던지는 것처럼 귤을 힘껏 벽에 던진 건 그때였다. 흰 벽에 부딪힌 귤의 과즙이 벽을 타고 흘러내리고 있었다. 벽 아래는 뇌를 다쳐 식물인간이 된 환자가 3년째 누워 있는 침대 머리맡이다. 환자의 보호자인 여자가 화등잔처럼 커진 눈으로 효심을 쳐다본다. 병실의 모든 사람들도 벌어진 입을 다물지 못했다. 희선은 걸레로 과즙이 흘러내린 벽을 닦으면서 생각했다. 시어머니가 지연에게 적어 준 전화번호는 귤을 먹기 싫다며 벽에 던져 버린 지금의 행위와 같은 맥락에서 이어진 것이라고. 그러나 희선의 그 생각이 잘못되었다는 걸 깨우쳐준 건 간병인이다. 간병인은 어째서 시아버님이 시어머님을 보러 병실을 한 번도 오시지 않느냐고 희선에게 조심스럽게 물어 왔다. 며칠 전에는 시어머니가 점심도 거르시면서 시아버님을 기다렸다고 했다.

"우리 어머님이요?"

"네에……. 나한테 전화기 좀 빌려 달라고도 하셨어요. 영감님한테 전화해 보신다고. 무슨 일이 있는 것 같다고."

집으로 돌아오면서 희선은 생각에 잠겼다. 오래 전에 돌아가셨다는 시아버지를 두고 시어머니가 찾을 리는 없었다. 시어머니에게 남자가 아니, '아버지'라는 사람이 존재할 수도 있는 일이다. 그렇다면 당연히 시어머니를 보러 와야 되는 것이다. 희선은 병원에서 있었던 일을 빠짐없이 상길에게 털어 놓는다. 희선의 이야기를 듣고 난 상길은 코웃음을 친다. 희선은 상길에게 그렇게 코웃음을 칠 일만은 아니라고 반박했다. 잘된 일일 수도 있다고 했다. 상길이 언성을 높인다.

"그만 좀 해."

"아휴, 깜짝야. 아프다는 것도 다 거짓말이네. 소리치는 거 보니까."

"자꾸 말이 안 되는 소리를 하니까 그렇지. 엄마가 벽에다가 귤을 집어 던진 것도 지금 못 믿을 판인데? 아버지라니. 말이 되는 소리를 해야지, 안 그래?"

상길은 무거운 이마를 짚는다. 이마뿐이 아니다. 전신이 물먹은 솜처럼 무겁다. 더 쉬고 싶다. 가게 문을 닫고서라도. 그러나 마음대로 문을 닫을 수는 없는 일이다. 손님과의 약속을 지켜야 하는 것이다. 단 한 명의 손님이 있을지라도. 정해진 휴일 외에는 가게 문을 닫아서는 안 되는 일이다.

"그나저나 서방님한테 간병비 주기로 한 날이 지났는데, 어쩔 거야? 난 몰라. 당신이 알아서 해."

희선이 주방 앞에서 수도꼭지를 틀다가 상길을 바라보며 말했다.

상길은 희선의 말에 대꾸하지 않는다. 준길에게 주기로 한 간병비에 대한 약속보다는 어머니가 말한 '아버지'란 존재가 거슬리고 있기 때문이다. 희선에게는 말도 안 되는 소리라고 잘라 말했지만, 신경이 쓰이는 건 사실이다.

'어떤 남자가 어머니와.'

그 물음이 상길의 머릿속에서 떠나지 않고 있다. 상길은 약 봉지를 거칠게 뜯는다. 팔 다리가 다시 욱신거리면서 오한이 인다. 약 기운이 떨어진 것 같다. 상길은 손바닥에 쏟아 놓은 알약을 입안으로 단숨에 털어 넣는다.

5. 상길네, 그 모든 것을 놓을 수 있었는데

행운목은 아직 봄이 멀었는데도 꽃을 피워 내고 있다. 가뜩이나 비좁은 거실 한쪽을 차지하고 있다고 희선의 따가운 눈총을 받던 행운목이다. 하얗게 핀 행운목에 핀 꽃은 온 집안에 향기를 풍기고 있었다. 생명체가 있는 것이라면 어느 것이든 제 성질대로 살기 마련인가 보았다. 무엇이 급해서 이리도 빨리 꽃을 피워 냈을까. 아직은 한겨울이다. '…성 … 성질… 머리하고는' 효심은 행운목의 꽃을 보면서 속으로 중얼거린다. 꽃을 피워 냄으로써 자신의 존재감을 확실하게 드러내 준 행운목이다. 그리고 보면 행운목은 스스로를 드러내기 위해 그렇게도 일찍 꽃을 피워 냈는지도 모른다. 누군가가 알아주기를, 바라다 봐 주기를 간절히 바라면서. 아마도 그것은 효심이 지연에게 준 쪽지의 전화번호 같은 것이리라. 그래도 예쁘게 봐 달라고 못났어도 사랑해 달라고 떼를 쓸 수 있는 누군가가 있다는 건 그래서 행복한 일인 것이다. 남편과 살았던 그러니까 아이들이 유치원에 다닐 때의 집 전화번호를 가지고 지냈던 그때가 효심에게 있어 지금 꽃을 피워 내고 있는 행운목 같은 시절이었을까. 저 세상 사람이 된 남편을 찾았다는 삼남매의 이야기를 들었을 때 효심은 고개를 들 수 없었다. 삼남매와 며느리들을 쳐다 볼 수가 없었다. 부끄럽기 그지없었다.

효심은 행운목의 잎사귀를 툭툭 친다. 효심의 손놀림에 행운목의 잎사귀는 곡식에 섞인 이물질을 걸러내기 위해 '키'를 들까 부리는 것처럼 흔들린다. 행운목의 잎사귀를 쳐 보는 것은 왼쪽 손의 감각을 살려내기 위해 스스로 해 보는 놀이다. 병원에서 퇴원한 날부터 해 와서인지, 어제보다는 조금은 나아진 것도 같았다. 어쩌면 기분일지도 몰랐다. 어눌했던 말은 그래도 많이 완화된 편이다. 생산하기 위해 가슴에 쌓아 두었던 언어가 육화되면 입 밖으로 나오기 위해 웅얼거려진다. 말의 첫 어미를 뱉을 때 단어가 떠오르지 않아 벅벅거리던 것이 이제는 몇 초의 시간만 기다려 주면 문장으로 이어진다. 하지만 육체는 다른 것 같았다. 예전의 몸처럼 돌아오려면 아직은 멀었다고 효심은 생각했다. 아니 그 바람은 영원히 이루어지지 않을 수도 있었다. 그러나 효심은 희망을 놓지 않기로 했다. 병실에서 그래도 제 발로 걸어 나와서 퇴원을 한 사람은 효심뿐이었다. 의사도 간호사도 병실에 있는 다른 환자의 가족들도 모두가 기적이라고 입을 모았었다.

효심은 왼쪽 다리를 끌어 본다. 효심의 의지와는 상관없이 왼쪽 다리는 긴팔원숭이처럼 제 멋대로 흐느적거려진다. 운동을 하지 않으면 쓰지 않는 쪽의 다리가 길어진다는 재활치료사의 설명을 떠올리며 효심은 어떻게든 몸을 놀려 보기 위해 애쓴다. 팔, 다리를 움직인다. 긴 시간을 움직인 것이 아닌데도 벌써 힘에 부친다.

"할머니, 할머니! 오빠가 이랬어."

머리가 풀어진 인형을 든 민이가 효심 앞으로 쪼르륵 달려온다.

"할머니, 인형머리 다시 묶어 줘?"

이마에 흐른 땀을 훔치던 효심은 서랍장을 가리킨다.

"… 저 … 저기 서랍장에서 비 … 빗 꺼내 와."

민이가 서랍장 앞으로 달려가더니 빗을 꺼내 와서는 효심에게 준다.

"… 민 … 민아, 여기 붙 … 붙잡아."

효심은 민이에게 인형을 붙잡으라고 이른다. 민이가 조막만 한 손으로 인형의 머리를 모두 움켜쥐기 위해 애를 쓴다. 그 모습을 보며 효심은 민이가 욕심이 많은 아이일지도 모른다는 생각이 들었다. 그런 면은 상길을 닮지 않은 것 같았다. 사람이란 무릇 욕심도 있어야 하는 법이다. 상길이 너무 욕심이 없어서 이리 고달프게 사는 것도 같다. 형편이 어려운 상길네 집에 이렇게 얹혀 지내는 것이 못내 편치 않다. 하지만 혼자 지내야 한다는 생각을 하면 두려움이 앞선다. 혼자 있다가 또 무슨 일을 당할지 모른다는 불안감이 무시로 찾아든다. 그 마음이 이렇듯 상길네 집에 눌러 앉게 하는지도 모른다.

효심은 민이가 쥐고 있는 인형의 머리카락에 핀을 꽂아 고정시킨다.

"할머니, 이 머리 싫어. 땋아 줘."

효심이 한 손으로 머리를 땋을 수 없다는 걸 알 리 없는 민이는 온몸을 흔든다. 완강하게 의사 표현을 한다.

"이리 줘 봐."

소파에서 장난감 로봇을 갖고 놀던 민준이 어느 새 다가와 민이 손에서 인형을 낚아챘다.

"싫어. 오빠 미워."

민이가 앙칼진 목소리로 제 오빠를 질타했다.

"할머니 아프시잖아. 바보같이……."

민준의 말에 민이의 시선이 가슴 쪽에 붙어 있는 효심의 팔로 향한다.

"할머니 많이 아파? 민이가 호 해 줄까?"

민이는 효심의 손등에 그 작은 입을 갖다 대며 '호, 호'거린다.

"할머니 내가 이쪽 머리를 잡을 게요."

민준의 말에 효심은 머리를 끄덕이고는 인형의 머리를 땋기 위해 손을 놀린다. 민이가 원하는 머리 모양은 아니지만 하나로 땋아졌다. 머리 땋기가 끝나자, 민준은 다시 소파에 앉아 로봇의 팔을 앞으로 뻗으며 '슛, 쉬잉'거린다. 효심은 민준을 보며 상길의 어릴 적의 모습을 보고 있는 듯했다. 민준이 하는 짓이 상길과 많이 닮아 있었다. 여섯 살 아이답지 않게 의젓한 것도 그랬다. 상길의 머리만 닮았다면 제 아버지처럼 대한민국에서 제일 좋은 대학은 들어가고도 남을 것이다. 생각에 잠겨 있던 효심은 며느리 머리가 어때서 하고 스스로에게 반문한다.

"할머니 화장실 가고 싶으시면 꼭 말씀하세요?"

민준이 '슛, 쉬잉'거리는 소리를 멈추고는 어른처럼 하는 말에 효심은 고개를 끄덕인다. 아마도 제 엄마의 부탁을 단단히 받은 것 같았다. 효심은 민준을 부른다.

"… 민… 민… 준아. 친… 친구 집에 가서 놀… 놀다 와."

"괜찮아요."

"… 할… 할… 머니… 혼… 혼자 있… 있어도… 돼."

"아니에요, 할머니. 제가 할머니 지켜 드릴 거예요."

"오빠가 배트맨이야? 할머니를 지켜 드리게."

인형을 품에 안고 있던 민이가 동그란 눈을 치켜뜨며 민준에게 똑 부러지게 말했다. 그러자 민준이 민이에게 자신감 넘치는 목소리로 힘 있게 대꾸한다.

"배트맨만 할머니를 지키는 게 아니야. 나도 할머니를 지킬 수 있어."

"알았어. 그럼 나도 힘을 보탤게. 오빠랑 같이 할머니 지킬
게."

민준이와 민이의 대화를 듣던 효심의 눈시울이 붉어진다.
일을 한다는 핑계로 다른 집 할머니들처럼 등에 업어 키워
주지도 않은 손자, 손녀이다. 효심은 아이들의 머리를 차례대
로 쓸어 준다. 그리고는 소파를 붙들고 천천히 몸을 일으킨다.
아이들이 노는 것을 지켜보며 효심은 재활치료사가 가르쳐
준 대로 무릎을 굽혔다가 펴 보기를 반복해 본다. 나무토막처
럼 느껴지는 다리는 여전히 감각이 없다. 어쩌면 아버지처럼
평생을 한 다리를 질질 끌며, 한 손은 가슴에 붙인 채 살아가게
될지도 모를 일이다. 아버지가 그렇게 되신 건 집을 나간 어머
니를 찾지 못하고 돌아온 날이었다. 몇 달 만에 집에 돌아온
아버지는 효심에게 김장을 하자고 했다. 아버지는 배추를 리
어카에 가득 싣고 왔다. 이 많은 배추로 김장을 다 할 거냐고,
효심은 아버지에게 물었다. 아버지는 망설임 없이 그렇다고
했다. 네 엄마가 한 만큼은 해야 된다며 아버지는 배추를 소금
에 절이기 시작했다. 배추를 반으로 갈라 소금물에 적신 뒤
배춧잎 사이사이에 소금을 켜켜이 뿌리는 아버지를 보며 효심
은 엄마를 떠올렸다. 엄마가 집을 나간 것은 아버지의 술버릇
때문이었다. 술에 취하면 아버지는 엄마를 붙들고 한 이야기
를 또 하고, 또 했다. 어느 날은 날이 훤히 밝아질 때까지도

아버지의 잔소리는 끊어지지 않았다. 아버지에게 시달린 날이면 엄마는 초점이 없는 눈으로 깊은 한숨을 내쉬었다. 그리고는 먼 곳을 향해 시선을 보내었다. 둘 곳 없는 엄마의 시선이 허공에 떠 있었다. 그 시선이 두렵게 느껴졌다. 그러던 어느 날이었다. 수업을 마치고 대문을 들어서던 효심은 걸음을 멈추었다. 집안에서 느껴지는 냉기 때문이었다. 엄마가 마루 끝에 앉아 먼 곳에 보내던 시선이 현실로 이루어졌을지도 모른다는 생각이 스쳤다. 엄마가 있는 집안에서 느껴지던 따스함이 아니었다. 엄마는 대문 밖까지 아니 그 먼 곳까지도 향기를 풍기는 사람이었다. 따뜻하고 감미롭고 평화롭고 편안하고 안락감에 젖어 들게 하는, 그런데 춥고 시린 기운이 집안에 감돌고 있었디. 그렇게 집을 나간 어머니를 찾아오겠다며 아버지는 어린 효심의 잔등을 토닥이며 울지 마라, 했다. 몇 달 만에 아버지는 혼자 돌아왔다. 엄마는 왜 안 왔느냐고 묻는 효심의 말에 대답을 회피하던 아버지는, 김장을 하자였다.

소금에 절여 놓은 배추를 건지기 위해 일어난 아버지가 쓰러진 건 그날 새벽이었다. 그렇게 쓰러진 아버지는 평생을 한 다리를 끌며 왼손을 가슴에 붙인 채 지내셔야 했다. 돌아가신 아버지의 유해가 관에 들어가실 때도 왼손은 여전이 가슴에 붙어 있었다. 아버지의 유전자를 물려받은 것인가. 효심의 몸에 마비가 된 쪽도 아버지와 같은 왼쪽이다.

효심은 무릎을 굽혔다가 펴기를 반복한다. 아랫배에 힘이 실린다. 저절로 괄약근이 조절된다. 방귀가 뀌어진다. 끊이지 않고 터져 나오는 방귀 소리에 효심은 긴장한다. 미리 화장실에 가야겠다고 판단한 효심은 엉덩이를 밀기 시작했다.

소파에 앉아 있던 민준이 발딱 일어나더니 화장실로 먼저 뛰어 들어가고 있었다.

"… 민 … 민 ……."

급해진 효심은 혀가 자꾸 안으로 말려 들어간다. 제대로 '민준'을 발음하지 못한다. 민이가 쪼르륵 달려와 효심의 어깨를 잡으며 묻는다.

"할머니, 쉬하게?"

다급한 마음에 효심은 민이를 향해 고개를 끄덕인다. 민이가 화장실 앞으로 가서는 문을 두드리며 제 오빠를 부른다.

"오빠, 오빠! 할머니 쉬한데."

"알았어. 금방 나가."

민준의 대납에 효심은 이를 악문다.

"제발! 제발!"

효심이 사력을 다해 어금니를 깨물고 있는 그 시각, 상길은 닭을 튀겨 내느라 구슬땀을 흘리고 있었다. 그런데다가 배달 전화까지 울려 댔다. 저녁도 거른 채다. 허기가 느껴진다. 하지만 손님이 많아서인지 기운이 절로 난다.

"골뱅이 무침 아직 멀었어요?"

"치킨 한 마리 더요."

"생맥주 500짜리 하나 더요."

손님들이 외치는 소리가 여기, 저기서 들려온다. 일주일 내내 손님들이 없었다. 연말에다가 구정 밑이라 그럴 것이라고 위안을 하면서도, 속은 새까맣게 타 들어갔다. 눈만 뜨면 해결해야 하는 문제는 돈이었다. 재료비 주기도 벅찼다. 준길이 대납한 간병비도 다 주지 못한 상태였다. 그런데 오늘 이른 저녁부터 테이블마다 손님들이 자리를 잡아갔다. 체인점과 계약을 파기하고 스스로 개발한 닭을 튀겨 낸 것이 이제야 입소문이 난 것인가. 닭에 입히는 밀가루 대신 상길은 감자 전분을 씌워 보았다. 고구마 전분도 씌어 튀겨 보았다. 고구마 전분을 입혀 튀겨 낸 닭보다는 감자 전분으로 튀겨 냈을 때가 훨씬 더 맑고 노르스름했다. 식감도 쫄깃쫄깃 거렸다. 밀가루에 튀긴 닭은 금세 눅눅해졌지만 감자 전분에 튀겨 내면 눅눅해지는 시간도 차이가 났다. 감자 전분을 입혀 튀겨 낸 닭을 먹어 본 손님들은 하나같이 찹쌀가루를 입혔느냐고 물어 오기도 했다. 가맹점에서 튀기는 닭은 전국 어디서나 먹을 수 있는 똑같은 맛이다. 그 맛과 차별을 두기 위해 상길은 여러 가지 방법을 모색하고 있는 중이다. 가맹점과 재계약을 하지 않은 것은 나가는 지출을 막기 위한 선택이기도 했다. 어머니의 집 전세금까지 뺀 돈을 더 이상 잃어서는 안 된다는 각오로 임했다. 그러기 위해서는 새로운 맛을 개발해야 한다고 상길은 생각했다. 고객들의 입맛은 날이 갈수록 까다로워지고 있었다.

먹는 것이 곧 건강과 직결된다는 것을 알고 있는 고객들은 닭 한 조각 갖고도 열량을 따졌다. 이제는 배부르게 먹는 시대가 아니다. 망할 거라면 이렇게 해도 저렇게 해도 엎어질 것이었다. 실컷 해 보고 싶은 대로 원 없이 한 번 해보자 하는 마음에서 밀가루 대신 감자 전분으로 바꾼 것이다. 감자 전분을 입혀 튀겨 낸 닭을 먹은 손님들 마다 맛있고 바삭하다며 칭찬을 하자, 상길은 주방 쪽으로 시선을 보낸다. 희선과 눈이 마주친다. 상길은 희선을 향해 엄지손가락을 치켜세운다.

희선은 주방에서 손님들이 찾는 안주를 만드느라 눈 코 뜰 새 없다. 소면을 삶아 낸 희선은 손을 바쁘게 움직인다. 야채와 발갛게 버무린 골뱅이 무침을 접시에 담아낸 희선은 바구니에 건져 놓은 소면을 접시의 가장자리에 가지런히 담아내었다. 주방에서 일을 하는 아주머니가 있을 때는 가게에 나올 일이 별로 없었다. 가게에 나올 때는 일하는 아주머니가 한 달에 두 번 쉬는 날 뿐이었었다. 그러나 가게의 매상으로는 가게 월세 내기에도 바빴다. 배달하는 아르바이트생과 주방 아주머니의 인건비는 고스란히 빚으로 남았다. 결국 허리띠를 졸라매기로 했다. 주방에서 일하는 아주머니 대신 희선이 주방을, 배달은 상길이 하는 것으로. 일은 고됐다. 하지만 직원들의 월급날이면 애를 태우던 것에 비하면 속은 편했다.

손님들이 대충 빠져나가자, 다음 날 튀겨 낼 닭 손질을 서두르던 상길은 희선이 중얼거리는 소리에 고개를 돌린다.

"어휴, 이제야 배가 고프네."

"뭐 좀 먹어. 닭 튀겨 줄까?"

"아니, 이 시간에 무슨… 손님들 반응이 괜찮네."

희선은 우유를 컵에 따라 마시는 것으로 저녁을 대신하며 상길에게 말했다.

"좀 지켜보면 알겠지만 나쁜 거 같지는 않지? 당신 덕이지."

"아휴, 왜 이러신데. 나한테 모든 공을 다 돌리시고."

희선은 상길의 칭찬에 괜스레 얼굴이 붉어진다. 희선은 얼른 행주를 들어 테이블을 닦는다. 상길은 테이블에 행주질을 하고 있는 아내를 보며 부부간의 정다운 시간을 가져 본 것이 언제인지 헤아려 본다. 어머니가 쓰러지고 난 이후부터인가. 가늠이 되지 않는다. 언제부터인가 서로의 존재감은 사라진 것 같았다. 대신 각자의 위치에 서서 지켜 내야 할 것들을 지키고 있는 형국이었다. 그런데 오늘에서야 비로소 그 매듭이 풀리는 기분이다. 어쩌면 테이블마다 손님들이 가득 메웠던 탓인지도 모른다.

아이들에게 친구 같은 아버지가 되기 위해서 건강한 몸과 마음으로 가정의 든든한 울타리가 되어 아내의 화사한 얼굴에는 늘 미소가, 아이들에게는 따뜻한 웃음이 끊이지 않는 가정을 만들어 주고 싶어서 모두가 선망하는 회사에 사표를 냈다. 새벽에 출근해 늦게까지 업무를 본다고 해서 끝나는 것이 아니었다. 이어지는 술자리는 업무의 연장선이었다. 별을 보고 출근했다가 별을 보고 퇴근하는, 그야말로 기계처럼 일을 하고 있는 나날들이 혐오스럽게 느껴지던 날들이었다. 무엇보다도 견딜 수 없었던 것은 스스로 하고 싶은 일이 아니라는 것이었다. 공부를 잘했던 건 그것만이 유일하게 할 수 있는 놀이였기 때문이었을 것이다. 좋은 직장에 들어가기 위해 한 공부가 아니었다. 정말 하고 싶었던 일은 카메라를 둘러메고 세계 곳곳을 누비며 세상을 탐방해 보고 싶은 직업이었다. 인간과 자연이 공존하지만 사람의 발자취가 전혀 닿지 않은 오지라든가, 아니면 사람 냄새가 풀풀 풍기는 삶의 현장의 모습을 영상에 담아 다큐멘터리로 제작하는 것이었다.

회사에 사표를 내고 자영업에 눈을 돌린 것은 늦었지만 꿈꾸던 일을 할 수 있을 것 같은 자신감이 있었기 때문이었다. 또한 가족들과 더 많은 시간을 보낼 수 있는 여유가 생길 것이라고 상길은 믿었다. 그러나 현실은 전혀 그렇지 못했다. 아이들과 언제 놀아 주었는지 아내와 언제 이야기를 나누었는지조차 생각이 나지 않았다. 가게일이 끝나면 빨라야 새벽 3시쯤이었다. 그 시간을 넘기는 일도 허다했다. 집에 돌아온 상길은 아내와 아이들이 곤히 잠들어 있는 모습을 보며 내일에 대한 희망을 품어 보지만 도통 잠을 이룰 수가 없던 날들이었다. 늘지 않는 가게 매출 때문이었다.

"아직 멀었어. 얼른 하고 들어가자. 어머니와 애들 걱정도 되고."

"어… 엉, 다 되어 가."

희선의 소리에 대답을 한 상길은 닭 손질하던 손을 부지런히 놀린다.

"그나저나 내일은 어머니 반찬을 뭘 해 드리지?"

혼잣말처럼 중얼거리는 희선의 소리에 상길이 "닭볶음은 어때?" 하고 물었다. 희선은 손뼉을 친다.

"아, 그래야겠다. 내가 왜 그 생각을 못했지."

"내가 아이디어 제공했으니까, 맥주 한 병만 갖고 들어가게 챙겨놔."

"술 마시게?"

"한 잔만."

"알았어. 딱 한 잔이다."

"오케이."

희선의 맞장구에 상길은 다소 들뜬 마음이 된다. 오늘은 무슨 일이 있어도 아내와 둘만의 시간을 가질 것이라고, 상길은 마음을 먹는다. 다른 날보다 손님이 많아서 지치기는 했지만, 기분만큼은 날아갈 것처럼 가볍다. 더도 바라지 않는다. 꼭 오늘처럼만, 손님이 있었으면 싶다. 꼭 오늘만큼만. 상길은 간절한 마음으로 읊조린다.

집안으로 들어서던 상길과 희선은 이맛살을 찌푸린다. 코를 벌름거린다. 지독한 냄새에 두 사람은 누가 먼저랄 것도 없이 코를 틀어막는다. 거실에는 민준과 민이, 효심이 잠들어 있었다. 방송이 끝난 텔레비전에서는 '지직, 지직' 소리와 함께 희부연 빛을 내보내며 어두운 거실을 밝히고 있다.

희선은 욕실 문을 열었다. 욕실 불을 밝히자, 변기에도 화장실 바닥에도 변이 묻어 있는 흔적이 남아 있었다. 한쪽에 벗어 놓은 효심의 속옷과 바지를 들어 살펴보던 희선이 잦아드는 소리로 말했다.

"어머니 셔."

"휴우."

희선의 말이 떨어지기 무섭게 상길의 입에서는 저절로 깊은 한숨이 새어 나왔다.

"일단 어머니부터 깨워 봐."

"주무시는데, 왜?"

"제대로 닦지 않으셨으니까, 냄새가 진동하는 거 아냐?"

"그래도⋯⋯."

"당신은 지금 이렇게 냄새가 진동을 하는데도 그런 소리가 나와."

희선은 끓어오르는 화를 누르며 아랫입술을 지그시 깨문다. 한창 보호받고 사랑을 받으며 재롱을 떨다가, 부모의 품에서 잠들어야 할 아이들이 몸이 성치 않은 시어머니와 지내다가 잠들어 있다. 희선은 견딜 수 없다. 아이들에게 이런 환경을 만들어 주고 있다는 것이. 희선은 절망감마저 들었다.

"민준이 안아서 방으로 옮겨."

희선의 목소리가 날카롭게 들려왔다. 희선을 힐긋 쳐다보던 상길은 민준을 안아 올린다. 희선은 민이를 품에 안는다. 잠을 자면서도 제 엄마의 품이라는 걸아는 것처럼 민이는 희선의 품을 파고들었다. 민이의 고른 숨소리를 들으며 희선은 민이를 꼭 안아 준다. 아이들을 방으로 옮긴 희선은 효심 곁으로 다가간다. 그리고는 조심스럽게 효심의 팔을 흔든다.

"어머니, 어머니. 일어나 보세요."

이맛살을 찌푸리며 효심이 눈을 뜬다.

"뭐해, 어머니 팔 부축하지 않고."

희선의 말에 상길은 효심의 겨드랑이에 양팔을 넣는다.

"씻고 주무셔요, 어머니."

"당신 나가 있어."

아무리 자식이라고 해도 상길 앞에서 시어머니의 옷을 벗길 수는 없는 일이다. 상길이 욕실에서 나가자 희선은 큰 수건을 꺼내어 바닥에 깔았다. 수도꼭지를 틀어 물의 온도를 조절한 희선은 시어머니의 몸을 구석구석 씻기기 시작했다. 제대로 변을 닦지 못한 시어머니의 엉덩이가 누르스름했다. 마음대로 몸을 놀릴 수 없는 탓에 일을 저질러 놓고, 혼자서 애를 태운 모양이었다. 변기와 욕실에 변이 묻어 있는 것처럼, 갈아입은 속옷에도 변이 묻어 있는 것을 보면, 시어머니는 어떻게든 혼자서 처리를 하기 위해 애를 썼던 것이 분명했다. 희선은 시어머니가 듣지 않게 낮은 숨을 몰아쉰다.

효심은 오돌 오돌 떨며 희선의 눈치를 살피고 있었다.

'내가 어쩌다가 이리 되었을까?'

효심은 누구에게 인지도 모를 물음을 마음속으로 하며 눈을 꼭 감고 있었다. 부끄럽다. 며느리에게 미안하다는 사과를 하는 것조차 입에 발린 소리처럼 창피스럽다. 이런 몸뚱이라면 앞으로도 수없이 이런 실수를 할 것이다. 그때마다 며느리 앞에서 발가벗겨져야 할 것이다. 반복될 일이 뻔했다.

'이리 살아도 되는 것일까.'

어떻게든 자식들과 살아야 한다는 각오로 앞만 보고 살아왔다. 남편 대신 아이들을 잘 키워 내야 한다는 일념뿐이었다. 손가락질 받지 않는 아이들로 키우는 것이 아버지 없는 자식이라는 소리를 듣게 하지 않는 길이라고 여기며 살아왔다. 그런데 이런 모습으로 자식들에게 폐를 끼치고 있는 것이다. 도대체 무엇을 그리도 잘못하고 살았기에 이토록 가혹한 형벌을 받는 것인가. 효심은 눈을 감은 채 며느리의 손길이 생식기 주변을 지나갈 때마다 생의 기구함에 저절로 서러움이 복받쳐 오른다.

희선은 효심의 생식기 주변을 북북 문지르고 있다. 시어머니를 이해 못하는 건 아니다. 아니 충분히 이해할 수 있었다. 누구라도 자유롭지 못한 육체 앞에서는 어쩔 수 없을 것이다. 그 사실을 희선이 왜 모르겠는가.

희선이 상길과 결혼한 날부터 지금까지 단 한 번도 무엇을 요구한 적이 없는 시어머니였다. 전화를 자주 해서 안부를 챙기지 않는다고 화를 내는 시어머니도 아니다. 걸핏하면 찾아와서 귀찮게 하는 시어머니도 아니다. 동서간의 이간질로 싸움을 붙이기도 한다는 시어머니는 더욱 아니었다. 명절날이나 시아버지 제삿날이나 부득이 가족들이 모여야 하는 날에도 시어머니는 며느리들의 손을 빌리려 하지 않았다. 그저 천천히 와도 된다. 뭐 할 것이 있다고, 했다. 미안한 마음에 밑반찬으로 해 놓은 우엉조림이나 멸치볶음을 갖고 가서 풀어 놓으면, 시어머니는 그저 웃기만 했다. 그리고는 애썼다, 상 차려서 밥 먹자 했다. 그 한 마디를 한 시어머니는 초록빛깔의 상보를 거뒀다. 고소한 냄새가 진동했다. 도토리묵이었다. 희선은 김가루만 넣은 묵무침을 즐겼다. 희선의 식성을 위해 시어머니가 해마다 중국산이 아닌 토종 도토리 가루를 구입한다는 걸 희선은 잘 알고 있었다. 음식이란 입에 들어가는 건 쉬운 일이다. 그러나 그 음식을 조리하는 과정은 결코 만만하지 않다. 이 도토리묵을 쑤기 위해 시어머니는 어제 밤 내내 가스레인지 앞에서 주걱을 저었을 것이었다. 무쳐 놓은 묵을 접시에 옮긴 시어머니는 가스레인지 위에 있는 솥뚜껑을 열었다. 무를 넣어 조린 갈치조림은 동서 지연이 제일 좋아하는 음식이었다. 그만큼 시어머니의 마음 씀씀이는 주변에서 이야기하는 시어머니들과 달랐다.

희선의 여고 때의 동창 하나는 시도 때도 없이 현관문을 열고 들어오는 시어머니 때문에 이혼 직전까지 이르렀다고 했다. 시어머니 때문에 수시로 현관문의 비밀번호를 바꾼다는 또 다른 동창은 정신과 치료를 받고 있다며 이민을 고려 중이라고 밝혔다. 동창 모임에 나가면 주된 이야기가 고부간의 갈등이 화제이다. 고부간의 이런 문제는 비단 동창들의 이야기만이 아닐 것이다. 그러나 희선은 아직까지 시어머니와 언성을 높인 일은 단 한 번도 없었다. 아이들이 태어나기 전에 희선은 상길과 잦은 부부 싸움을 했다. 원인은 늘 상길이 쓸데없이 피우는 고집 때문이었다. 희선으로 해서 무언가 화가 났으면 대화로 풀면 되었다. 하지만 상길은 숫제 입을 다물어 버렸다. 누가 아쉽나 해 보자는 마음으로 희선도 입을 닫았다. 출근할 때 식사를 챙겨 주고, 옷을 세탁하는 것 외에는 참견을 하지 않았다. 말도 하지 않았다. 그렇게 한 달이 흐를 때 쯤 희선이 먼저 손을 들고 항복했다. 희선이 상길에게 먼저 말을 시키지 않으면, 상길은 평생을 그렇게 말을 하지 않고 살아 갈 것만 같았다. 그 이야기를 시어머니에게 했다. 시어머니는 입을 가리고 웃었다. 그리고는 정답을 알려 주듯이 "다 챙겨 주는데 말 할 일이 뭐 있어. 챙겨 주지를 말았어야지" 했다. 시어머니의 말에 한참을 웃었던 그 기억이 마치 어제 일처럼 떠오른다. 희선은 가슴이 뭉클해지면서 목젖이 뜨뜻해진다.

희선은 그 마음을 추스르듯 사시나무처럼 떨고 있는 시어머니의 몸에 마른 수건을 꺼내 꼼꼼히 물기를 닦아낸다. 시어머니를 부축해 욕실에서 나온 희선은 서랍장에서 속옷을 꺼내었다.

"어머니 개운하시죠?"

희선은 속옷을 시어머니의 다리 가랑이에 끼우며 물었다. 여전히 눈치를 살피고 있는 시어머니의 마음을 조금이라도 위로 해 주고 싶은 마음에서였다. 그 마음은 거짓이 아니다. 진심이다.

"… 고 … 고… 고… 맙다."

"아니에요, 어머니. 편찮으셔서 그러신 거잖아요. 얼른 주무세요."

"… 그 … 그래. 너도 어 … 어서 가서 자."

희선이 빨래 거리를 들고 나갔다. 희선이 나가자 효심은 눈을 감는다. 눈앞이 아득하다. 며느리 앞에서 긴장하고 있었던 탓이다. 희선의 손길이 생식기 주변을 스치고 지나갈 때마다 효심은 이대로 숨이 딱 멈췄으면 했다. 그랬던 마음이 희선이 "어머니 개운하시죠?" 하고 물어준 그 한 마디에 다시 생의 한 자락을 움켜쥐게 하는 것 같았다. 아들 가진 어머니들이라면 누구나 며느리를 잘 보고 싶어 할 것이다. 효심 역시 그랬다. 너무나 잘난 아들이어서 너무나 속이 깊은 아들이라서 누구를 짝을 지어주어야 하나 고민되는 게 사실이었다. 중매도 많이 들어왔다. 하지만 상길은 마다했다. 사랑하는 여자를 만나 결혼하고 싶다는 게 상길의 바람이었다. 상길이 처음 희선을 데리고 왔을 때 효심은 가타부타 말을 하지 않았다. 거래처 직원이라는 희선의 피부는 투명하다 못해 몸속까지 들여다보일 것처럼 맑았다. 식사가 끝나자 재빠르게 몸을 일으킨 희선이 설거지할 그릇들을 분류하고 나서는 것을 보며 효심은 맏며느리로서의 자질은 갖고 있는 것 같다는 생각이 들 뿐이었다. 그러나 그건 어디까지나 마음뿐이었다. 상길에 대한 남다른 자부심이 있었다. 누가 뭐라고 해도 상길은 최고의 학벌과 최상의 직업을 가진 아들이었다. 상길을 두고 욕심을 부리고 싶지 않다고 하면 그건 사람이 아닐 것이다. 욕심을 부리고 싶었다. 한껏 뽐내고 싶었다. 그래서 학벌 좋고, 집안 좋은 아가씨들 중에서 고르고 골라 며느리로 삼고 싶었다. 허나 그 마음을 접었다. 잠을 자려고 누웠다가도 벌떡 일어나지는 증상이 끝도 없이 이어지던 날들 앞에서였다. 희선은 상길이 사랑해서 선택한 여자인 것이다. 그 사실을 인정하지 않으면 상길이나 희선, 효심 모두에게 상처만 남는 일일 것이다. 승자도 패자도 없는 싸움이다. 무모한 게임에 제일 상처투성이가 될 건 효심이 그토록 사랑하는 아들 상길이 라는 것 또한 자명한 일이다. 효심은 그 부인할 수 없는 사실 앞에 무릎을 꿇었다. 희선을 상길의 짝으로 받아들였다.

"왜, 우리만 모셔야 하는 건데? 우리만 자식이야?"

희선의 목청에 "제발, 제발 좀" 하며 사정하던 상길은 급기야 베개에 머리를 묻은 채 "으악. 으악" 하며 고함을 지르고 있었다.

"뭐 하는 거야, 지금. 누구한테 고함지르는 거야?"

"왜? 나는 이렇게도 하면 안 되는 사람이야. 나도 당신처럼 할 소리 다 하면서 살면 좋겠어."

답답하다는 듯이 가슴을 치는 상길을 보며 희선은 아이들 문제를 꺼내 든다.

"그래 좋아. 난 더 이상 이렇게는 못 살아. 내 아이들을 이런 환경에서 키울 수는 없어. 이렇게 살 바에는 차라리 이혼해! 이혼하고 나서 당신 혼자 어머니 모셔. 아이들은 내가 키울 테니까."

희선은 건넛방에 시어머니가 있다는 사실을 잊은 사람처럼 목청을 높인다. 집안 일만 하면서 시어머니를 모시는 것도 힘 들 판이다. 더구나 시어머니는 지금 환자이다. 그것도 왼쪽 팔과 다리를 제대로 쓰지 못하는 반신불수인 것이다. 왼쪽이 그런 것이 그나마 다행이라면 다행이다. 그래도 식사하는 것 부터 화장실과 목욕하는 일까지 손이 안 가는 곳이 없었다. 그런데다가 저녁시간부터는 가게에 나가 홀 서빙과 안주를 만들어 내야 하는 일까지 도맡아야 한다. 인건비를 줄이면 조 금이라도 생활이 나아질 줄 알았다. 그러나 그것도 아니다. 생기는 것이 치킨집이다 보니 손님은 분산되었다. 혼자 감당 해야 할 일만 늘었다. 시어머니를 모시고 사는 일이 한 달이거 나 아니 딱 일 년이라는 시간이 정해져 있다면 참아 보겠지만,

언제 끝이 날지 모르는 일이다. 이 모든 상황에 희선은 지쳐 가고 있었다. 장사라도 잘 된다면 일하는 사람을 고용해 집안일이든 가게일이든 맡기고 싶었다. 시어머니한테서 갖고 온 돈 때문만은 아니다. 언젠가는 민준이 성장해서 결혼을 하면 며느리를 볼 것이다. 그렇게 나이를 먹으면서 늙어 가다가 병도 얻게 될 것이다. 그 이치를 왜 모르겠는가. 지금은 먼 훗날의 일을 생각하고 싶지 않다. 아니 무엇보다 참을 수 없는 건 아이들에 대한 문제이다. 이런 환경에서 아이들을 자라게 할 수는 없다.

"왜? 대답이 없어?"

희선은 머리를 감싸 쥐고 있는 상길을 바라보며 다그친다.

"그래, 다 내 잘못이다. 그러니까, 그만하자."

"뭘 잘못 했는데?"

"그냥, 다."

"그렇게 말하지 마. 그런다고 해결되는 건 아무 것도 없어. 아주 말 나온 김에 어머니 문제 매듭지어. 나도 당신하고 이러고 싶지 않아. 왜 나를 나쁜 며느리로 만들어. 당신이 현명하게 처신 해야지."

"어떻게 했으면 좋은지, 그럼 당신이 말해 봐."

"나도 몰라. 그렇지만 이 문제는 당신하고 내 문제만이 아니잖아. 형제 모두가 함께 해야 되는 거 아냐. 아무리 당신이 장남이고 어머니 돈 갖다 썼지만……. 어머니 돈만 갖다 썼냐고. 우리 엄마 노후자금까지 야금야금 다 갖다 썼잖아. 그런 거 이런 거 다 그만두고라도 우리 애들 생각만 좀 해 봐. 민준이 하고 민이를. 그 애들이 무슨 죄야. 이제 겨우 여섯 살, 네 살 된 아이들이야. 그 애들이 할머니 뒷바라지를 할 나이냐고. 어른들한테 보호 받아야 할 나이지."

희선이 아이들을 운운하며 울음을 터트린다. 상길은 더 이상 대꾸할 말을 잃는다. 아내의 말은 하나도 틀리지 않는다. 제 엄마의 손길에도 부족할 나이인 아이들이, 몸도 제대로 쓰지 못하는 할머니 곁에 있는 것만으로도 상당한 스트레스일 것이다. 부모 없이 아니 어머니 없이 지낸다는 것이 얼마나 외롭고 서글픈 일인가. 다 자란 나이였지만 학교에서 돌아오면 언제나 어머니가 없다는 것이 그렇게 쓸쓸할 수가 없었다. 어머니가 쉬는 날이면 외출하는 것도 싫었다. 외출을 했다가도 빨리 집에 오고 싶어서 안달을 떨었다. 어머니의 존재는 그런 것이었다. 굳이 어머니와 무엇을 함께 하지 않아도 집에 어머니가 있다는 것만으로 가슴이 충만해지는 것이 어머니이다. 어머니 없이 지내는 것이 아이들에게 얼마나 힘든 것인지를 상길은 충분히 알고도 남았다. 희선을 결혼과 동시에 직장에 사표를 내라고 했던 것도 아이들을 엄마 없이 지내게 하기 싫어서였다. 왼쪽의 팔, 다리가 마비되어 있는 어머니는 꾸준한 재활치료를 하면 정상으로 돌아올 수 있다고 했다. 어머니의 몸이 예전처럼 돌아오려면 그건 어디까지나 많은 시간이 흐른 후일 것이다. 그때까지 아이들에게 어머니를 맡길 수는 없는 일이다. 그걸 알지만 지금으로서는 다른 방법이 떠오르지 않는다. 상길은 아이들을 생각하자, 목울대에 뜨거운 것이 닿은 것처럼 황황거린다. 상길은 맥주병 뚜껑을 연다. 병뚜껑이 튕기어져 나가면서 방바닥에서 또르륵 구른다. 상길은 맥주병을 든 채 나팔을 불듯 벌컥거린다.

효심은 상길의 방에서 싸우는 소리가 들려오자 입술을 앙다문다. 아들 내외가 떠드는 소리가 정확하게 들리지는 않았다. 하지만 며느리의 입에서 '이혼'이라는 단어가 튀어나올 때 효심의 귀는 몇 십 배에 가깝도록 열렸다. 둔기로 맞은 것처럼 머릿속이 멍해졌다. 피가 거꾸로 역류하는 것도 같았다. 절대 이혼만은 안 된다. 이혼이란 것은 가정이라는 공동체가 무너지는 것이다. 가정이 깨진다는 건 있을 수 없는 일이다. 그것은 가족 모두의 삶의 방향이 길을 잃고 마는 중대한 사안인 것이다. 가정이 바로 서 있어야 한다. 그래야만이 아이들의 미래도 건강해지는 것이다. 어머니가 없는 환경에서 자란다는 것은 아이들의 에너지를 모두 빼앗아 지치게 하는 일이다. 그것을 겪어보지 않은 사람은 모른다. 가정의 공동체가 얼마나 중요한지를. 효심은 나무토막 같은 다리를 힘껏 두드린다. 꽉 다문 효심의 입술 사이로 핏물이 스며든다.

6. 준길네, 느긋하고 여유로운 삶을 지향하는

상길의 가게에는 삼남매와 희선, 지연이 앉아 있다. 어머니의 거취 문제를 의논하기 위해 상길의 주선으로 이루어진 것이다. 어머니의 병원비를 놓고 죽집에서 왈가왈부 하던 날 이후 처음이다.

상길은 준길의 얼굴을 바라보다가 미라의 얼굴을 쳐다본다. 그러다가 고개를 숙인다. 입이 쉽사리 떨어지지 않는다. 그래도 무슨 말인가는 해야 한다고 상길은 생각했다. 상길은 사과를 먹고 있는 미라에게 다영이의 안부를 묻는 것으로 입을 뗀다.

"다영이 많이 자랐지?"

"응, 큰 오빠."

사과 조각을 베어 물고 오물거리던 미라가 상길의 물음에 대답했다.

"널 닮아서 잘 먹지?"

준길이 미라를 놀리듯 말하자 미라가 샐쭉하며 대꾸한다.

"그래서 뭐? 오빠가 우리 다영이가 좋아하는 고기라도 사줬어?"

"야, 내가 왜 사주니. 너한테 그렇게 해 줬으면 됐지. 네 자식은 네가 사 먹여야지. 외삼촌이 왜 사 먹이냐?"

샐쭉하는 미라의 표정이 재미있어 준길은 과장된 몸짓으로 너스레를 떤다. 미라의 표정이 굳어진다. 준길의 성격을 알고 있으면서도 미라는 번번이 준길이 놀리는 말투에 말려들곤 한다.

"됐어. 작은 오빠가 고기 안 사줘도 잘 먹고 있으니까 걱정 마. 내가 말을 말아야지."

"어휴, 그러셔. 잘됐네. 그래 네 딸한테는 그렇게 고기를 잘 사주면서 너는 어째서 이 오빠들한테는 나 몰라라 하냐?"

준길이 실실 웃으면서 미라의 약을 바짝바짝 올렸다. 미라는 준길의 말에 얼굴이 벌겋게 달아오른다. 옆에서 지켜보던 지연이 미라를 부른다.

"아가씨! 이 사람 말을 그대로 믿으세요. 아가씨는 오빠하고 나보다 더 오래 살았으면서도 아직도 이이의 성격을 파악하지 못하셨어요."

지연의 말에 그제야 미라가 준길을 향해 눈을 흘기고 있던 시선을 돌린다. 이야기의 본질은 가족들 간의 이런 한가로운 시간을 보내려고 모인 것이 아니다. 어머니를 모시는 문제를 상의하기 위해서이다. 상길이 용기를 내어 준길과 미라에게 전화를 넣을 수 있었던 것은 아이들에 대한 미안함 때문이다. 아이들에게 어머니를 돌보게 할 수는 없다. 하지만 상길은 어머니를 모실 수 없다는 이야기를 차마 꺼내지 못한다. 침묵을 지키던 상길이 가족들의 눈치를 보며 입을 조심스럽게 연다.

"다들 모이자고 한 것은 어머니 문제를 의논하고 싶어서야."

상길의 말에 가족들의 시선이 상길에게로 쏠린다. 상길은 가족들의 시선을 외면하며 말을 이어 나간다. 상길은 어머니를 계속해서 모시는 건 좀 무리가 있다고 했다. 어머니를 보살펴 드려야 하는데, 장사를 하면서 어머니를 살피는 게 쉽지 않다는 것에 역점을 두고 이야기했다. 상길의 말에 준길은 수긍한다는 것처럼 고개를 끄덕인다. 미라는 여전히 사과 조각을 먹고 있다. 지연은 미동 없이 앉아 상길의 말을 경청하고 있었다. 이야기를 끝낸 상길은 숨을 고른다. 하지만 상길은 며칠 전에 있었던 어머니의 실수에 대해서는 함구했다. 어머니가 저지른 실수만큼은 형제들이 모르기를 바라는 마음에서였다. 이야기의 서두를 꺼내는 것이 힘들었다. 하지만 막상 입을 열자, 외워 놓은 연설문을 낭독하는 것처럼 이야기가 술술 쏟아져 나왔다. 옆에서 듣고 있던 희선이 재빨리 아이들이야기를 꺼내 든다.

"며칠 전에는 어떤 일이 있었는지 아세요?"

"그만 해."

상길이 단호하게 외쳤다. 가족 모두는 상길을 쳐다본다.

"왜? 모두들 제대로 알아야지."

"어쩌다가 어머니가 실수를 한 걸 가지고, 어머니를 그렇게 전체적으로 말할 필요는 없잖아."

상길이 희선을 제지하고 나서자, 준길이 재촉하듯 상길에게 묻고는 희선에게 사실대로 알려 줄 것을 요구한다.

"무슨 일인데 그래? 형수 제대로 말씀해 주세요. 엄마한테 관한 건 우리도 알아야죠."

준길의 채근에 희선은 상길을 한 번 힐긋 쳐다본다. 그리고는 효심이 용변 처리를 하지 못했던 것에 관한 일을 빠짐없이 이야기했다.

"정말이에요, 형수?"

준길이 믿을 수 없다는 표정을 지으며 물었고, 지연은 양미간을 좁혔다.

"네, 엄마가요?"

준길처럼 믿을 수 없다는 표정을 짓던 미라가 의자를 앞으로 당겨 앉으며 희선에게 물었다. 희선은 이야기를 이어 나간다.

"민준이 민이한테 어머니를 돌보게 할 수는 없잖아요. 저희집 사정 다들 아시잖아요. 사람을 구해서 쓸 형편도 아니고."

"아······."

준길은 더 이상 말을 잇지 못했다. 준길은 입버릇처럼 어머니를 모신다고 장담했었다. 하지만 막상 어머니의 거취 문제가 수면 위로 떠오르자 답답한 마음만 들 뿐이다. 어떤 방법이 있을까. 어머니에게나 가족들에게나 서로의 마음을 다치게 하지 않으면서 지낼 수 있는 묘안이. 준길은 턱을 괴고 앉아 생각에 잠긴다.

미라는 단 한 번도 어머니를 모시고 지낸다는 생각은 해본 적이 없었다. 오빠가 둘씩이나 있다. 또한 어머니한테 이런 일이 벌어지리라고는 상상도 하지 못했다. 자식들에게 결코 짐이 될 것 같지 않은 어머니였다. 항상 건강하고 당당하게 살 줄 알았던 어머니가 변을 옷에다가 누울 정도라면 문제는 심각한 것이다. 어쩌다가 실수를 한 것이라고 상길이 극구 부인했지만, 이제 시작일 수도 있는 것이다. 상황이 그렇다면. 미라는 어머니를 전문기관에 맡겨야 된다고 생각했다.

"그러지 말고 이렇게 하면 어때?"

미라의 말에 상길이 마시고 있던 찻잔을 내려놓았고, 얼굴을 감싸 쥐고 있던 준길이 자세를 고쳐 앉는다. 준길의 옆에서 사과를 깎고 있던 지연은 과도를 든 채 미라를 쳐다본다. 희선은 찻잔 귀퉁이를 쓸고 있다가 고개를 들어 미라를 응시했다.

"요양병원에 엄마를 모시는 건."

"요양병원?"

"뭐…?"

상길은 '요양병원' 하고 되물었다. 준길은 '뭐' 하고 물으며 못마땅한 표정을 짓는다. 그러나 미라는 아랑곳하지 않고 태연하게 말을 이어나간다.

"응, 요양병원. 요즘 요양병원에 많이들 모시잖아. 엄마 정도면 중증환자도 아니고, 그렇지만 누군가의 케어는 받아야 하잖아. 엄마한테 딱이지 않아. 매달 돈이 들어가는 게 문제지만……."

"그걸 지금 말이라고 하냐. 엄마를 요양병원에 모신다는 게?"

준길이 버럭 소리를 지른다.

"아이, 깜짝야. 작은 오빠는 왜 소리부터 지르고 그래. 다들 엄마 모실 형편이 안 되니까 그러잖아. 아니면 무슨 좋은 방법 있어. 있으면 말해 봐?"

"준길이 말이 맞아. 엄마를 요양병원에 모시는 건 안 돼. 우리가 있는데."

상길은 준길의 말에 동조를 하고 나섰다. 어머니를 단 한순간이라도 요양병원에 모신다는 생각은 한 적이 없는 상길이다.

"아가씨 생각이 나쁜 거 같진 않은데요. 왜, 반대부터 하세요. 어머니를 가족인 우리가 모신다고 해서 병원보다 케어를 더 잘 해 드릴 수 있나요? 만약에 어머니를 또 다른 누가 모신다면 형님처럼 스트레스 안 받을 자신들 있으세요? 아닐 거예요. 다들 똑 같아질 거예요, 분명. 어머니 문제로 형제간에 서로 언성을 높이고 그러는 것보다 요양병원에 모시는 게 나을 수도 있어요. 어쩌면 그 방법이 어머니한테도 편하실 수 있을 거고요."

지연은 과도를 한 손에 든 채 논리정연하게 설명했다. 지연의 말에 가족 모두는 서로를 쳐다 볼 뿐이다. 지연의 말이 다 옳아서 침묵을 지키는 건 아니다. 어머니에게 맞는 방법이 딱히 떠오르지 않기 때문이다. 그렇다고 다른 대안이 있는 것도 아니다.

"암튼, 요양병원에다가 엄마를 계시게 할 수는 없어."

"그럼 작은 오빠가 모실 거야. 모시지도 않을 거면서, 왜 무조건 안 된다고 하는데?"

준길의 말에 미라가 나서며 언성을 높이자, 준길이 의자에서 벌떡 일어나며 미라를 향해 고함을 지른다.

"야, 이 기집애야? 넌 꼭 엄마를 요양병원에 모셔야 속이 후련하겠니? 넌 왜 그렇게 싸가지가 없냐?"

미라도 의자에서 일어난다.

"왜 욕해. 그리고 내가 뭘 엄마한테 어쨌다고 싸가지가 없다고 그래. 말해 봐."

미라도 지지 않고 대든다. 상길을 가운데 놓고 벌어진 일이다. 금방이라도 준길과 미라는 멱살잡이를 할 것 같다.

"진짜, 이 기집애가……."

"욕하지 말라고 했잖아?"

"기집애라고 하는 것도 욕이냐?"

"욕이지 그럼 뭐야? 나도 엄연히 남편과 아이를 둔 엄마야. 나한테 함부로 말하지 마."

미라가 악을 쓰며 준길에게 달려든다.

"어휴… 야……."

"뭐?"

미라는 준길의 말에 한 마디도 지지 않고 대꾸하며 고개를 바짝 쳐든다. 준길은 미라의 행동에 벌어진 입을 다물지 못하고 있다. 그러던 준길이 양쪽 허리에 손을 짚으며 소리친다.

"그렇게 사리 판단을 잘하는 기집애가 어… 엄마를 요양병원에 모시자고. 그건 말이 되냐? 그리고 엄마가 우리를 어떻게 키웠는데. 넌 엄마가 가엾지도 않냐. 엄마 몸이 좀 성치 않으시다고 요양병원에 갖다가 맡겨야 속이 후련하겠어, 이 기집애야?"

"기집애라고 하지 말랬잖아."

"그럼 네가 기집애지. 머슴애냐? 순 못된 기집애 같으니라고."

준길과 미라의 말싸움에 보다 못한 상길이 의자를 밀어 제치며 일어났다.

"조용히들 하지 못해."

상길의 벼락 치는 것 같은 고함 소리에 미라가 움찔하며 준길에게서 시선을 거둔다.

　희선이 준길의 팔을 잡으며 울 듯한 표정으로 애원한다.

　"죄송해요, 서방님! 제발 이러지들 마세요."

　씩씩거리던 준길이 희선의 만류에 미라를 노려보다가 의자에 앉는다. 어쩌면 준길이 미라에게 터트린 울화는 지연에게 향해 있는 것인지도 모른다.

　"다들 돌아가. 내가 계속해서 엄마 모실 테니까, 다들 가."

　"형!"

　노기 띤 상길의 말에 준길이 상길을 바라보며 부른다. 미라는 상길을 쳐다보다가 고개를 돌리며 의자에 앉는다. 지연은 눈을 내려 깐 채 벗겨 놓은 사과껍질을 툭툭 자르고 있다. 침묵이 흐르는 가운데, 희선의 음성이 들린다.

　"난, 못 모셔. 당신 혼자 모셔, 그럼."

　희선의 말에 준길이 정색을 하며 나선다.

　"형수님 무슨 그런 말씀을 하세요."

　"서방님은 아직 아이가 없어서 모르실 거예요. 아이 기르는 부모의 심정을……."

　희선의 목소리에 물기가 잔뜩 얹혀 있다. 희선이 울먹이는 소리로 아이들을 들먹이자 준길은 어머니를 집으로 모시고 가고 싶다. 그러나 혼자가 아니다. 혼자서 독립해서 살고 있다면 벌써 어머니를 모시고 간다고 했을 것이다. 하지만 그럴 수는 없는 일이다. 어머니에게 들어가는 병원비의 분배를 놓고도 지연과 한바탕 대거리를 하지 않았던가. 준길은 지연과의 마찰을 피하려면 어머니를 모시고 갈 명분이 있어야 한다고 생각했다. 그래야만이 지연도 용납할 것이다. 생각에 잠겨 있던 준길의 눈동자가 커진다. 섬광처럼 준길의 뇌리를 스치고 지나가는 것이 있기 때문이다. 어머니를 삼남매 중 한 사람이 혼자서 모신다는 건 어느 누가 되어도 지금과 같은 상황이 벌어질 것이 뻔했다. 만약에 어머니를 삼남매가 돌아가면서 모신다면. 어머니에게도 나쁘지 않을 것 같았다. 우선 어머니는 한 자식에게 얽매이지 않아도 되는 셈이다. 그렇게 되면 어머니는 삼남매의 사랑을 골고루 받게 되는 것이다. 어머니에게 마음껏 효도를 할 수 있는 시간이 삼남매에게 주어지는 계기도 된다. 기회일지도 모른다. 어머니가 쓰러지지 않았다면 어머니를 모실 수 있는 날들도 허락되지 않았을 것이다. 결코 있을 수 없는 일이다. 준길은 여전히 사과껍질을 툭툭 자르고 있는 지연을 힐긋 본 뒤 입을 열었다.

"그럼 이런 방법은 어때? 내 생각인데, 돌아가면서 엄마를 모시는 건? 지금까지 형이 모셨으니까, 지금부터는 내가 좀 모실게. 그렇다고 내가 계속 모신다는 것은 아니고. 4개월만 엄마랑 살게. 그 다음엔 미라네가 4개월 모셔. 그동안 엄마 건강이 회복되면 다행이지만 그렇지 않을 때는 다시 형네로. 그리고 우리 집으로. 다시 미라네로. 그렇게 되면 우리 삼남매가 일 년에 한 번씩 엄마를 모시고 함께 살게 되는 거야.”

준길의 말에 상길은 '흠' 하고 한숨을 내쉬었다. 준길의 생각이 나쁘지 않은 것 같았다. 결혼하면서 어머니 곁은 떠나온 삼남매가 어머니와의 시간을 함께 하는 것도 의미 있는 일일 것 같았다. 준길네서 어머니가 4개월, 미라네서 어머니가 4개월을 지내게 된다면 8개월 후에나 차례가 돌아오는 셈이다. 상길은 희선을 쳐다본다. 희선은 어깨를 으쓱하며 별 말이 없다. 상길은 다행이다 싶었다. 혹시라도 어머니를 요양병원에 모시게 될까 봐 우려했었기 때문이다.

“다영이 엄마 생각은 어떠냐? 난 괜찮은데.”

상길의 물음에 미라는 대답을 회피한다. 남편 석호에게 뭐라고 해야 하는지 당장 생각이 나지 않아서였다. 그뿐만이 아니다. 시댁 식구들에게는 또 뭐라고 해야 되는가. 선뜻 대답을 하지 못하는 미라에게 준길이 채근하듯 다시 물었다.

“넌 어떠냐고?”

준길의 채근에 입을 다물고 있던 미라가 갑자기 생각이 났다는 듯 눈을 반짝였다.

“엄마를 요양병원에 계시게 하는 것이 그러면 큰 오빠네가 계속 모시면 어때? 그 대신 요양병원에 들어가는 경비를 큰 오빠네 줘서 그 돈으로 도우미 아주머니 쓰고.”

미라의 말에 희선의 낯빛이 굳어진다.

“아니에요. 말이 그렇다는 거죠.”

"큰 언니가 아까 그랬잖아요. 사람 쓸 형편도 안 된다고. 사람 쓰는 경비를 주면 되잖아요. 안 그래요?"

미라가 희선을 똑바로 쳐다보며 묻자, 희선이 발끈했다.

"아가씨, 우리가 어머니 돈 갖다 쓴 것 때문에 자꾸만 그러시는 것 같은데 저희 친정엄마 돈도 다 갖다 썼어요."

"누가 뭐라고 했어요. 언니가 사람 쓸 형편도 안 된다고 해서 한 말이잖아요."

미라는 한 마디도 지는 법 없이 희선의 아픈 부분을 콕콕 찌른다.

"아가씨도 아이 엄마잖아요."

희선이 미라를 향해 더 말을 이으려는데, 상길이 제지하고 나섰다.

"그만들 해."

"형수님 말씀은 어머니를 어떻게 모실 건가가 아니고 조카들 문제가 더……."

준길이 중재를 하려는 듯 입을 열었다. 통명스러운 미라의 소리가 준길의 말소리에 묻혀 들려오고 있었다.

"엄마 돈 다 갖다 써 놓고. 1억이 뭐 적은 돈이야."

"입 다물어라."

준길이 으름장을 놓듯 미라를 향해 눈을 부라렸다.

"왜? 뭐? 짜증나, 진짜."

준길의 시선을 피하지 않고 미라가 쏘아 댄다.

"그래서 넌 엄마 4개월씩 모시는 거 싫다는 거야?"

"누가 싫대. 근데 왜, 4개월씩이야."

"그럼 몇 달씩?"

"나도 몰라."

미라의 투정에 준길이 어머니와 지내는 기간이 몇 달씩이 좋은지 의견을 내달라고 했다. 하지만 다른 의견은 나오지 않고 있었다.

"그럼, 그냥 4개월씩으로 하는 걸로 합니다."

준길이 한 번 더 다짐을 하듯 물었다.

"나, 다영이 땜에 빨리 가 봐야 해."

미라가 성화를 부렸다. 미라의 채근에 상길이 준길이가 내놓은 의견에 동조한다.

"내 생각에도 준길이 의견대로 4개월씩 엄마를 모시는 게 좋을 듯해. 그러면 일 년에 한 번 꼴로 엄마를 모시게 되는 셈이고."

상길의 말에 준길이 미라를 쳐다본다.

"… 알았어. 그렇게 해, 그럼."

"미라, 너 나중에 딴 소리들 하기 없기다."

"왜들 다 나만 갖고 그래. 내가 언제 한 이야기를 갖고 번복했다고."

"말이 그렇다는 거지. 왜 화를 내냐?"

준길이 미라를 어르고 있을 때, 지연이 준길에게 발끈한다.

"내 의사는 왜 묻지 않고, 당신이 결정하는 거야. 당신 혼자서 어머니 모실 거야, 그럼."

"집에 가서 얘기해."

"싫어. 지난 번 병원비 갖고도 그러더니 또 그래. 나랑 분명히 약속했었잖아. 무슨 일이든 나랑 상의해서 결정하겠다고. 난 반대야. 4개월씩 모시는 거. 도우미 아주머니 쓸 경비를 형님한테 드리면 어떻겠느냐고 미라 아가씨가 그랬는데도 형님이 노우 하셨잖아. 그럴 때는 다 이유가 있는 거야. 한집에 어머니와 있는 것만으로도 힘이 든 거 아니겠어. 그러니까 난 미라 아가씨가 내놓은 의견대로 어머니를 요양병원에 모시는 게 옳다고 봐."

준길은 지연의 말에 명치끝이 조여 오는 통증을 느낀다.

'감히 내 어머니를 당신이 뭔데, 요양병원으로 모시는 게 옳다고 떠드는 거야.'

그 소리가 터져 나올 것만 같다. 속에 있는 말을 터트릴 수 없다. 준길은 다문 입술에 힘을 준다.

"요양병원은 안 된다고 했잖아."

준길은 마음을 가다듬었지만, 버럭 소리가 터져 나온다.

"왜 안 돼. 어머니한테 무엇이 더 효율적인지는 생각해 봤어. 그렇게 감정적으로 판단하지 마. 그게 더 어머니를 힘들게 하는 것일 수도 있어. 어머니 병환이 정해 놓은 시간에 회복되는 것도 아니잖아. 평생을 치료 받을 수도 있어. 요양병원이 어머니를 편하게 해 드릴 수 있다는 생각들은 왜 안 하는데? 그리고 또 하나, 요양병원은 안 되면서 자식들 집을 4개월씩 옮겨 다니는 건 괜찮다는 게 말이 돼. 자식들 집을 평생을 옮겨 다니시면서 지내게 하실 거야, 그럼? 어머니의 심정은 어떨 것 같아? 생각해 봤어? 어머니의 심정을?"

지연이 단숨에 토해내자, 준길이 "왜 평생이라고 얘기하는데, 재수 없게. 엄마는 몇 달 안 가서 일어나셔. 알았어?" 하고는 지연을 향해 삿대질을 한다. 급기야 상길이 지연을 향해 머리를 숙이며 양해를 구한다.

"정말 미안합니다, 제수씨! 우리가 모셔야 하는데. 이렇게 되어서. 그렇지만 어머니를 요양병원에 모실 수는 없어요. 제수씨가 이해를 해주시면……."

"전 절대로 이 방법엔 동의할 수 없어요."

상길의 시선을 피하며 지연이 확실하게 대답했다.

"집에 가서 그 문제는 다시 이야기해. 암튼 엄마 우리 집으로 모실 거야. 4개월 동안은. 그렇게들 알아."

준길이 어머니를 모셔 갈 의사를 다시 밝히자, 지연이 발딱 일어선다.

"난 분명히 말했어. 어머니 요양병원에 모시는 게 옳다고."

지연이 가방을 챙겨 들며 준길에게 단호한 어투로 잘라 말하고는 등을 돌린다. 지연이 나가는 것을 본 준길은 가족들을 향해 "나중에 봐, 그럼" 하고는 지연의 뒤를 쫓아 나갔다.

상길은 효심과 마주 앉는다. 아이들과 찐 고구마를 먹고 있던 효심은 이른 시간에 들어오는 상길을 보며 비죽 웃고 있었다. 왜 이 시간에 상길이 들어왔는지를 다 알고 있는 것 같은 웃음이다.

"아빠!"

"아빠!"

민준과 민이가 상길의 팔에 매달리며 환호한다.

효심은 상길이 아이들을 어르는 것을 보며 한 손으로 아이들이 어지러 놓은 책들을 밀친다. 집안은 엉망으로 해 놓고 어린 아이처럼 찐 고구마를 먹고 있는 모습이 상길에게 어떻게 비쳐졌을까 싶다. 효심은 상길의 눈치를 본다. 마치 효심의 그 마음을 엿보기라도 한 것처럼 상길의 음성이 들려왔다.

"그냥 두세요, 엄마."

"… 괘 … 괜찮아."

뭐가 괜찮다는 것인가. '대상포진'으로 어깨에 수없는 수포가 생겨서 고생을 할 때도, 상태를 묻는 상길에게 어머니는 괜찮다고만 했다. 상길은 터져 나올 것 같은 깊은 한숨을 안으로, 안으로 밀어 넣는다. 그리고는 효심의 다리를 주무른다.

"요즘은 좀 어떠신 거 같으세요?"

"… 많 … 많이 좋아졌어. … 괘 … 괜찮아."

어머니의 대답에 상길은 고개를 주억거린다. 어머니는 또 '괜찮아. 좋아졌어.' 했다.

"재활치료 받는 횟수를 더 늘리면 어떨까요, 엄마?"

"… 지 … 지금 받는 것도 … 많 … 많이 받는 거야."

상길은 어머니 말에 고개를 끄덕인다. 어머니에게 준길네 집으로 가자는 소리를 어떻게 해야 할지 입이 떨어지지 않는다. 이럴 줄 알았으면 어머니의 건강이 이리 될 줄 알았으면, 직장을 그만두지 않았을 것이었다. 그랬더라면 어머니를 준길네 집으로 가시게 하지 않고, 오랫동안 아니 어머니의 몸이 완쾌될 때까지 모실 수 있을지도 모른다. 이제 와서 후회를 한들… 다 부질없는 짓이다. 그걸 알면서도 자꾸만 바보 같은 생각이 든다. 미련스럽도록. 상길은 얼굴을 벅벅 문지른다.

"… 저… 엄마. 저… 있잖아요. 준길이… 준길이가 말인데요."

순간 효심은 가슴에 불에 달궈진 인두가 닿은 것처럼 숨이 턱 하고 막힌다. 준길에게 안 좋은 일이 생긴 것이 분명하다. 그렇지 않고서야 상길이 이 시간에 들어와서 준길의 이야기를 꺼낼 일이 없다.

"…… 준 … 준길이 … 뭐?"

"엄마랑 지내고 싶다고 해서요."

효심은 상길의 대답에 벼랑 끝에 서 있던 마음을 겨우 진정시키며 묻는다.

"… 나 … 나랑?"

"네, 엄마. 준길이가 엄마랑 살고 싶다면서… 저한테 와서는 그러네요."

효심은 흔들리는 상길의 눈동자를 보며 고개를 끄덕인다. 희선과 싸우던 일의 마무리가 준길네 집으로 가는 것으로 종결지어진 것 같았다. 그렇다면 그리 해야 되는 것이다.

'그래, 가야지. 나로 인해서 너희들이 이혼이니, 어쩌니 하면서 살게 해서는 안 되지. 그럼 안 되고말고.'

효심은 애써 입가에 웃음을 담는다. 효심은 상길의 마음을 편하게 해 주고 싶다. 그것이 부모의 도리이다. 그러나 마음속 깊은 곳은 켜 놓았던 등불이 꺼진다. 효심은 그 마음을 숨긴 채 기쁜 마음으로 되묻는다.

"… 정 … 정말?"

"네."

"… 언 … 언제 갈까?"

"… 엄… 엄마 가시고 싶으실 때요."

"… 낼 … 병 … 병원… 가는 날… 날이잖아. … 약… 받고 … 물리치료… 받고서 가."

상길은 어머니가 활짝 웃으면서 승낙하자 안도의 숨을 내쉰다. 만약 어머니가 준길네로 안 가시겠다고 하면 어쩌나 하는 마음이었다. 어머니는 아무런 이유도 묻지 않는다. 그렇지만 준길네로 내일 어머니가 가신다는 건 너무 빠르다.

"그렇게나 빨리 가시게요? 며칠 있다가 가셔요. 엄마 좋아하시는 불고기 잡숫고. 날도 좀 풀리면……."

상길은 다음 말을 잇지 못하고 말을 끊는다. 어머니에게 불고기를 언제 구워 드렸는지 기억이 나지 않는다. 아마도 어머니가 병원에서 퇴원했을 때 숙희 아주머니가 끊어 온 불고기 거리가 마지막이었을 것이다. 아이들이 좋아하는 음식은 아무리 돈이 없어도 어떻게든 먹이는 게 부모의 마음일 것이다. 아이들이 맛있게 먹는 모습만 봐도 배가 부른 게 부모이다. 상길 역시 어머니의 손에서 그렇게 자랐다. 이제는 어머니가 좋아하는 것을 상길이 해 드려야 옳았다. 그런데…….

상길은 목울대에 차 있는 뜨거운 덩어리를 힘겹게 삼킨다.

*

준길은 노릿하게 구워진 고등어의 살을 발라낸다. 고등어는 어릴 때부터 밥상에 자주 올라오던 생선이었다. 겨울이면 큰 솥에 김치와 고등어를 넣어 찜을 해서 먹었다. 무를 넣어 조림을 해서도 먹었다. 그러나 준길은 찜이나 조림보다는 구워서 먹는 것을 좋아한다. 어디 그뿐인가. 돌아가신 아버지 또한 고등어를 무척 좋아했었다. 그 중에서도 아버지가 좋아하는 고등어 요리는 소금에 절여 놓은 자반이었다. 고등어 위에 고춧가루를 옅게 뿌리고 파를 총총 썰어 얹은 다음에 쪄 내는 식이었다. 고등어를 굽지 않았다고 투덜거리는 준길의 밥그릇에, 아버지는 쪄 낸 자반의 살점을 발라 얹어 주곤 했다.

어제 밤 퇴근하면서 생선가게에 들른 것은 아버지와의 그런 추억 때문에 고등어를 산 것은 아니다. 등 푸른 생선이 면역력 증가에 도움이 된다는 사실 때문이다. 특히 고등어는 오메가3와 비타민이 풍부하고 셀레늄과 같은 무기질이 많아 환자에게는 더할 나위 없이 좋은 음식이라고 했다. 집안에 생선냄새가 배이는 게 싫다고 지연은 생선요리를 꺼려했다. 지연의 뜻을 거르고 고등어를 사왔다. 준길은 직접 손질한 고등어를 오븐에 넣어 구웠다. 환풍기를 틀어 놓고 요리를 했지만 생선의 비릿한 냄새는 여전히 집안에서 떠돌고 있었다. 생선냄새가 사라지지 않자, 준길은 향초를 켜놓았다. 슬쩍, 지연의 눈치를 보던 준길은 고등어 살을 발라내어 어머니 앞 접시에 놓는다. 준길의 손놀림에 효심은 준길에게 지연을 가리키며 눈짓을 한다. 효심의 눈짓에 씨익 웃으며 고개를 끄덕이던 준길이 고등어 살을 발라 지연의 앞 접시에 놓아주고 있었다.

둘째 며느리 지연은 큰 며느리 회선과는 사뭇 다른 성격이란 걸 효심은 상견례하는 자리에서 알아보았다. 양가 부모가 처음으로 모이는 자리이다. 보통의 아가씨라면 장차 시어머니가 될 사람을 의식하기 마련일 것이다. 지연은 그렇지 않았다. 입에 맞는 음식 위주로 식사를 했다. 그렇다고 준길을 챙기는 것도 아니었다. 오직 혼자만의 식사를 했다. 그 모습을 보다 못한 안사돈이 지연의 옆구리를 쿡 찌르는 것을 보며 효심은 안도했었다. 지연을 아주 버릇없이 키우지는 않았을 것 같았기 때문이었다. 남의 자식의 흉허물은 크게 보이고 제 자식의 흉허물은 보이지 않는다고 했다. 효심이 꼭 그 축에 끼어 있는 것만 같았다.

전문대학을 졸업한 준길에 비하면 지연은 4년제 대학에서 의상디자인을 전공한 재원이다. 지연의 부모 입장에서 본다면 사위 될 준길이 한참 모자랄 것이다.

"식사 안 하세요, 식사하시다 말고 무슨 생각을 하시는 거예요?"

"… 어 … 엉."

준길이 묻는 소리에 효심은 지연에게서 시선을 돌린다. 앞접시에 놓인 고등어 살을 집어 젓가락질을 하던 효심은 입에 넣다가 떨어뜨리고 만다. 효심은 재빨리 지연의 눈치를 본다. 지연은 식사하느라 여념이 없다. 그런데도 효심은 며느리가 보기 전에 떨어진 고등어 살을 치워 버리고 싶어 조바심이 일었다. 어느 새 준길이 허리를 굽히고 있었다. 그제야 효심은 꽉 막힌 것 같은 명치끝이 뚫린다. 식사가 끝나자, 지연이 빈 그릇을 들고 발딱 일어섰다.

"놔둬. 설거지는 내가 할 테니까."

"… 그 … 그래. … 준 … 준길이가 하게 해."

준길의 말에 효심도 거들었다. 하지만 지연은 아무런 대꾸가 없다. 지연을 흘깃 쳐다보던 준길이 식탁의자에서 몸을 일으켰다.

"설거지 내가 할 테니까 준비해. 나가자. 나가서 영화도 보고."

준길은 그릇을 씻고 있는 지연의 옆에 바투 서며 말했다. 준길의 말에도 지연은 대답을 하지 않는다. 한참 만에 지연이 입을 열었다.

"뭐 해야 되는지 잊었어?"

지연의 말에 준길이 고개를 갸웃한다.

"어머님 목욕시켜 드려야 하잖아."

지연의 말에 준길은 '아차' 싶었다.

"영화 보고 와서 시켜 드리면 되잖아."

"어머니 몸에서 냄새 나는 거 못 맡았어?"

"냄새? 무슨 냄새? 난 못 맡았는데."

"난 밥 겨우 먹었어. 욕지기가 올라오는 걸 참아 가며."

준길은 설거지하던 그릇을 놓아 버린다. 지연이 말하는 '냄새'란 사람이면 누구에게나 맡아지는 고유의 냄새가 있는 법이다. 어머니에게도 어머니만의 냄새가 있다. 그런데도 지연은 어머니가 마치 몹쓸 병에 걸려서 냄새를 풍기는 사람처럼 말했다. 지연은 한 손으로 용변 처리를 할 수 밖에 없는 어머니의 신체적인 결함 때문에 그렇게 말했을 것이었다. 기분이 상한다. 준길은 지연을 바라본다. 입을 다물기로 한다. 여기서 한 마디만 더 하게 되면 부부싸움으로 이어질 것이다. 어머니가 오신 지 두 달째이다. 남은 두 달 동안 어머니를 모시기 위해서라도 지연의 마음을 다치게 해서는 안 된다. 지연에게서 시선을 거둔 준길은 말없이 욕실로 향했다. 욕조에 물이 쏟아지는 것을 바라다보던 준길은, 어머니가 집으로 오시고 나서 부부 사이에는 알 수 없는 균열이 이는 것 같다는 생각이 들었다. 무언가가 서걱거린다. 결혼 전에는 부모님을 모시는 문제를 두고 지연은 분명 좋다고 했었다. 그런데도 막상 어머니를 모시게 되자, 무언지 모르게 민감하게 반응해 왔다. 그렇다고 어머니에게 할 도리를 안 하는 것 같지는 않았다. 전셋집을 구하면서 받은 대출금을 갚기 위해서 아이 갖는 것도 미룬 채 지연이 받는 월급은 무조건 저축을 했다. 아무리 힘들어도 도우미를 쓰지 않던 지연은 요즘 들어 힘에 부치는지 일주일에 한두 번이라도 가사도우미를 쓰고 싶어 했다. 가사도우미를 쓰기 위해 여기저기 수소문 해 보던 지연은 그마저도 생각을 접은 듯했다. 집에 환자가 있으면 가사도우미에게 지불하는 액수가 달라진다는 직업소개소 담당자의 설명 때문인 것 같았다.

욕조에 물이 차오르자, 준길은 거실에서 텔레비전을 보고 있는 효심에게 다가간다.

"엄마, 목욕해야지."

"… 지 … 지금?"

효심은 준길에게 물으며 소파를 짚는다.

"응, 엄마. 자, 일어납시다."

어머니를 부축해 욕실로 온 준길은 어릴 적 어머니의 잔등을 밀어주던 생각이 떠오른다. 어머니는 집에서 목욕을 할 때면 꼭 준길을 불렀다. 상길이 집에 있을 때도 그랬다. 어머니는 준길에게 타월을 건네주며 북북 문질러라, 했다. 그때마다 준길은 팔이 아프다고 핑계를 대며 상길을 불렀다. 그러면 어머니는 혀를 차며 단호한 어투로 됐으니까, 그만 나가라고 했다.

"엄마, 나 뭐 하나 물어볼게?"

효심은 얼굴에 흐르는 물기를 쓸어내리며 준길을 쳐다본다. 부옇게 김이 서린 욕실은 후덥지근했다.

"왜 엄마는 목욕할 때마다 나한테 등을 밀어 달라고 했어?"

"… 그 … 그냥…"

"솔직하게 말 안 해 주면 물 뿌린다."

준길이 효심에게 물을 끼얹는 시늉을 했다.

"… 네 … 네가 편하니까."

"에이, 거짓말."

"… 진 … 진짜 …"

"정말이지, 엄마!"

어머니의 대답에 피식 웃음을 터트리던 준길은, 타월로 어머니의 등을 문지르기 시작했다. 순간 준길은 어머니의 등을 문지르던 동작을 멈춘다. 그 옛날에 느껴지던 어머니의 잔등이 아닌 것 같기 때문이었다. 살집이 좋은 어머니는 아니었다.

그렇다고 마른 몸은 아니었다. 젊은 시절의 어머니의 몸집은 통통한 편에 속했다. 어머니의 잔등을 타월로 밀면 뽀드득, 뽀드득 소리가 나면서 등살이 밀리었다. 팽팽한 어머니의 살집은 우윳빛처럼 고왔었다. 그러나 지금의 어머니의 등은 살집이 하나도 없다. 마른 삭정이처럼 느껴진다. 언젠가는 어머니의 이 잔등마저도 보지 못하는 날 앞에 서게 될 것이다. 한때는 화려했을 젊음의 살갗이 이제는 황혼으로 접어 든 것이다. 준길은 문득 낡은 가죽의 표피처럼 느껴지는 어머니의 등에 얼굴을 묻는다.

지연은 커피를 내리기 위해 분쇄기의 스위치를 꽂는다. 버튼을 누른다. 얼마 전 북유럽으로 여행을 다녀온 부서의 후배가 스웨덴에서 사다 준 알 콩 커피이다. 원래는 지연도 휴가를 내어 후배와 함께 다녀오기로 되어 있었다. 오래 전부터 후배와 약속이 되어 있던 일정이었다. 북유럽 중 가장 가고 싶었던 곳이 스웨덴이다. 느긋하고 여유로움 삶을 지향하는 그들 속에서 제대로 된 느림의 미학을 실천하고 싶었다. 바쁘게 돌아가는 의상디자인실의 기능은 남들보다, 아니 그 어느 순간보다 한 발 먼저 나아가야 한다는 것이다. 도태되지 않기 위해서는 그 무엇과도 교감이 필요한 직업이다. 세상의 모든 것은 인간을 꾸미고 가꾸기 위한 필수품이라는 생각이다. 그 필수품을 인간과 어떻게 조화를 이루게 하느냐에 따라 감각적인 디자이너로서의 생명을 이어갈 수 있을 것이다. 자연의 풍요로움 앞에서도 그랬다. 인간이 자연과 함께 어울려 사는 모든 유형의 것부터 무형의 것까지의 세계를 항상 관찰하고 고민해도 늦을 때가 있었다. 그렇게 생각하는 것을 다른 회사의 디자인실의 디자이너들도 똑같이 고민하며 관찰하고 있다는 것이 때로는 한계로 여겨지기도 했다. 늘 창조적인 생각과 사물에 대한 뚜렷한 오감이 작동되게 하기 위해서도 여행에서 얻는 휴식은 반드시 필요했다. 더구나 옛것에 대한 열풍이 불고 있었다. 꽉 조이는 바지에서 올해는 통이 넓은 바지가 유행하고 있다. 한동안은 복고풍이 대세를 이룰 것 같은 예감이 든다. 그러나 그것 또한 장담할 수 없는 일이다. 인간이라면 누구나 자신이라는 존재를 드러내고 싶은 욕망을 갖고 있다. 동시에 타인과 구별이 되는 치장을 원한다는 것이다. 그러한 것을 감안한다면 디자인실의 업무는 초를 다투고 있다고 해도 틀린 말이 아니다. 소비자의 그런 욕구에 부응하기 위해서라도, 여행을 통한 휴식은 꼭 취해야 한다는 생각이다. 지연이 부서의 후배와 스웨덴의 느림의 미학을 만끽하러 가지 못한 건 시어머니가 오게 되어서였다. 4개월의 시간만 시어머니를 모시면 되는 일이었다. 하지만 지연은 나름대로 준비를 해야만 했다. 아니 솔직히 말한다면 말도 안 되는 이 상황이 싫었다. 가족 모두가 합리적이지 못하다는 생각 때문이다. 시어머니를 요양병원에 모시면 서로가 편하고 여유로운 삶을 살 수 있는 것이다. 뿐만 아니라, 가족들 간에도 우왕좌왕 할 일도 없다. 낯붉힐 일 또한 없을 것이다. 그런데……. 왜, 이토록 고루하고 지루한 방법을 선택하는지. 더구나 가족 모두는 이 선택이 옳은지조차 모르고 있는 것 같았다. 우매해 보였다. 그저 4개월만 운운하는 가족들이 미개해 보이기까지 했다. 4개월이라는 시간이 더 될 수도 있는 문제였다. 시어머니가 건강한 모습을 되찾아야 끝나는 일이다. 그것을 가족 모두는 깨닫지 못하고 있는 듯했다. 몸의 회복을 그 누가 장담할 수 있을까. 예전처럼 시어머니가 건강을 되찾지 않으면, 앞으로 몇 번의 4개월이 돌아오게 될지도 모를 일이다. 그 끝없는 짓을 되풀이해야 하는 상황이 벌어질 수도 있다. 시어머니가 살아 계시는 동안에는.

준길이 결혼 전에 시어머니를 모실 수 있느냐고 물었을 때, 좋다고 대답한 것은 이런 상황이 전제되지 않을 때를 허락한 것이었다. 한 집에서 시어머니와 함께 산다고 해서 꼭 나쁜 것만은 아니라는 생각은 있다. 각자의 프라이버시를 존중하면서 서로의 도움이 필요할 때는 서로의 편리를 봐 주는 그런 고부간이기를 바랐다. 예를 들면 아이를 봐 주는 도우미 곁에서 시어머니도 함께 거들어 주고, 아이가 자라서 유치원이나 초등학교에 가면 서로의 시간을 조율해 데려다주고, 데려오는 일 등등의 역할 분담 같은 것이다. 집안일이나 아이를 전적으로 시어머니에게 맡기는 것은, 시어머니한테도 상당한 스트레스일 것이다. 서로의 사생활은 보호하되 가족의 구성원으로서의 맡은 시간만큼만 철저하게 도와주는 건강한 모습을 상상했었다. 지연은 이런 복병이 숨어 있으리라고는 생각지도 못했다. 자식이 셋이다. 얼마씩 분배를 해서 요양병원에 들어가는 경비를 지출하면 되는 일이다. 이렇게 복잡하게 만들 필요가 없었다. 그런데 왜, 이런 구태의연한 방식을 택해서 푹 쉬고 싶은 주말을 방해하는지 지연은 도저히 납득이 되지 않았다. 더구나 오래 전부터 계획해 놓은 여행이었다. 그 여행을 취소할 수밖에 없는 상황을 만들어 놓은 준길이 괘씸했다. 준길과 결혼하는 데 있어서 지연이 바란 것은 딱 하나였다. 무슨 일이 있어도 주말은 야외로 나가거나 여행을 하자는 것이었다. 준길도 좋다고 했다. 성향이 준길과 잘 맞는 것 같았다. 기뻤다. 평생을 해야 하는 반려자라면 무엇보다 함께 하는 취향이라든지 취미가 맞아야 된다고 여겼다. 준길의 생각도 지연과 같았다. 준길을 택하는 데 있어 지연이 주저하지 않았던 이유는 하나, 그거였다. 4개월이라는 세월이 길다는 것은 아니다. 아주 짧은 시간일 수도 있다. 그 시간이 한 번으로 끝나는 시간이 아닐 수도 있다는 것이다. 그것이 지연의 가슴을 답답하게 했다. 답답한 마음에 지연은 친정어머니에게 시어머니의 관한 일이 합당한 것인가를 놓고 물었었다. 친정어머니는 두말없이 시어머니를 모시는 일은 아주 잘하는 일이라고 했다. 요즈음 시대가 변했다고 헤서 몸이 성치 않은 부모를 요양원이나 요양병원에 모시는데, 그것은 현대판 고려장이라고 했다. 친정어머니의 이야기를 들으며 지연은 결코 허물어지지 않을 벽 앞에 서 있는 기분이었다. 친정어머니와 시어머니가 비슷한 연배여서인지는 모르겠으나, 아무튼 지연은 피를 토할 것처럼 목청을 높이는 친정어머니에게 더 이상 항변하지 못했다.

시어머니의 머리를 말려 주는 준길을 보며 지연은 샤워를 하기 위해 욕실로 들어선다. 쏟아지는 물줄기 아래서 지연은 마음을 가다듬는다. 시어머니로 해서 불편한 것이 있어도 견디자고. 시어머니도 지연과 생활하는 것이 불편할 것이라고. 식사를 하다가 고등어 살을 바닥에 떨어트린 시어머니가 재빨리 지연을 쳐다봤다는 것을 지연은 알고 있었다. 일부러 못 본 척 했다. 눈이 마주치면 시어머니가 더 미안해 할 것만 같아서였다. 샤워를 마친 지연은 물기를 닦고는 티셔츠를 걸친다. 티셔츠가 등에 돌돌 말려진 채 내려오지 않는다. 지연은 팔을 등 쪽으로 돌린다. 티셔츠를 끌어내리던 지연은 스스로에게 짜증을 낸다. 오늘 어제의 일도 아니다. 시어머니가 오신 날부터 반복된 일이다. 그런데도 등 위에 붙어 있는 티셔츠를 끌어내릴 때마다 화가 나는 건 어쩔 수 없다.

작은 방으로 들어간 지연은 옷걸이에 걸어 놓은 옷들을 뒤적인다. 그러나 체크무늬의 셔츠는 보이지 않는다. 체크셔츠뿐이 아니다. 다른 모양의 셔츠도 없다. 옷걸이에 걸려 있는 옷과 옷 사이까지 다 찾아보았지만 감쪽같이 사라진 채였다. 혹시

하는 마음에 거실로 나온 지연은 시어머니에게 묻는다.

"저, 어머니. 혹시 옷 방에 걸어 두었던 제 셔츠 치우셨어요?"

"… 응. … 셔 … 셔츠 땜에 … 다른 옷을 걸 수가 없어서. … 개켜서 서랍장에다 넣… 넣어 놨어."

"네, 어머니."

지연은 옷 방으로 다시 건너왔다. 서랍장을 여는 지연의 손아귀에 힘이 실린다. 그 바람에 서랍장이 덜커덕 덕 거린다. 지연은 서랍장에서 셔츠를 모두 꺼낸다. 그리고는 손에 잡히는 대로 방바닥에 내팽개친다.

*

한낮의 놀이터는 텅 비어 있다. 놀이터가 끝나는 지점쯤에는 짙은 선홍빛의 넝쿨 장미가 빌라 담장을 뒤덮고 있었다. 놀이터는 아이들이 유치원이나 학교에서 돌아오는 오후 시간이 되어야 소란스럽다. 아이들이 없는 놀이터는 적막하기 그지없다.

효심은 사람의 그림자 하나 없는 놀이터에 시선을 보내며 오른쪽 발에 힘을 주어 왼발을 디뎠다. 잔등이 훅 하고 달아오를 정도로 힘에 부친다. 하지만 효심은 이를 악 문다. 오른발에 의지해 왼발을 끌고, 또 끈다. 얼마의 시간이 흘렀을까. 효심은 벽에 걸려 있는 시계를 본다. 많은 시간을 운동을 한 것 같았는데 겨우 15분이 지나 있다. 그래도 어제에 비한다면 15분 정도더 운동을 한 것이다. 숨을 고르던 효심은 왼쪽 팔을 주무른다. 단 시간에 하는 운동보다는 하루에 5분씩이라도 꾸준히 하는운동이 더 효과적이라고 했다. 순간 오른쪽 목덜미에서 느껴지던 전율이 정수리를 관통하며 지나간다. 오른쪽을 많이 쓰는 탓에 무리가 온 것 같았다. 효심은 왼쪽 팔을 주무르던 동작을 멈춘다. 다시 놀이터를 바라본다.

놀이터에는 한 노파가 운동기구에 올라서고 있었다. 노파는한 발과 한 손을 엇박자로 움직이기 시작하더니 점차 동작을빨리했다. 노파의 모습은 어린 화동이 율동을 하는 것 같았다. 노인답지 않은 동작이다. 경쾌해 보인다. 노파는 항상 이 시간쯤이면 운동을 시작하곤 했다. 노파의 모습에서 효심은 문득어머니의 모습이 떠오른다. 어머니도 노파쯤의 나이가 되어있을 것이다. 노파의 나이가 되었을 어머니를 본 적이 없다. 아직도 어머니에 대한 기억은 젊은 시절의 모습이다. 갸름한얼굴에 눈 커플이 없었던 어머니는 키가 크지 않았다. 작은키의 소유자였던 어머니가 학교정문 앞에 나타난 건, 여고 일학년이던 그해 가을이었었다. 교실 청소를 하고 있는 효심에게 담인 선생님은 교문 앞으로 나가보라고 했다. 무슨 일인가싶어 교문 앞으로 갔을 때, 효심은 한 눈에 알아 볼 수 있었다.

아무리 무수한 세월이 바람결에 흘러갔다가 흘러왔어도, 교문 옆에 서 있는 여자가 어머니라는 것을 알아차리는 데는 단 1초의 시간도 걸리지 않았다.

"다시는 찾아오지 마세요. 저 아버지랑 잘 살고 있어요."

마음에도 없는 소리가 불쑥 튀어나왔다. 눈물을 훔치는 어머니를 보며 효심은 교실로 뛰어 들어갔다. 얼마나 정신없이 뛰었는지 운동화 한 짝이 벗겨진 것도 모른 채였다. 어쨌든 어머니는 가족을 아니, 자식을 버린 것이다. 아버지의 폭력에 의한 어쩔 수 없는 선택이었다고 해도 자식을 포기해서는 안 되는 것이 어머니라는 존재일 것이다. 어머니를 그렇게 만든 아버지도 어린 자식을 팽개친 어머니도, 효심은 죽어도 용서 못 할 것 같았다. 엄마 없이 혼자서 지내는 외로움이 얼마나 깊은지, 순간순간 찾아오는 절망감이 얼마나 뼈저리게 고통스러운지 어머니는 알지 못할 것이다.

빈 교실에 얼마를 앉아 있다가 내다본 교문 옆에는 여전히 어머니가 서 있었다. 그 후에도 어머니는 교문 앞에 번번이 서 있곤 했다. 효심은 눈길조차 주지 않았다. 하지만 효심은 어머니에게 들키지 않기 위해 몸을 숨긴 채 어머니가 교문 앞에서 사라질 때까지 어머니를 지켜보고 있었다. 어머니는 여학생들이 더 이상 나오지 않는 교문 앞에서 한참을 서 있다가 돌아서곤 했다.

효심은 어머니의 뒷모습을 보면서 다짐했다. 어머니가 다시 한 번만 더 교문 앞에 나타나는 날이면. 어머니가……. 그때는 달려가서 어머니 품에 안길 것이라고. 효심은 벼르고 있었다. 그러나 어머니는 그 날 이후 모습을 드러내지 않았다. 효심은 어머니를 기다렸다. 어머니가 서 있던 그 자리에서. 효심은 어머니가 그랬던 것처럼 한없이 어머니를 기다렸다. 효심은 또 절망했다. 역시 어머니는 자식을 쉽게 저버리는 어머니이었다고. 어머니에게 기대를 한 것이 잘못이었다고. 두 번 다시는 어머니를 기다리지도, 찾지도 않을 것이라고 어금니를 사려 물었다. 그렇게 독기를 품는다고 잊어지는 게 어머니라는 존재인가. 어머니를 밀어낼수록 어머니에 대한 그리움은 살갗이 짓무르고 짓무른 곳이 곪아서 짜내야 하는 피고름처럼 고통스럽게 했다. 그러다가 어머니를 다시 만난 건 결혼을 앞두고서였다. 아버지의 간곡한 바람 때문이었다. 아버지의 간청으로 만난 어머니는 재혼한 가족과 곧 미국으로 이민을 간다고 했다. 그제야 어머니의 얼굴을 똑바로 바라다보았다. 왜 한 번 더 찾아오지 않았느냐고 묻고 싶었기 때문이었다. 끝내 단 한 마디도 묻지 못했었다.

'어머니는 살아 계실까?'

불현듯이 어머니가 보고 싶다는 생각이 스친다. 그 생각을 떨치듯 효심은 이내 머리를 흔든다.

"… 내… 내가 나… 나이가 … 들… 들기는… 했나 보다."

앞에 있는 누군가에게 말하듯 혼자 중얼거리던 효심은 운동기구에서 내려온 노파가 놀이터를 돌고 있는 것을 보며 식탁으로 가 앉는다. 기름에 잰 구운 김이 들어 있는 통과 잔 멸치를 볶아 넣어 놓은 통, 무장아찌와 깻잎장아찌를 무쳐 놓은 통 등등이 식탁 중앙에 놓여 있다. 이 모든 밑반찬은 지연이 반찬가게에서 사오는 것이다. 지연은 직장에서 퇴근하고 들어오는 길에 반찬을 사오는 듯했다. 반찬을 사서 먹는다는 건 상상하지 못했던 시절을 살아서일까. 처음에는 꺼림칙했다. 하지만 효심은 지연이 차려 주는 대로 군말 없이 먹고 있다. 그것이 직장생활과 가정생활을 병행하는 지연을 돕는 길이다. 이제는 어떤 반찬이 식탁에 올라와도 아무렇지 않다. 오히려 다음 날은 어떤 반찬이 식탁에 오를지 궁금해지기까지 했다. 밥은 밥솥에 있으니 푸기만 하면 된다. 화장실에 다니는 것 때문에, 국은 되도록 먹지 않는 효심이다. 아무리 진수성찬으로 차려진 음식이라고 해도, 혼자 먹는 밥이 맛이 있을 리 없다. 한때는 혼자 앉아 있는 이 식탁이 풍성했을 때가 있었다. 병원에 입원하고 있을 때, 전화번호를 둘째 며느리에게 주며 남편에게 전화를 걸어 달라고 했다는 그 시절이었다. 무슨 반찬을 해 놓아도 남편과 아이들은 반찬 투정을 하는 법 없이 잘 먹어 주었었다. 식사를 하는 내내 아이들은 종달새처럼 지지배배거렸다. 웃음소리가 집안을 떠나지 않았다. 항상 그렇게 시끄러울 줄 알았던 식탁이었다. 그러나 남편이 떠나고, 아이들이 장성하면서 하나 둘 빠져나가기 시작하자, 식탁은 썰렁해지기 시작했다. 각자의 생활이 있는 탓이었을까. 언제부터인가 점점 일인 식탁이 되어 가고 있었다. 세상에서 가장 풍요롭고 아름다워야 할 식탁이 이제는 가족의 격려도, 마주 앉아 따뜻하게 웃어 주는 얼굴도 없이 혼자 앉아 오직 배를 채우는 공간이 된 것이다. 그래서인지 혼자 식탁에 앉아 있는 시간만 되면 저절로 아버지 생각이 사무친다. 아버지 혼자서 식사를 하게 했다는 죄책감 때문인지도 몰랐다. 아버지는 어머니와 헤어지고 나서도 다시 새 가족을 만들지 않았다. 언제부터인가 아버지는 술을 입에 대지도 않았다. 학교에 가기 위해 눈을 뜨면 아버지는 부엌에서 한 손으로 아침 식사를 준비하고 있었다. 아버지는 붉은 빛이 도는 길쭉한 소시지를 어슷하게 잘랐다. 그리고는 계란을 입혀 팬에 노릇하게 구워 낸 다음, 도시락 반찬으로 싸 주었다. 도시락 뚜껑을 열면 밥 위에는 항상 완숙이 된 계란부침이 얹어져 있곤 했다. 결혼하면서 아버지 곁을 떠나게 되었을 때, 효심은 아버지에게 함께 살 것을 권유했다. 하지만 아버지는 거절했다. 혼자 지내는 것이 편하다는 아버지를 위해 효심은 며칠에 한 번씩 밑반찬을 만들어서 아버지에게 가는 것이 전부였다. 아버지는 그때마다 효심이 만들어 온 반찬이 맛있다며 밥 한 그릇을 말끔히 비워 내곤 했다. 그래서일까. 아버지는 그렇게 끼니때마다 밥 한 그릇을 다 비워 내는 줄만 알았다. 가족이 모여서 함께 식사하는 자리에서만 아버지가 밥 한 그릇을 비운다는 사실을 그때는 알지 못했

다. 혼자가 되고서야 알게 되었다. 그리고 또 깨달았다. 혼자서
밥을 먹는 것이 얼마나 곤욕스러운 일인가를.

효심은 빈 그릇을 싱크대로 옮겼다. 설거지를 하기 위해 수
돗물을 튼 효심은 가슴 쪽에 붙어 있는 왼손에 의지해 천천히
그릇을 닦지만 여의치 않다. 쨍그랑, 왼손에 들려 있던 접시가
손아귀에서 미끄러지듯 스르륵 빠져나가면서 깨졌다. 바닥에
부딪힌 접시가 산산조각이 나면서 사방으로 튄다. 접시를 깼
다는 속상함보다는 지연의 얼굴이 먼저 떠올랐다. 마치 지연
이 보고 있는 것처럼 허둥거려진다. 며칠 전이었다. 준길보다
먼저 퇴근한 지연은 식탁에 상을 차려 놓고는 빨래를 하기
위해 부산하게 움직였다. 효심은 지연에게 함께 저녁을 먹자
고 했다. 효심의 말에 지연은 직장에서 늦게 간식을 먹어서인
지, 저녁 생각이 없다고 잘라 말했다.

건조대에서 빨래를 거는 지연을 보며 효심은 혼자 저녁을
먹고는 빈 그릇을 싱크대로 옮겼다. 효심의 모습을 본 지연은
질색을 하며 효심의 손에 들려 있는 그릇을 빼앗았다.

"제발 좀 그냥, 가만히 계세요."

손에 들려 있는 그릇을 낚아채는 지연의 힘에 의해 반사적으
로 효심의 몸이 기우뚱 했다. 그 순간 효심은 살아 있다는 것이
무참했다. 이런 몸으로 그래도 살아 보겠다고, 자식들의 집을
전전하면서 하루 세끼의 밥을 꼬박꼬박 먹고, 화장실에 가 비
워 내고 또 채우고 쏟아 내고, 예전처럼 건강한 몸으로 되돌리

기 위해 재활치료를 받고, 운동을 하고. 며느리의 일을 거들어
준답시고 빈 그릇을 나르고, 한다는 것이 얼마나 부질없는 짓
인가 하는 생각이 스쳤다. 모멸감도 아니었다. 수치심도 아니
었다. 지연이 하는 행동이 섭섭한 것은 더욱 아니었다. 지연이
말대로 가만히 있어야 했다. 옷 방에 있는 셔츠를 서랍장에
넣는 것도 아니었다. 그 일을 두고 준길은 지연이 해 놓은 대로
그냥 놔두라고 했다. 뭐 하러 정리를 해서 셔츠를 치웠느냐며
준길은 효심을 나무랐다. 효심은 여러 개의 셔츠를 옷걸이에
걸어 둘 필요가 있느냐고 준길에게 반문했다. 준길은 화를 벌
컥 냈다. 제발 지연의 물건에 손을 대지 말라고. 쓸데없이 왜
나서서 정리를 하냐고. 그럴 시간에 운동을 더 하라는 준길의
말에 효심은 그제야 입을 다물었다. 무어라도 해 주고 싶어서.
하루 종일 빈둥거리는 무료한 시간에 옷이라도 정리 해 주는
것이 마땅한 일이라고 여긴 것이 아들 내외를 불편하게 하는
짓인 줄 몰랐다. 그런데 또 그릇을 깨고 말았다. 지연의 말
대로 가만있어야 했다. 가만있지 못하고 또 일을 저질렀다.
아직은 살아 있다고 자식들에게 시위라도 하는 것처럼. 싱크
대에 바투 붙어서 설거지를 한 탓에 물이 튀어 앞가슴 쪽의
옷자락이 흥건히 젖어 있었다. 효심은 젖은 옷자락을 말아 쥔
다. 말아 쥔 옷자락으로 눈물을 훔치던 효심은 바닥에 흩어진
깨진 그릇 조각들을 물끄러미 바라본다. 산산조각이 난 그릇
의 잔해가 마치 지금의 마음속 같다.

'띠, 띠익, 띠, 따익, 띠.'

현관문을 열기 위해 비밀번호를 입력하는 소리가 들려오고 있었다. 흠칫, 놀라던 효심은 이 시간에 준길인가? 아니면 며느리? 준길이라면 다행이다. 만약 며느리라면. 그 생각에 미치자, 효심은 눈앞이 아득해진다. 제대로 쓰지 못하는 육신으로 사방으로 흩어진 그릇의 파편들을 다 주어서 없애기에는 역부족이다. 눈물이라도 닦아야 했다. 이 상황에다가 눈물까지 흘리고 있었던 모습까지 며느리에게 보이게 된다면. 깨진 그릇은 그렇다 치더라도 눈물만큼은 보이고 싶지 않다.

'띠리릭, 띠.' 비밀번호가 틀렸을 때 나는 소리가 들려오고 있었다. 얼음조각이 잔등을 훑는가 싶더니, 머리카락이 하늘을 향해 치솟는다. 먹잇감을 사냥하기 위해 긴장해 있는 짐승처럼 모든 감각기관이 문 쪽으로 쏠린다. 효심은 불편한 몸을 이끌고 현관 문 쪽으로 다가간다. 소리친다.

"… 누 … 구 … 세요?"

"나야, 나. 숙희."

"… 숙 … 숙 … 희?"

"응. 문 열어."

효심이 현관문을 열자, 양손에 꾸러미를 든 숙희가 가쁜 숨을 몰아 내쉬며 낯선 여자와 서 있다. 효심은 낯설지만 어딘지 모르게 낯이 익은 것 같은 여자를 흘깃거리며 숙희에게 묻는다.

"… 어… 어쩐… 일… 일이야?"

"어쩐 일이긴? 너 보러 왔지. 현자… 못 알아보겠어?"

"… 현… 현자?"

효심은 마음속으로 '아' 하고 탄성을 지르며 현자의 얼굴을 한참을 들여다본다. 현자를 본 것이 20여 년은 족히 된 것 같았다. 그 긴 시간이 바로 어제 일처럼 떠올랐다. 남편을 떠나보내고 난 효심은 잠을 이루지 못했었다. 눈을 감으면 곡소리가 환청처럼 들렸다. 견디다 못한 효심은 슬리퍼를 꿰차고 현자를 찾아 갔었다. 현자 또한 현자의 아이들이 유치원에 다닐 때 교통사고로 남편을 떠나보냈기 때문에 그 누구보다도 효심의 고통을 이해해 줄 것 같아서였다. 그러나 현자는 문 앞에서 효심을 향해 소리쳤다.

"난 애들이 유치원에 다닐 때였어. 남편이 떠난 게. 네들은 애들 데리고 남편이랑 유원지로 놀이공원으로 놀러 다닐 때 난 우리 애들과 어떻게 살아야 될지, 막막하고 암담하기만 했어. 엄살떨지 마. 네 애들은 다 자랐잖아."

현자가 문을 닫고 들어갔다. 쾅, 하는 문소리가 들리고서야 효심은 맨 발인 발등을 보고 있었다. 굵은 눈물방울이 맨발 위로 툭툭 떨어져 내리는 것을 보며 효심은 돌아섰다. 그 날 이후 효심은 일부러 현자를 피했다.

"비켜 봐. 아휴 팔이야. 겨우 2층 올라오는데 이렇게 힘이 드니? 아주 저질 체력인가 봐. 너 문 열기 힘들까 봐 준길이한테 비밀번호 물어봤는데도 잘 안 되네. 남의 문이라서 그런가.

들어가자, 현자야!"

"… 그 … 그랬어. … 뭘 … 이렇게 많이 사 갖고 왔어."

"옛날에는 한 번만 들으면 다 외웠는데. 지금은 적어 놓은 것도 잘 안 보이니. …"

"… 점… 점… 점심은?"

"너랑 같이 먹으려고 서둘러서 왔는데, 차가 어찌나 막히던지."

"… 난… 지금… 막, 먹었어. 배 … 배고프겠다. 밥 먹어."

"너 안 먹었음 몰라도 아침밥을 늦게 먹었더니 아직은 배 안고파. 현자, 너는?"

"나도 아침 늦게 먹었어. 신경 쓰지 마."

"일단 시장 봐 온 것부터 냉장고에 넣자."

"… 뭐 … 뭐하러. 애 … 애들이 다 사다 놓았는데."

"애들은 애들이고. 우리는 우리지. 너 좋아하는 무말랭이 무친 거 하고 물김치 좀 해 왔어. 소족은 냉동실에 넣어 놨다가 며느리한테 푹 고라고 해. 먹다가 질릴 것 같으면 된장을 연하게 풀어서 우거지나 시래기 넣어서 끓여 먹고. 과일은 현자가 다 산 거야."

"… 고… 고… 고마…워."

"고맙긴."

효심의 인사에 현자가 웃으면서 대답했다. 가까이서 본 현자는 주름살이라고는 찾아 볼 수 없는 얼굴이다.

"… 주… 주… 주름이… 하… 하나… 도 없네."

"부잣집 사모님이 뭐 할 일 있어. 성형외과 가서 케어 받겠지. 그치 현자야?"

"그래. 그냥 넘어가면 안 되니? 꼭 그렇게 말을 해야 속이 후련하지. 암튼……."

"타고난 성격인 걸 어쩌니?"

숙희가 너스레를 떤다. 숙희의 대답에 효심과 현자가 여고 시절로 돌아간 것처럼 깔깔거린다. 그 모습을 보면서 싱크대 앞으로 가던 숙희가 소리친다.

"뭐야, 너 그릇 깼니?"

숙희의 물음에 효심의 얼굴이 울상이 된다.

"빗자루 어디 있어?"

현자가 효심에게 물으며 "그럴 수도 있지" 한다. 현자는 비질을 한 뒤 휴지에 물을 묻힌다. 그리고는 깨진 그릇 조각들을 꼼꼼하게 주워내기 시작한다.

"꼼꼼한 건 여전하네."

숙희가 쓰레기통을 현자 앞에 놓으며 중얼거렸다. 현자 옆에 쪼그리고 앉아 그릇 파편을 줍는 숙희와 현자의 모습을 보며 효심은 지난날들이 새삼스러웠다. 현자와는 숙희처럼 여고를 함께 다녔었다. 삼총사라고 불릴 정도로 늘 붙어 다니던 단짝친구였다. 결혼 후에도 자주 연락을 하며 지냈었다. 그러다가 왕래가 뜸해진 건 현자가 혼자되고서였다. 남편 없이 아이들과 지내는 현자가 안쓰러워 숙희네 가족과 여름휴가를 간다든지 휴일 날에 어린이 공원을 갈 때면 현자네와 같이 가곤 했다. 몇 번인가 함께 어울리던 현자가 어느 때부터는 이런저런 핑계를 대며 합류하지 않았다. 효심은 현자네 가족이 함께 하지 않는 것이 편한 것은 사실이었다. 남편이 현자의 가족을 위해 필요 이상으로 친절을 베푸는 것도 신경이 쓰이던 차였다. 물론 아버지가 없는 현자의 아이들이 혹여라도 상심하지 않을까 하는 우려 때문에 남편이 그럴 것이라고 이해는 되었다. 그러나 머리로만 되는 이해였다. 가슴으로는 받아들여지지 않았다. 무언지 모르게 불편했다. 언제부터인가 자연스럽게 가족 모임에 빠지는 현자를 보며 숙희는 현자가 성격이 별나졌다고 투덜거렸다. 하지만 효심은 내색하지 않았다. 그렇다고 현자를 만나지 않는 것은 아니었다. 가족 모임이 아닌 숙희와 효심, 셋이서 만나야 되는 일에는 어김없이 나타나는 현자였다. 그때는 알지 못했었다. 현자의 고통을. 현자처럼 남편을 잃고서야 알 수 있었다. 현자가 왜 그렇게 남편과 함께 모이는 자리에는 오지 않으려고 했는지를. 현자는 이미 효심의 남편이 현자에게 베푸는 호의로 해서 효심이 불편해한다는 것을 알고 있었던 것이다. 현자가 친구이기 전에 남편 없이 혼자 사는 여자라는 것이 효심의 신경을 건드리고 있다는 것을.

맨발로 현자의 집으로 무작정 갔던 그 밤, 현자가 효심의 처지를 그 누구보다도 이해해 줄 것 같아서이기도 했지만, 사실은 현자의 마음을 헤아리지 못한 사죄도 하고 싶어서였다. 그러나 효심은 아직까지 그 마음을 전하지 못하고 있었다. 현자는 흩어진 그릇 조각을 줍기 위해, 물에 묻힌 휴지를 바닥에 대고 꾹꾹 누르고 있다. 효심은 쪼그리고 앉아 있는 현자의 굽은 등을 말없이 쳐다본다.

7. 미라네, 자식들의 집을 전전하지 말고

대학 4년 동안 늘 붙어 다니던 서연은 하나도 변한 게 없다. 결혼을 하고 아이까지 두었는데도 주부 같지 않다. 사회의 일원으로서 당당해 보이는 서연의 모습을 보며 미라는 낡은 구두코를 내려다보고 있었다. 아이를 친정에 맡기고 휴가를 내어 하와이를 다녀왔다는 서연은 곧 유럽으로 여행을 갈 예정이라고 했다. 서연은 미라에게 함께 가자고 한다.

"엄마 때문에……."

"참, 엄마 좀 어떠시니?"

"아직은 옆에서 돌봐 드려야 해서……."

미라는 서연을 외면하며 어머니를 핑계 댄다. 어머니는 이제 곧 큰 오빠 상길네 집으로 갈 것이다. 어머니가 문제가 아니다. 남편의 월급만으로는 생활비가 빠듯했다. 시댁에 내놓는 생활비와 집을 살 때 받은 융자금에 대한 이자와 딸아이에게 들어가는 등등의 생활비로 다달이 힘에 부친다. 그런데도 시어머니는 어머니로 인해 들어가는 생활비를 오빠들이 챙겨 주느냐고 은연중에 물어 오는 데는 할 말을 잃게 했다. 어머니에게 들어가는 생활비가 따로 있을 리도 없었지만, 그만큼의 여력의 돈이 있지도 않다.

"서연아, 나 사실 부탁할 게 있어서 너 보자고 한 거야. 나일 할 곳 좀 알선해 주라."

"일하게?"

"응."

"그러니까 내가 뭐랬니. 직장 그만 두는 거 잘 생각하라고 했잖아. 요즘 결혼한다고 누가 회사를 그만 두냐."

시어머니는 직장을 그만 두라고 단호하게 말했었다. 일을 해도 아이를 키워 놓고 하라고 했다. 꼭 그 약속을 지키기 위해서 직장을 그만 둔 건 아니었다. 시어머니의 말에도 일리가 있다는 생각이 든 건 미라 역시 일하는 어머니로 해서 항상 외로웠기 때문이었다.

"그러게 말이야. 내 생각이 짧았어."

"뭐. 어차피 전공대로 일한 것도 아니잖아. 지금부터 시작해도 늦지 않을 수도 있어. 근데 너 무슨 일 하려고?"

"글쎄, 나도 잘 모르겠어. 우리 전공이 뭐였지? 이제 기억도 안 나네.”

“야, 그래도 그렇지. 전공을 까먹니.”

미라와 서연은 서로를 보며 한참을 웃는다. 좋아하는 일을 찾아가기 위해 택한 전공이 아니었기 때문이다. 대학교에 들어가기 위한 무조건적인 선택이었다. 수능 점수에 맞추어 학교와 학과를 낮추어서 들어간 탓이다.

“문화인류학. 그 과가 없었으면 우리가 그 대학에 들어가기나 했을까?”

미라의 말에 고개를 끄덕이던 서연이 입을 연다.

“인류의 기원에 대한 이론들을 검토하고 인류 진화의 방향에 대한 생각만 해도 머리가 아프다. 인류 진화는 너무 됐어. 이제 그만 해야지. 어디 박물관 같은 데서 큐레이터할 때 있으면 너한테 딱인데. 암튼 찾아보자. 우리 유미라가 직장을 다시 찾겠다는데.”

정말 머리가 아픈 사람처럼 머리를 흔들던 서연이 그렇게 말하며 휴대폰을 열어 시간을 본다.

“어머, 벌써 시간이 이렇게 됐네. 나 들어가서 마저 하던 일 해야 해서…….”

서연이 일어섰다.

“그래, 얼른 들어가 봐. 오늘 고마웠어.”

미라는 진심을 담아 서연에게 인사를 건네며 커피숍 문을 밀쳤다. 서연이 건물 안으로 들어가는 것을 보며 미라는 그 자리에 우두커니 서 있다. 갑자기 엄마를 잃어버린 미아가 된 것처럼 어디로 가야 하는지 방향이 생각나지 않는다. 한때는 미라도 이런 빌딩 숲속에서 일을 하고 있었다. 하지만 그 사실조차 있었던가 싶다. 도로를 달리는 자동차들의 경적 소리도 웅성거리며 지나가는 사람들도 미라와는 무관하게 여겨진다. 한참을 그렇게 서 있던 미라는 지하철로 향하는 출구를 찾아 또박또박 계단을 내려간다.

지하철이 역내로 들어오고 있다. 지하철이 멈춘다. 미라는 비어 있는 의자에 앉는다. 미라는 지하철 안에 앉아서도 지하철역에서 내려 역을 빠져나오면서도, 집으로 가기 위해 버스를 타고 환승을 받으면서도, 딸아이와 어머니가 기다리고 있다는 사실을 잊은 사람처럼 천천히 걷는다. 어머니가 오신 날부터 무언지 모르게 긴장이 되었다. 어머니가 화장실에서 오래 있는 것도, 남편의 눈치를 살펴야 했다. 오래 식사를 하는 어머니의 습관도 신경이 쓰였다. 시어머니나 시댁 어른들의 방문에는 어머니를 어디다가라도 잠깐 맡기고 싶은 심정이었다. 아니 집안 어딘가에 숨기고도 싶었다. 몸이 성치 않은 어머니의 모습을 보이고 싶지 않았다. 그렇게 노심초사하던 마음이 서연을 만나 수다를 떨어서인지 미혼이었던 시절로 돌아간 듯했다. 홀가분한 기분이다. 그 마음이 이렇게 미라의 행동을 여유롭게 하는지도 모른다.

버스정류장에서 내린 미라는 집 앞에 와서도 집 쪽으로 가지 않고 방향을 바꾼다. 공원 쪽으로 향한다. 미라는 공원 벤치에 앉는다. 공원에는 많은 사람들이 산책을 하고 있었다. 경보선수처럼 양팔을 힘차게 내저으며 빠르게 걷는 사람들도 많다. 울컥 눈물이 솟구칠 것도 같았다. 딸아이를 낳고 느껴지던 이질감 같은 거였다. 정말 이 아이가 석호와의 사이에서 태어난 아이인지. 이 아이를 위해 어떻게 살아야 하는지. 전혀 준비도 안 된 상태에서 덜컥 잉태된 아이였다. 아이에 대한 두려움과 설렘과 안타까움과 안쓰러움이 뒤엉켜 혼란스러웠다. 그 혼란스러움이 가실 무렵 생각지도 않던 어머니가 쓰러졌을 때, 미라는 깊은 절망감이 들었다. 석호에게 손을 내밀었다. 석호의 손을 잡고 따스한 온기를 느끼면 절망감이 사라질 것 같은 마음이었다. 그러나 석호는 귀찮다는 듯이 뿌리쳤다. 어머니가 누워 있는 병원으로 함께 가기를 희망했지만, 석호는 딸아이를 핑계 대었다. 딸아이에 대한 생각에 미치자, 미라는 벤치에서 벌떡 일어난다. 어린이집에 있는 다영이를 7시 전까지는 데리러 가야 한다. 어린이집 원장과의 약속을 지키기 위해서는 서둘러야 했다. 어깨에 메고 있는 가방을 고쳐 맨 미라는 뛰기 시작했다.

다영이는 '쌕,쌕'거리며 잠에 빠져 있었다.
미라는 다영이를 품에 안는다. 순간 미라는 아이의 몸에서 단내가 나는 것 같아 코를 벌름거려 본다. 아이들 몸에 열이 날 때 맡아지는 달착지근한 냄새다. 미라는 고개를 갸웃거린다. 다영이의 이마를 짚어 본다. 열이 느껴진다. 다영이를 품에 안고 집안으로 들어선 미라는 석호가 벗어 놓은 구두에 시선이 멈춘다. 미라가 들어서자, 쇼파에 앉아 있던 효심이 천천히 몸을 일으킨다.

"다영이 아빠 언제 왔어."

"… 좀 … 좀, 전에. 들… 들어가 봐."

"응. 엄마 다영이 이마 좀 만져 봐. 다영이한테 열이 있는 것 같아."

효심이 근심스러운 얼굴로 다영이의 이마를 짚는다.

"… 병… 병원 가… 가야 되…는 거 아니니?"

"좀 두고 보지 뭐. 근데 엄마 머리를 왜 그렇게 해. 그 핀은 뭐고?"

미라는 어머니의 머리를 보자, 쿡 하고 웃음이 일었다. 뇌수술을 받으면서 머리카락을 몽땅 밀었던 어머니였다. 자라고 있는 머리카락이 앞으로 쏠린다며 어머니는 1970년대의 여고생처럼 옆머리를 가른 뒤 실 핀을 꽂아 놓고 있었다. 미라에게는 그렇게 말했지만 사실은 효심이 머리를 깔끔하게 하고 앉아 있는 이유는 석호 때문이다. 사위 앞에서 흐트러진 모습을 보이고 싶지 않아서였다. 머리카락이 자라지 않았을 때는 모자를 쓰고 있으면 되었다. 하지만 지금은 짧지도 길지도 않은 어중간한 머리카락이다. 그래서 효심은 이른 새벽에 일어나

머리부터 매만졌다. 정리되지 않은 모습으로 출근하는 사위를 배웅하거나 퇴근하는 사위를 맞이하는 것은 예의가 아니라는 생각에서다.

미라는 다영이를 안은 채 안방으로 들어갔다. 아기 침대에 다영이를 눕힌 미라는 석호를 바라보았지만, 석호는 눈길조차 주지 않고 있다. 석호는 침대에 기댄 채 휴대폰으로 게임을 하느라 정신이 없다.

서연을 만나면 늦어질 것을 염려한 미라는 퇴근길에 딸아이를 어린이집에서 데려와 달라는 문자를 석호에게 보냈었다. 석호의 답장은 없었다. 미라는 설마 했다. 석호가 늦게 퇴근을 하면 어쩔 수 없는 일이다. 반대로 석호가 일찍 퇴근한다면 다영이를 데리고 올 것이다. 일말의 기대를 했다. 기대가 무너졌다. 하지만 미라는 석호에게 아무런 불만을 털어 내지 못한다. 어머니와 한집에서 지내고 있다는 사실 때문이다.

"저녁은?"

미라는 마음속에 품고 있는 불만의 소리보다는 석호의 기분을 상하지 않게 하기 위한 물음을 던진다. 석호는 대답이 없다. 석호를 쳐다보던 미라는 평상복으로 갈아입기 위해 옷장 앞으로 다가간다. 옷장 문을 열던 미라는 방바닥에 떨어져 있는 수건과 석호의 속옷과 양말을 차례로 집어 든다. 세탁실까지만 갖다 놓아 달라고 수없이 부탁을 했지만 늘 이런 식이다. 마음 같아서는 들고 있는 수건과 속옷을 어딘가로 던져 버리고 싶다. 그 어딘가는 어쩌면 석호를 향해 있는 것일지도 모른다. 미라는 눈을 지그시 감았다가 뜬다. 솟구치던 울화를 잠재우며 미라는 일상복으로 갈아입었다. 미라가 그러는 동안에도 석호는 게임에 몰두해 있다.

석호가 벗어 놓은 옷가지를 세탁실에 분류해 놓은 미라는 서둘러 식탁을 차리기 시작했다. 저녁상을 차린 미라는 석호를 불렀다. 미라의 독촉에 방에서 나온 석호는 효심에게 식사를 하자는 소리도 없이 식탁의자에 털썩 앉는다. 저녁을 먹으면서도 석호는 휴대폰에서 손을 놓지 못하고 있었다. 석호의 손놀림에 따라 게임을 하며 나오는 효과음만이 휴대폰에서 흘러나오고 있다. 순간 효심이 수저를 떨어뜨렸다. 딸과 사위의 눈치를 살피느라 긴장을 한 탓이다. 팽팽하게 느껴지는 딸과 사위의 태도에 효심은 저녁을 먹는 것이 아니라 고문을 당하는 느낌이다. 미라가 재빨리 수저를 주워 들며 석호의 눈치를 살핀다. 하지만 석호는 게임에 몰두해 있느라, 주변에서 일어 난 일을 모르고 있는 눈치다. 석호가 식사를 마쳤다. 석호가 몸을 일으켰다. 그리고는 말 한 마디도 없이 안방으로 들어가 버린다. 효심에게 천천히 드세요, 라든지 아니면 먼저 일어나겠습니다, 라는 기본적인 인사도 없이 안방으로 사라지는 석호를 보며 미라는 그냥 넘어갈 일이 아니라고 생각했다. 아무리 몸이 성치 못한 장모라도 그러면 안 되는 일이다. 장모이기 전에 어른이다. 적어도 어른이 식사를 하고 있을 때 먼저 일어나서는 안 된다고. 그것은 예의가 아니라고. 석호에게 알려 주어야 한다.

미라는 석호를 뒤따라 들어갔다. 석호는 휴대폰에 얼굴을 묻고 있다. 게임을 하느라 여념이 없다.

"잠깐 꺼 봐?"

미라의 말에도 석호는 들은 체 하지 않는다.

"잠깐 꺼 보라고??"

미라의 음성이 커졌다.

그제야 석호가 미라를 힐긋 본다.

"왜?"

"얘기 좀 해."

"무슨 얘기?"

"엄마가 식사 중일 때 아니, 어른이 식사할 때는 먼저 밥을 다 먹었다고 해서 자리를 뜨는 게 아니지 않아. 바쁜 일이 있으면 몰라도, 그렇지 않을 때는 그러는 게 아니잖아?"

"그게 뭐 어때서?"

"난 어머님이나 아버님이 식사하실 때 끝까지 앉아 있잖아. 그게 어른에 대한 예의이기 때문에 그러는 거야?"

"너도 앞으로 우리 엄마, 아버지 식사하실 때 그렇게 해."

"뭐? 지금 그걸 말이라고 해."

"말이 아니면 뭐? 나도 네 엄마 땜에 불편한 거 많아."

"… 네, 엄마?"

미라는 석호를 똑바로 바라보며 되물었지만 다음 말이 이어지지 않는다. 숨이 턱 하고 막혀 온다. 명치끝이 욱신거린다. 이런 증상은 오늘뿐만이 아니었다. 석호가 어머니를 그렇게 지칭할 때마다 나오는 증상이다. 석호는 어머니에게만 그런 것이 아니었다. 오빠들과 올케들을 이야기할 때도 석호는 통상적으로 사용되는 존칭어 대신 '네, 오빠' '네, 올케'로 시작하곤 했다.

"그럼 너네 엄마지. 우리 엄마냐. 아무튼 피곤해. 나가. 나가라고… 퇴근해서 집에 오면 마음 놓고 쉴 수가 있나. 텔레비전을 마음대로 볼 수 있나… 옷을 벗을 수가 있나."

미라는 어금니를 사려 문다. 여자 남자가 만나 서로 사랑을 해서 한 결혼이다. 사람과 사람이 만난 것이다. 남자라는 한 인간과 여자라는 한 인간이 만나서 가정을 이룬 것이다. 남녀의 구별을 두자고 한 결혼이 아니라는 것이다. 여자 남자의 차이는 하나의 성별을 분리하기 위한 것일 뿐, 그걸로 인해 여자가 차별적인 대우를 받는다는 건 잘못된 일이다. 손 하나 까딱하지 않는 석호의 버릇은 남녀의 차별에 의한 잘못된 사고가 분명했다. 석호의 주변에는 언제나 정리되지 못한 것들이 널브러져 있었다. 양말은 욕실 앞에 속옷은 샤워실의 부스대 위에 걸려 있었고, 셔츠는 침대 위에서 발견되는 일도 허다했다. 수건은 방바닥이나 거실 바닥 아니면 식탁의자 걸이에 있는 일도 비일비재했다.

석호는 상길과 준길 오빠들과는 달랐다. 집안 청소와 벗어 놓은 빨래거리를 세탁하던 오빠들은 어머니를 돕기 위해 항상 애썼다. 오빠들에 비하면 석호는 물을 따라 마신 컵 하나도 치우는 법이 없었다. 석호가 어지러 놓는 것은 치워도 끝이 없었다. 석호는 덩치만 어른이었지, 자라다 만 아이 같았다. 석호와 아이까지 돌봐야 하는 일은 체력에 한계를 느끼게 했다. 아이가 태어나면 좀 나아질 줄 알았던 석호의 버릇은 여전했다 하지만 참을 수 있었다. 그러나 친정 식구들을 비난하는 건 용납할 수 없다.

"내가 분명 경고했었지? 그렇게 부르지 말라고!!!"

미라의 큰 소리에 석호가 놀라며 벌떡 일어섰다. 한 번도 아비지 앞에서 어머니가 소리를 지르는 걸 보지 못한 석호였다. 언제나 아버지의 말에 순응하는 어머니를 보고 자란 석호는 미라의 행동이 납득되지 않았다. 어머니는 항상 아버지에게 당신이 최고라고 치켜세웠다. 아버지가 검정 옷이 흰 옷이라고 하면 어머니는 그렇다고 할 정도였다.

"뭐? 경고?"

석호가 두 눈을 부릅뜨며 주먹을 말아 쥔다. 미라 앞으로 다가온다.

"다시 한 번 말해 봐."

미라는 뒤로 물러서지 않는다.

"경고했다고 했어."

석호가 말아 쥔 주먹을 뻗는다. 미라는 두 눈을 꼭 감는다. 석호가 벽을 짚으며 헛웃음을 날린다. 그 바람에 미라는 석호의 팔 안에 갇혀 있는 꼴이다.

"말, 조심해. 까불지 말고."

지금까지 보아 왔던 석호의 모습이 아니다. 하지만 미라는 친정식구들을 함부로 말하는 건 참을 수 없다고 생각했다. 벽을 짚고 있던 석호의 손이 내려진다. 겉옷을 챙겨 든 석호가 방문을 열고 나갔다.

다영이가 자지러지게 울어 제친다. 아마도 제 부모의 큰 소리에 잠이 깬 것 같았다. 미라는 딸아이를 안아 올린다. 품에 꼭 안는다. 석호의 고함과 말아 쥐던 주먹. 미라는 다영이를 품에 안은 채 부르르 떤다. 다영이의 몸에서는 아까보다 더한 단내가 맡아진다. 이마가 뜨겁다. 아무래도 병원에 가야 할 것 같았다. 병원 응급실에 가기 위해 미라는 거실로 나왔다. 어머니가 보이지 않는다.

미라는 어머니를 부르며 작은 방문을 열었다. 어머니는 한쪽 벽에 기댄 채 웅크리고 앉아 있었다. 미라는 울컥했다. 어머니의 모습에 화가 난 미라는 석호에게 퍼붓지 못했던 소리를 터트리고 만다.

"왜? 왜?? 그러고 있는데??? 왜, 당당하게 있지 못하고 그러고 있냐고. 무엇 때문에?"

"……"

효심은 말이 나오지 않는다. 석호를 따라 나가라고. 나가서 석호를 잡으라는 소리가.

"엄마가 그러니까 다영이 아빠가 우습게 보는 거라고."

"… 지 … 지 서방 …"

"뭐? 지 서방 뭐. 나갔다고. 나가면 어때. 나가라고 해. 왜 엄마가 그런 거까지 다 신경 쓰면서 눈치보고 사는데. 부부가 싸울 수도 있잖아. 아이 낳고 살다가도 헤어지는 게 부부인데. 뭐, 싸우는 게 대수야. 엄마도 지 서방 하는 짓 봤잖아."

"… 안 … 안 돼. … 헤 … 헤어지는 건."

미라의 말에 어렵게 말을 이어나가던 효심은 미라에게 이런 이야기를 해 주어야 한다고 생각했다. 상대가 마음에 안 드는 부분이 있다면 그건 서로에게 다 있는 부분일 거라고. 어떤 부부나 싸우면서 사는 것이라고. 싸움을 통해서 서로의 잘못 된 습관을 하나씩 버리게 되는 것이라고. 화해를 했다가 또 싸우고. 그러다 보면 아이가 태어나는 것이라고. 아이를 통해 서 부부는 또 서로를 보게 된다고. 그런 시간이 흐르면서 밉기 만 했던 상대의 단점이 아무 것도 아니라는 것을 알게 되는 순간이 온다고. 그렇게 사는 것이 결혼이라는 긴 여행길을 완성해 나가는 것인지도 모른다고. 싸우지 않는 부부가 더 문제가 많다는 것처럼 오히려 싸움을 하면서 사는 부부가 더 행복한 가정을 만들어 나갈지도 모른다고. 각자의 부모 손에서 귀하게 자라다가 배우자를 만나 '사랑'이라는 것만 가지고 하나가 되기 위해 결혼한 것을 명심하라고. 그만큼 서로를 이해하고 또 이해해야 하는 것이 결혼 생활이라고. 가정은 소중한 아이들의 공간이 되어야 한다고. 그 공간을 부모라고 해서 함부로 허물어서는 안 되는 것이라고. 그 말들을 해 주어야 하는데 나오지 않는다. 가슴속에서 바닥을 치고 있는 언어들이 입 안에서만 뱅뱅 돌고 있었다. 효심은 답답했다.

"헤어지면 뭐 어때서? 이혼이 대수야?"

미라가 고개를 바투 쳐들며 소리쳤다. 미라의 언성이 집안의 공기를 가른다. 철썩, 효심의 오른손이 미라의 얼굴을 향해 올라갔다. 효심이 다영이를 안고 있는 미라의 얼굴을 가격한 건 순간이었다. 한 번도 손찌검을 하지 않은 어머니였다. 미라는 어안이 벙벙했다. '헤어지면 뭐 어때서? 이혼이 대수야?'라는 그 소리가 어머니에게 손찌검을 당할 만큼 잘못된 일인가.

"왜? 왜, 때려???"

"… 헤 … 헤어진다는 소리… 그 … 렇게 쉽… 쉽게 지껄이지 마. … 말 … 말이 씨가 되는 법이야. … 더 … 더구나. … 다 … 다 … 다영이 앞에서."

눈 한 번 깜박하지 않고 말하는 어머니의 모습에 기가 질린 미라는 다영이를 안은 채 거실 바닥에 주저앉는다. 서럽다. 어머니에게조차 쏟아 낼 수 없는 사연들이 가슴속에 있다는 것이. 응어리진 서러움이 폭발한 미라는 다영이를 데리고 병원에 간다는 사실을 잊은 사람처럼 통곡했다. 미라의 울음소리에 다영이도 세차게 울어 제쳤다. 효심은 미라 곁에 앉았다. 그리고는 미라의 볼을 쓰다듬는다.

"… 미 … 미 … 안해."

"됐어. 뭐가 미안해? 엄마가? 엄마가 뭘 잘못해서. 다 내 잘못이지. 다 내 잘못이니까, 내가 어떻게 살든 상관 말고 엄마 몸 추슬러. 먹고 싶은 거 있으면 먹고. 맨날 시어 터진 김치에다가 오이지에 물 말아서 먹지 말고. 그렇게 먹으니까 엄마 몸이 그런 거 아냐. 왜 엄마는 오빠들한테 암말도 못해. 오빠들한테 먹고 싶은 거 있으면 사 달라고 하고, 해 달라고 그래. 엄마도 우리가 먹고 싶은 거 맛있게 먹을 때가 제일 행복했다며. 엄마도 자식들한테 그런 행복감을 줘야 되는 거 아냐. 맨날 괜찮다고 하니까 엄마는 정말 다 괜찮을 줄 알고들 살잖아. 그런데 이게 뭐야. 엄마 몸만 망가지고. 자식들 눈치 보면서 이집 저집으로. 이렇게 사는 게 좋아, 엄마는? 그러니까 앞으로는 이렇게 살지 마. 제발 이렇게 살지 마. 빨리 건강해져서 자식들 집을 전전하지 말고 당당하게 살아. 그래서 우리 다영이도 좀 봐 줘. 나도 직장에 다니게. 내가 얼마나 속상 했었는지 알아. 다영이 좀 봐 달라고 하니까 엄마가 그랬잖아, 싫다고. 다른 엄마들은 자식들이 직장에 다니면 다 손주들 봐 주는데, 엄마는 싫다고 했잖아. 내가 편의점에서 받는 돈만큼 준다고 해도 엄마가 싫다고 했잖아. 그깐 돈 안 받고도 손주들 봐 주는 엄마들이 얼마나 많은 줄 알아. 내 친구 서연이 동주, 지영이

개들만 해도 다 개들 엄마가 애기 봐 줘. 근데 엄마는 안 봐 준다며. 왜 그랬는데?"

"… 그 … 그건."

미라에게 그건 오해라고 이야기하려던 효심은 다음 말을 잇지 못했다. 미라가 다영이를 봐 달라고 했을 때, 거절한 것은 석호의 어머니와의 약속 때문이었다. 미라의 혼전 임신으로 결혼을 앞당길 수밖에 없었던 효심은 만약 석호네서 미라를 마음에 들어 하지 않을까 봐 노심초사했다. 결혼이 깨지면 미라에게도 치명적인 상처가 되었지만 무엇보다 미라의 배 안에서 자라고 있는 아이에 대한 걱정이 컸다. 아무리 여자, 남자가 평등한 사회가 되었다고 해도 아직은 여자들이 감당할 것이 더 많았다. 석호네서 상견례 날짜를 알려 왔을 때 효심은 남 몰래 눈물을 흘렸다. 딸 가진 어머니이기에, 딸 가진 것이 죄인이기에 쏟아 낸 눈물이었다.

석호 어머니는 상견례가 끝난 며칠 후 전화를 넣어 왔다. 찻집에서 마주한 석호 어머니는 상견례 장에서 본 모습이 아니었다. 상견례장에서 석호 아버지는 효심에게 미라가 누구를 닮아 예쁜가 했더니 사부인을 그대로 빼어 닮았다고, 덕담을 했다. 석호 아버지의 말에 석호 어머니는 박수를 치며 추임새를 넣었다.

"어머, 당신은 어쩜 저랑 똑같은 생각을 하셨어요. 저도 지금 그 생각을 하고 있던 중이었어요."

석호 어머니가 맞장구를 치며 환하게 웃었다. 상견례가 끝날 때까지 석호 어머니의 추임새는 석호 아버지의 말이 끝나기가 무섭게 이어지고 있었다. 석호 어머니의 모든 신경은 석호 아버지를 향해 있다고 해도 과언이 아닐 정도였다. 음식 하나하나까지 빠지지 않고 챙겨 주는 모습 또한 보기 좋았다. 그 모습을 보며 효심은 부부가 참 아름답게 산다고 생각했었다. 저런 부모 밑에서 자란 석호 또한 미라와의 결혼 생활을 그렇게 이어갈 것이라고 믿어 의심치 않았다.

남편과의 쌓였던 갈등은, 남편이 퇴직을 할 무렵부터는 최고조를 이룬다고 했다. 그래서인지 황혼 이혼이 대세라는 말까지 나돌고 있었다. 이혼을 하지 않더라도 퇴직으로 집에 있게 된 남자들은 아내의 눈치 속에서 하루를 보낸다고 했다. 오죽하면 집에 있는 남편을 두고 하루 한 끼를 먹으면 일식이 두 끼를 먹으면 두식이 세 끼를 다 먹으면 '삼식이'라고 부를까. 평생을 가족을 위해 희생한 수고는 그만둔다고 하더라도 남편들의 위상이, 남편이 퇴직하고부터는 아내들과 위치가 바뀌는 셈이 되는 것이다. 이제는 남편들이 외출한 아내를 기다리며 앉아 있는 형국이다. 어쩌면 평생을 남편의 그늘에서 온갖 수고를 하며 숨 죽여 온, 아내들의 반란이 시작 된 것인지도 몰랐다. 함께 부부가 외출하는 것보다, 아내들은 친구들과 만나 수다를 떨며 보내는 시간을 즐긴다. 음식점에는 중년의 여자들이 두 다리를 뻗고 앉아, 수다를 떠는 모습은 매우 혼한 일이 되었다. 돌이켜 보면 퇴직한 남편들이 젊어서 하던 짓을 아내들이 그대로 답습하고 있는지도 모를 일이다. 젊은 남편들이 가족보다는 친구들이나 직장 동료를 만나 시간을 보내고 있을 때, 젊은 아내들은 밤늦게 혹은 새벽에 술에 취해 귀가하는 남편들 걱정으로 밤을 지새웠을 것이다. 결혼한 남자들이 늙어서 아내들에게 대우를 받으려면, 젊은 시절에 어떻게 아내에게 했는지에 따라 남편들의 미래가 달려 있는지도 모를 일이라고, 효심은 생각했다.

효심을 찾아온 석호 어머니는 두 가지의 제안을 내놓으며 약속을 지켜 달라는 부탁을 해 왔다. 첫 번째는 신혼집을 장만하는 데 있어 성의껏 보태 주기를 청했다. 두 번째는 아이들이 살고 있는 집에 들락거리는 걸 삼가달라고 했다. 고부 갈등은 딸네 집을 자주 드나드는 친정어머니로부터 시작된다는 거였다. 결혼을 시켰으면 시집에 딸아이를 맡겨야 하는데, 친정어머니들은 그렇지 못하고 반찬을 해서 나르는 것도 모자라 살림까지 도맡아 해 주니까 시어머니들이 발을 붙일 수 없다는 거였다. 친정어머니가 수시로 드나드는 건 약속하지 않아도 되고, 시어머니가 아들집에 가려면 약속을 해야 하는 것도 사돈끼리 부딪힐 것을 우려한 며느리들의 발상이 아니면 무엇이겠느냐고 묻던 석호 어머니는 분명하게 선을 그어 달라고 했다.

효심은 미라에게 석호 어머니와 했던 약속을 달리 설명할 길이 없다. 입 안에서 맴도는 언어라고 해서 다 뱉어서는 안 되는 것이다. 그것이 또 다른 일의 단초가 될 수도 있기 때문이다. 말이란 언어가 되어 입 밖으로 나오는 순간 득이 되는 법도 있었지만, 대부분이 후회로 남는 일이 허다했다.

미라는 석호에게서 느껴지던 공포를 무마하기 위해, 다영이가 아픈 것이 속이 상해서 그토록 어머니한테 하지 않아도 될 말을 퍼부었던가. 그 어떤 어머니보다 자식을 사랑하는 어머니라는 걸 미라는 잘 알고 있었다. 아버지가 돌아가시고 3년째 되는 해였다. 고등학교 일학년이었던 봄날이었다. 막 목련꽃이 봉우리를 터트리고 있었다. 혹독한 겨울 한파를 견디어 내고 첫 봉우리를 터트린 목련꽃을 보았다는 기쁨이 그렇게 발걸음을 가볍게 했는지도 몰랐다. 목련꽃으로 해서 달뜬 마음은 집 근처에 있는, 슈퍼 유리창에 비춘 어머니의 모습을 보자 더욱 요동을 쳤다. 어머니가 슈퍼집 주인 여자와 이야기를 나누고 있었다. 평소에는 문을 열고 들어가야 하는 슈퍼였다. 하지만 문이 열려 있었다. 아마도 봄날의 기운을 느끼기 위해 열어 놓은 모양이었다.

미라는 어머니를 놀라게 할 요량으로 숨소리를 죽이고 들어가다가 멈칫했다. 어머니가 선을 본 듯 했다. 상대방 남자가 어머니를 마음에 들어 한다며 슈퍼 주인 여자는 어머니에게 재혼을 권유하고 있었다. 아이들만 생각하지 말고, 먼 훗날을 생각하라는 슈퍼 여자의 장황에 설명에 어머니는 고개를 끄덕였다. 그날 이후 미라는 어머니가 재혼을 해 집을 떠날지도 모른다는 우려 때문에 밤잠을 설치었다. 자다가도 퍼뜩 눈이 떠지면서 어머니를 확인하게 했다. 차마 오빠들에게 말할 수 없었다. 그것은 어머니에게 느껴지는 배신감과 추악함 때문이었다. 어머니가 당장 재혼을 하는 것도 아니었다. 재혼을 하겠다고 한 것도 아니었다. 단지 아버지가 아닌 다른 남자와 마주 앉아 선을 봤다는 것 자체만으로도 어머니가 추하게 느껴졌다. 그러면서도 어머니가 떠날 것을 두려워하고 있었다. 그 두려움 때문이었을까.

미라는 학교가 파하기가 무섭게 슈퍼집 주인 여자에게 달려갔다. 왜? 우리 엄마를 시집보내려고 하느냐고. 아줌마가 뭔데 나서서 우리 엄마한테 그러느냐고, 고함을 치며 울었다. 급기야 슈퍼집 주인 여자가 미라를 달래었다. 다시는 엄마를 재혼시키기 위해 중매 같은 거 하지 않겠다고 사과하며 약속했다. 그날 밤 일을 마치고 돌아온 어머니는 미라의 머리를 쓸고 쓸었다. 어머니의 손길을 느끼고 있었지만 미라는 눈을 뜨지 않았다. 어머니가 중얼거리는 소리만을 듣고 있었다.

"엄마, 절대 시집 안 가. 네들을 두고 엄마가 가기는 어디를 가."

결혼을 해서 부모가 되면 부모님 마음을 안다고 했던가. 그때 어머니가 재혼을 했더라면.

미라는 다영이를 안고 병원으로 향하면서 어머니에게 맞은 뺨을 어루만진다.

효심은 불도 켜지 않은 방에서 우두커니 앉아 있다.

"자식들 집을 전전하지 말고 당당하게 살아."

미라의 그 말이 가슴 한복판에 대못을 박아 놓은 것 같았다. 통증이 사라지지 않는다. 미라가 화가 나서 그랬을 것이라고. 뺨을 때려서라고. 효심은 스스로를 위로했다. 그럴수록 가슴의 통증은 점점 더 심해진다. 큰 며느리 앞에서 속옷을 벗긴 채 아랫도리를 드러내었어도, 둘째 며느리의 일손을 거들어주다가 당한 꾸지람도, 둘째 며느리의 셔츠를 개켜서 서랍장에 넣었던 일로 준길에게 핀잔을 들었을 때도, 남편이 자다가 심장마비로 황망하게 떠났을 때도 지금과 같은 농도의 아픔이었을까.

'그래, 집에 가자. 집으로 돌아가자, 내 집으로.'

효심은 집으로 돌아가기로 마음을 굳힌다. 진작 그랬어야 했다. 처음부터 상길네 집으로 가는 것이 아니었다. 집으로 갔어야 했다. 병원에서 퇴원을 하자마자 집으로 돌아갔더라면, 자식들한테 모진 소리를 듣지 않았을 것이다. 병원에서 퇴원했을 때 어쩌자고 덜컥 상길네 집으로 따라갔던가. 자식들과 살고 싶은 욕심이었나. 혼자 밥 먹는 시간이 싫어서, 혼자 눈뜬 새벽에 눈을 맞출 그 누구도 없다는 것이, 문을 열고 들어가는 그 컴컴한 어둠과 적막이 싫어서, 텅 빈 집에 혼자 있는 것이 싫어서, 다용도실 같은 공간에 또 갇힐지도 모른다는 불안감이었나. 아니면 또 혼자 있다가 쓰러질지도 모른다는 두려움이었나. 모든 것이 후회스럽다. 아니다. 욕심을 부린 것이다. 자식들과 함께 지내고 싶어서. 결국은 스스로 화를 자초한 것이다.

'그래, 집에 가자. 집으로 돌아가자, 내 집으로.'

다시 한 번 읊조리던 효심은 숙희에게 전화를 한다. 지금 시간이면 숙희는 아르바이트생과 교대를 하고 난 시간일 것이다.

"응."

숙희의 음성이 잔뜩 가라앉아 있다.

"… 어 … 어디 아파?"

"아니, 막 잠 들던 참이었어. 어쩐 일이야. 전화를 다 하고. 무슨 일 있어?"

효심은 말문이 막힌다. 숙희의 휴식시간을 빼앗은 것 같은 미안함 때문이다. 부탁의 말을 건네기 위해 모아 두었던 언어들이 일시에 사라지고 있었다. 남편이 함께 잠을 자다가 저세상 사람이 되었을 때 효심은 집밖으로 한 발짝도 나갈 수가 없었다. 동네에서 만나는 이웃들의 따가운 시선 때문이었다. 용기를 냈다. 외출을 하기 위해 엘리베이터 버튼을 눌렀다. 15층에서 내려오던 엘리베이터가 10층에서 멈췄다. 효심은 재빨리 비상구로 몸을 숨겼다. 그리고는 계단을 이용했다. 엘리베이터 안에서 이웃들의 떠드는 소리가 들렸다. 한 이불을 덮고 자던 남편이 죽은 것도 몰랐다는 것이 말이 돼. 그것이 환청이었다는 것을 알게 된 건 숙희의 손에 이끌려서 찾아간 정신과 병원에서였다. 숙희는 효심에게 음식점을 함께 운영해 나가자고 제안했다. 효심은 겁이 났다. 한 번도 해 보지 않은 일이었다. 숙희의 손을 조심스럽게 잡았다. 일에 파묻혀 시간 가는 줄 몰랐다. 처방 받은 약을 먹지 않아도 잠을 잘 수 있었다. 무엇보다 눈을 뜨면 갈 곳이 있다는 것이 기뻤다. 일을 하러 나가는 것이 행복하게 느껴질 무렵 숙희가 음식점을 다른 사람에게 넘기겠다고 했다. 조리장 때문이었다. 조리장이 들고 나는 것에 진저리를 치던 숙희였다. 음식점을 접은 숙희는 전문조리장이 필요 없는 편의점으로 눈을 돌렸다.

"… 아 … 아니. 그냥."

"말해. 네가 그냥 전화할 사람 아닌 거 아니까."

"… 만… 만… 만났… 으… 면… 해서…?"

효심은 속에 묻고 있었던 말을 천천히 끄집어낸다.

"언제?"

"… 두 … 시… 간 후에. 만 … 만나서 이… 이야기 해. 상 … 상 … 상길네 가… 가게 앞에 있… 있는 동… 동… 동사무소 주… 주차장으로 와 줘. 부… 부… 부탁이야."

"상길네 무슨 일 있어? 이 밤중에 거긴 왜 가는데?"

"… 만… 만… 만나… 서… "

"알았어."

숙희의 전화를 끊은 효심은 가방에 간단한 짐을 챙긴다. 모자를 눌러 쓴다. 느린 걸음으로 한발 한발 내딛던, 효심은 미라네 집안을 천천히 둘러본다. 거실 벽에 걸려 있는 미라의 가족사진에 시선이 멈춘다. 다영이가 태어난 지 백 일쯤 되었을 때 찍은 가족사진일 것이다. 미라네 가족은 사진 속의 인물처럼 세 식구여야 한다. 그 속에 객식구가 끼어서는 안 된다. 세 식구의 행복을 유린할 권한은 아무에게도 없다. 그것이 설령 사진 속의 인물을 낳아 준 부모라 할지라도. 부모는 자식에 대한 부모로서의 의무만 충실히 하면 되는 것이다. 자식이 필요로 할 때만 보고, 자식이 필요하지 않아서 부르지 않으면 보고 싶어도 참아야 하는 것이 부모가 지닌 숙명일 것이다. 자식들한테도 그 날이 머지않아 찾아온다는 것을, 부모인 우리가 자식일 때 몰랐던 것처럼 자식들 또한 모르는 것이 당연했다. 그러나 언젠가는 알게 될 날이 올 것이다. 자식들이 자라서 출가를 하면, 그때는 알게 될 것이다. 부모가 어떤 것인지를.

현관문을 나서던 효심은 다영이의 운동화 한 짝이 다른 신발 밑에 눌려 있는 것을 본다. 곱게 자라야 할 아이의 신발이다. 다영이가 어른들 틈에서 움츠리고 있는 것 같다. 효심은 다영이의 운동화를 집어 든다. 앙증맞다. 다영이의 운동화를 한참을 들여다본다. 신발장 위에 조심스럽게 올려놓는다.

효심은 현관문을 연다. '쿵' 하고 문이 닫히는 문을 쳐다본다. 넉 달 가까이를 드나들던 문이다. 효심은 미라를 어루만지듯 현관문을 쓸어 본다. 그리고는 천천히 걸음을 옮긴다. 효심이 걸음을 옮길 때마다 지팡이 짚는 소리가 복도를 울리고 있다. 미라의 집에서 나온 효심은 지나가는 택시를 세운다. 효심이 택시에 올라타자, 택시 기사는 뒤를 돌아다보며 "어서 오세요. 어디로 모실까요?" 한다. 효심은 가방에서 준길의 집 주소를 꺼내어 기사에게 건넨다. 택시 기사가 준길의 주소를 GPS에 입력하는 것을 보며 효심은 차창에 기댄다. 효심이 집으로 바로 가려던 마음을 접은 것은 '요양병원'에 들어가야 하는 상황이 벌어질지도 모른다는 생각 때문이다. 아니 혼자서 생활할 수 없으면 요양병원으로 스스로 찾아 들어갈 것이다. 그것이 현명한 일이다. 그렇게 되면 한 동안은 삼남매의 얼굴을 볼 수 없을지도 모른다. 더구나 준길을 본 것은 두 달 전이다. 혹시 주말에는 올까, 하고 기다렸지만 오지 못했다. 준길은 주말에도 회사일이 바빠서 쉴 틈이 없다고 했다. 준길의 전화를 받으며 효심은 일이 없어서 눈치를 보는 것보다 일이 많은 것은 고마운 일이라고 준길을 다독였다. 하지만 효심은 준길이 기다려졌다. 오늘 올까, 내일 올까 하고.

택시가 멈춘다. 준길의 집 앞이다. 생각에 잠겨 있던 효심은 준길이 살고 있는 2층을 올려다본다. 베란다 창으로 불빛이 비춘다. 그 안에는 준길이 지연과 오순도순 지내고 있을 것이다. 음식 하는 것이 제일 무섭다던 지연이 그래도 4개월 동안 종종 걸음을 치며 효심을 위해 애쓴 것이다. 효심은 작은 방을 쳐다본다. 효심이 묵었던 작은 방은 불이 꺼져 있다. 효심이 지연의 셔츠를 치웠던 것을 가지고 효심에게 불퉁거렸던 준길은 그 밤 슬그머니 방으로 들어왔다. 준길은 효심의 옆에 누우며 "미안 해, 엄마" 했다. 준길의 질책에 효심이 아무도 몰래 눈물을 쏟았다는 것을 아는 것 같았다. 준길의 사과에 또 왈칵 쏟아지던 눈물. 효심은 눈물을 훔치며 생각했었다. 늙으면 주책없이 눈물만 쏟아지는 모양이라고 스스로를 탓했다. 효심은 불빛이 세어 나오는 준길의 집을 다시 올려다본다. 그때다. 준길이 쓰레기봉투를 들고 나오고 있다. 후드 티에 모자를 쓰고 나온 준길은 추위 때문인지 쓰레기봉투를 버리고는 재빨리 뛰어 들어간다. 뜻하지 않게 준길의 모습을 본 효심은 고개를 끄덕인다.

'그래, 부부란 그렇게 사는 거야. 쓰레기봉투도 버려 주고, 집안 청소도 해 주고. 건조대에 걸린 빨래도 걷어다가 개켜 주고. 음식도 만들어 주고. 설거지도 해 주고. 뭐든 함께 하면서 사는 게 부부야.'

효심은 마음속으로 준길을 향해 이야기를 건넸다. 사랑이 많은 준길이다. 준길은 결코 지연을 이겨내지는 못할 것이다. 사랑이 많은 사람이 무슨 일 앞에서든 항상 양보하게 되어 있기 때문이다. 하지만 '사랑' 아닌가. 사랑 앞에서는 그 어떤 사람도 변화하게 되어 있다.

효심은 자세를 고쳐 앉는다. 택시 기사에게 "상… 상… 상암… 2동 동… 동사무소 앞으로 가… 가 주세요" 한다. 효심의 말에 택시 기사가 "네, 출발합니다" 했다. 늦은 시간이라서 인지 택시는 막힘없이 질주한다. 효심은 강변의 불빛을 바라본다. 야경이 화려하다. 다른 나라로 여행을 온 것 같다. 여행을 해 본 것이 언제인가, 하고 효심은 생각한다. 아마도 몇 년 전 가을에 숙희와 갑자기 떠났던 '곰배령'일 것이다. 초가을인데도 나뭇잎은 색색으로 한껏 멋을 부리고 있었다. 예서, 제서 튀어 나온 다람쥐는 도토리를 들고 앉아 쪼았다. 그 모습을 보며 숙희는 산골짝의 아기 다람쥐 도토리 점심 가지고 소풍을 간다, 라는 동요의 구절을 흥얼거렸다. 봄이 되면, 봄이 오면. 천상의 화원이 된다는 곰배령으로 꽃구경을 다시 오자고, 숙희와 약속을 했었는데. 아직 지키지 못하고 있다. 다시 곰배령을 찾을 수나 있을까. 숙희가 흥얼거리던 동요가 지금도 귓가에 선연한데.

"상암 2동 동사무소 앞입니다."

택시 기사의 말이 들린다. 효심은 고개를 턴다.

택시는 상암 2동 동사무소 앞에서 멈춰 있다. 효심은 택시요금을 지불한다. 택시 문을 열고 발을 내 딛으려는 효심에게 택시 기사는 "조심하세요. 천천히 내리세요" 한다. 효심이 택시를 탈 때 효심의 건강이 온전하지 못하다는 것을 본 모양이다. 효심은 고맙다고 인사를 건네며 택시에서 내린다. 지팡이에 의지한 채 발을 옮기던 효심은 휘청한다. 기우뚱 거리던 효심은 재빨리 담벼락을 붙잡는다. 뒤로 젖혀지는 왼발 때문이다. 조심한다고 했는데, 그만 발을 잘못 디뎠다. 한발 한발 조심스럽게 걸음을 옮긴 효심이 동사무소를 끼고 돌자, 상길이 운영하는 치킨집이 보인다. 효심은 동사무소의 주차장 쪽에 몸을 기댄다. 상길의 가게 안을 기웃거린다. 유리창 안으로 손님들이 제법 앉아 있는 것도 같았다. 효심의 입가에 절로 미소가 지어진다. 효심은 상길의 모습을 보기 위해 고개를 길게 뺀다. 상길의 모습은 보이지 않는다. 손님들 사이를 왔다 갔다 하는 희선의 모습이 언뜻 언뜻 보일 뿐이다. 효심은 보이지 않는 상길의 모습을 찾고 있다. 상길은 이번 주말에도 효심을 보러 미라네로 온다고 했다. 상길은 시간만 나면 미라네로 와서는 지나가는 길에 잠깐 뵈러 왔어요, 하며 군고구마나 군밤, 붕어빵이 담긴 봉투를 디밀었다. 그러나 효심은 상길이 지나가는 길이 아니라는 것을 알고 있었다. 부러 먹을거리를 사 들고 온다는 것을. 하지만 효심은 상길의 말을 그대로 믿는 척 했다. 상길의 마음이 불편하지 않게.

발이 시려 온다. 볼을 때리는 바람도 점점 거세진다. 찬바람을 많이 쐬는 건 좋지 않다고 주치의가 말했다. 아무래도 상길을 보지 못하고 가야 될 것 같다. 그런데……. 돌아서야 하는데, 마음속에서는 '잠시만' 하고 자꾸만 효심을 붙잡는다. 발걸음이 떨어지지 않는다. 돌아서야 한다. 건강이 더 악화되는 일은 피해야 한다. 효심은 상길의 가게에서 시선을 거둔다. 떨어지지 않는 발걸음을 막 떼려던 효심은 오토바이 소리에 고개를 빠르게 돌린다. 상길이다. 헬멧을 쓴 상길이 오토바이에서 내리고 있다. 배달을 다녀오는 듯했다. 효심은 상길을 보자, 심장이 쿵쿵거린다. 도대체 자식이 무엇이기에 어미의 가슴을 이리도 뛰게 하는가. 효심은 가게 안으로 사라진 상길의 모습을 한 번 더 보기 위해 고개를 이리저리 돌리고 있다.

숙희의 자동차는 효심이 말한 대로 동사무소 앞에 서 있다. 깜박이를 켠 채이다. 효심은 자동차 문을 연다.

"무슨 일인데 그래? 상길네 가게에 무슨 일 있어? 몸도 안 좋은 애가 찬바람까지 쐬면서, 왜 그러는데?"

숙희는 효심이 자동차 앞좌석에 앉을 수 있도록 의자에 놓여 있는 가방을 치우며 효심을 나무란다.

"… 일 … 일단, 출발해."

"어디로? 도대체 무슨 일이야? 이유는 좀 알고 가자."

"… 우 … 우리 집으로."

"네, 집? 왜?"

"… 빨 … 빨리 가."

숙희는 자동차 액셀러레이터를 밟아 자동차를 출발시킨다. 알 수 없는 일이다. 한 번도 이렇게 숙희에게 도움을 청하는 법이 없던 효심이다. 어려운 일이 있으면 말하라고 해도, 효심은 없다고 고개를 저었다. 숙희는 정말 효심이 오래된 가족보다 더한 친구가 맞는지가 의심스러울 때가 많았다. 힘이 들면 힘들다고 외로우면 외롭다고, 자식 때문에 속이 상하다고. 하다못해 생활비가 모자란다고 할 법도 했다. 하지만 효심은 항상 괜찮다고 했다. 남편과 아이들과의 불화로 늘 엄살을 떠는 건 오히려 숙희였다. 효심의 이런 모습은 처음이다. 불편한 몸으로 들고 나온 가방도 심상치 않았다. 필경 무슨 사단이 벌어진 것이 분명했다. 그렇다면 미라와 싸웠을까. 아니면 곧 상길네 집으로 가야 하는 문제로 불화가 터졌나. 숙희는 운전을 하며 옆 자리에 앉아 있는 효심을 흘깃거린다. 그러는 동안 숙희의 자동차가 효심의 집 앞에서 멈췄다.

오랜 만에 돌아온 집이다. 지난 해 9월에 쓰러졌으니까, 꼭 일 년하고도 두 달 만에 돌아온 셈이었다. 집에 도착한 효심은 벽에 걸려 있는 달력을 물끄러미 바라본다. 달력은 이미 해가 지나 있었다. 9월 28일에 멈춰 있는 효심의 기억 속의 시간이었다. 그 시간과 마주서자 효심은 묘한 기분이 든다. 걸레를 들고 방을 닦던 숙희는 그래도 상길이 오며 가며 집안을 돌봐서인지 말끔하다고 두런두런 거린다. 방바닥이 따뜻해지고 있다. 분주히 걸레질을 하는 숙희는 아직 왜, 효심이 집으로 오려고 했는가에 대해서 이야기를 듣지 못했다. 대충 청소가 끝나자, 숙희는 효심이 기댈 수 있도록 이불을 펼친다. 장롱 안에서 주인의 손길을 기다리고 있었던 이부자리에서는 오랫동안 품고 있었던 쾌쾌한 냄새가 진동한다.

"아무리 좋은 것도 사람 손이 닿지 않으면 말짱 소용없지?

널 볕 좋을 때 내다 널어야겠다. 참 우리 둘째 여동생이 며느리 봤다고 내가 얘기했지. 조카며느리가 해 온 거라고 이불 주던데, 너 줄까. 색깔이 고와."

효심에게 그렇게 물으며 숙희는 말을 걸어 본다. 효심의 눈치를 살핀다. 하지만 효심은 이불에 대해서는 관심이 없다는 듯 다른 이야기를 꺼낸다.

"… 숙 … 숙희야. … 나 … 낼부터 재활치료에만 전념하려고. … 재 … 재활병원 좀 … 알아봐 줘. … 요 … 요양병원도."

효심의 말에 숙희가 두 눈을 치 뜨며 묻는다.

"요양병원에 들어가게."

"… 언 … 언제까지 자식들 집을 떠돌면서 살 수는 없잖아. … 혼 … 혼자 못 살 거면. … 요 … 요양병원에."

"그래도 넌 요양병원은 아냐. 네가 뭐 중증환자도 아니고. 아무튼 여러 곳을 염두에 두고 알아보자."

숙희는 왜 그런 생각을 하게 되었느냐고 더 물으려다가 입을 다문다. 자식들과 불화가 일어난 것 같기 때문이다. 그렇지 않고는 저렇듯 세상을 다 산 것 같은 얼굴로 앉아 있을 사람이 아니다. 그런데…… 상길네 가게는 왜 간 거지? 아직 상길네 집으로 갈 날짜도 아닌데. 숙희는 의문스럽다.

효심이 통장을 숙희에게 내민다.

"뭐야?"

"… 적… 적금 타 놓은 거. … 낼… 은… 은행 가서 찾아다

줘."

"전부, 다?"

"… 응."

"알았어."

숙희는 통장을 받아 가방에 넣으며 또 입을 다문다. 재촉하지 말고 효심이 스스로 이야기를 할 때까지 기다리기로 한다. 하지만 숙희는 조바심이 났다.

"… 그 … 그건 애들이 모르는 돈이야."

숙희는 효심의 이야기를 들으며 입맛을 다신다. 입안이 바싹 타들어가는 것처럼 갈증이 일어서이다.

"… 다 … 다시는 애들 집에 안 가려고."

"왜, 그러는데? 이유가 있을 것 아냐."

"… 불 … 불… 불편해서. … 나 … 나 혼자 살 거야. … 자 … 자식들한테… 짐… 짐 되는 거보다, 힘들어도 나 혼… 혼자 사… 사는 게 맞는 거 같아. … 그 … 그러니까, … 나 … 나 좀 도… 도와줘. … 숙 … 숙희야!"

효심의 눈에서 눈물이 흐르고 있었다. 숙희는 효심이 얼마나 힘들고 지쳤으면 효심의 입에서 저런 소리가 나올까 싶었다. 효심의 힘듦이 외로움과 고독감이 숙희는 느껴졌다. 만약 효심에게도 남편이 있다면, 하는 생각이 든다. 그랬더라면 효심이 이렇듯 가여워 보이지는 않았을지도 모른다. 누구에게도 말할 수 없는 자식들에 대한 흉허물을 효심은 그 오랜 세월을 혼자서 삭혔을 것이다. 숙희는 효심이 흘리는 눈물을 보며 많은 생각을 한다.

"애들하고 무슨 일 있었지? 상길네 가게는 또 왜 간 거고?"

숙희는 더 이상 참지 못하고 직설적으로 물었다.

"……."

말을 하지 않고 한참을 앉아 있던 효심이 어렵게 입을 열고 있다.

"… 자 … 자식들 집… 전… 전전하지 말고 당… 당당하게 살래. 나… 나 보고."

효심의 말에 숙희의 입에서 큰 소리가 바로 터져 나온다.

"누가? 미라가? 상길이가?"

"… 아 … 아니."

"미라가 아니면 미라 신랑이?"

"… 아… 아… 아냐."

"그럼 누구야. 미라도 아니고 미라 신랑도 아니면 누가 그랬는데? 상길이야? 너 지금 상길네 가게에서 왔잖아."

숙희는 가슴이 답답해 한숨을 깊게 내쉬었다. 지금 이 상황에서까지 무슨 일인지 말을 하지 않고 숨기려고 하는 효심이도 못 마땅했다. 그보다 자식들 집을 전전하지 말고 당당하게 살라고 한 자식이 누구인지 알아내어 단죄하고 싶은 마음이다.

"… 미 … 미라가."

"뭐? 미라가?"

효심이 고개를 끄덕한다.

"그걸 가만 뒀니? 응? 무슨 기집 애가 말을 그따위로 해."

숙희의 언성이 더욱 높아진다.

"… 그 … 그러지 마, 숙희야, 나 죄 받나 봐. 우리 엄마한테 못되게 굴어서……."

"네가 무슨 죄를 받아. 네가 어머니한테 어떻게 했다고. 너 잘못한 거 없어. 부모님 때문에 네가 힘들었지……."

숙희는 목이 메어 왔다. 숙희는 더 이상 말을 잇지 못했다. 효심이 '미라'라고 밝혔지만 효심은 그 일로 인해 혹여라도 숙희가 미라를 나쁜 자식으로 여기게 될 것을 걱정하고 있는 것이 분명하다. 그래서 효심은 지금 어머니에게 못되게 굴어서라고, 스스로를 탓하고 있는 것이다. 그걸 알고 있는 숙희는 그래서 더 속이 상했다. 그것이 또한 부모의 마음이라는 것도 안다.

"알았어. 내일 날이 밝는 대로 요양병원이든 재활병원이든 다 알아보자. 같이 다녀 줄게. 잘 생각했어. 자식하고 지내는 것보다 혼자 사는 게 편할 수도 있어. 아무리 자식이 잘한다고 해도 서로 불편한 게 있지. 왜 없겠어. 없다면 그건 사람이 아니지. 그리고 부모인 우리들은 몸이 성하거나 불편해도 우리 끼리 알아서 살아야 해. 요즘 젊은 부부들이 부모를 그냥 아는 사람들보다 조금 더 친한 사람들이라고 여긴다 해도 그 아이들이 잘 살 수 있도록 우리가 배려하는 게 맞아. 애들 탓만 할 것도 아니고. 우리는 그 나이 때 뭐 그렇게 부모한테 잘했니.

철없기는 그때 우리들이나 지금의 애들이나 다 똑 같지 뭐. 살날은 까마득한데. 얼른 옛날처럼 건강해져야지. 그래서 다시 편의점도 봐 주고. 그리고 어머니에 대해서 죄책감 갖지 마."

숙희는 효심이 안타깝다. 달리 위로할 말이 생각나지 않는다. 그래서 생각나는 대로 떠들었던 것이다.

"… 고 … 고마워, 숙희야!"

"고맙긴, 별 소리 다 한다. 그리고 효심아! 상길네는 왜 간 거야?"

"… 요 … 요양… 병원에… 들어가면… "

숙희가 효심의 말을 채 간다.

"자식들 못 봐서?"

효심이 대답 대신 고개를 끄덕인다.

"참내… 너도 여러 가지 한다. 자식한테 그렇게 모진 소리 듣고도 자식이 눈에 밟히데? 네 몸을 생각해야지. 이 추운 날 자식들 얼굴 한 번 보겠다고 준길네로 상길네로 돌아다녀. 그러다가 건강 더 악화되면 어쩌려고…."

숙희는 고개를 푹 숙이고 있는 효심을 보며 말을 끊는다. 효심은 친구이기 전에 자식을 둔 같은 부모이다. 그 마음을 왜 모르겠는가.

"… 근 … 근데. … 나 … 엄마가 … 사 … 사실은. … 보 … 보 … 보고 싶어."

숙희는 효심의 말에 깜짝 놀란다. 효심의 입에서 저런 말이

나오리라고는 숙희는 상상하지 못했던 일이다. 여고를 졸업하는 내내 효심은 어머니라는 존재에 대한 물음을 하며, 대학교에 진학했다. 숙희는 효심이 무척 부러웠다. 대학교에 들어가기 위해 8만원 가까이 되는 등록금을 마련해 달라고 부모님께 떼를 쓸 수 없는 집안 형편이었다. 그러기에는 너무나 일찍철이 들어버린 숙희였다. 6남매의 만이로 태어났다. 동생들은 고등학교, 중학교, 초등학교에 다니고 있었다. 무능한 부모님이 숙희는 한없이 미웠다. 펑펑 울고 있는 숙희에게 효심은 대학교에 가는 것이 하나도 기쁘지 않다고 했다. 효심의 말에 숙희는 지금 누굴 놀리는 거냐며 언성을 높였다.

"난 대학교에 가지 못해도 부모님이랑 형제들이랑 함께 너처럼 오순도순 살았으면 좋겠어."

효심의 그 한 마디에 숙희는 울음을 뚝 그쳤다. 그러면서 다짐했다. 어떻게든 성공을 해서 돈을 많이 벌 것이라고. 숙희가 돈을 벌겠다고 다짐을 한 것처럼, 효심은 어쩌면 가족의 울타리 안에서 '어머니'라는 이름의 의미를 되새기며 살았을지도 모른다.

"어머니 찾아보면 되지. 요새는 사람 찾는 거 쉬어. 내가 인맥을 총동원해서 찾아 볼 테니까, 어머니에 관해 알고 있는 거 다 나한테 말해 줘. 그리고 효심아!"

숙희는 나지막한 어조로 효심을 부른다. 다음 말이 생각나지 않는다. 한 가지 분명한 것은 이제야 효심이 사람처럼 보인다는 것이다. 효심이 숙희를 친한 친구 이상으로 여기는 것도 같았다. 아닌 것도 같았었다. 그래서 숙희는 효심에 대한 우정이 때로는 혼자서 하는 외사랑처럼 느껴질 때도 있었다. 그러나 오늘 효심은 그 모든 기우를 한방에 날려 주었다.

"고마워, 효심아. 그리고 자식 문제 때문에 너무 속상해 하지 마. 이 세상의 자식들 다 똑같아. 남의 자식이나 내 자식이나 하나같이. 우리 욱이는 내가 혹시라도 아이 문제로 제 마누라한테 뭐라고 할까 봐, 근처에도 못 오게 한다. 욱이네 집에 가려면 그놈의 허락이 떨어져야 간다. 그뿐이냐. 우리 딸은 시집가서 잘 살면서도 제 동생한테 재산 다 물려 줄까 봐 벌써부터 눈독 들인다. 내가 이렇게 두 눈 시퍼렇게 뜨고 살아 있는데도. 그러니까 네 자식이나 내 자식이나 다 똑같다는 거야. 우리 자식한테 너무 정 주지 말고 살자."

숙희는 목이 타는지 물 컵을 들어 벌컥거린다. 물 한 컵을 다 들이킨 숙희가 버럭 소리를 내지른다.

"그래도 네 자식들은 너한테 그러면 안 돼. 네가 어떻게 키웠는데. 내가 옆에서 다 지켜봤는데. 나 같으면 너처럼 그렇게 못 키웠어. 안 먹고 안 입고 남들 놀러 다닐 때 더 일하고. 남편 없이 여자 혼자서 애 셋을 키워서 결혼시키는 게 쉬운 줄 알아. 그 고생을 하면서 키워 놨더니, 다들 저 잘나서 큰 줄 알고. 나쁜 자식들 같으니라고. 제 엄마가 무슨 대여 품이야. 4개월마다 집집을 돌게 하고. 그것도 모자라서 뭐, 자식들 집을 전전하지 말고 당당하게 살아. 누구는 그러고 싶어서 살았데. 아파서 몸을 못 쓰니까 어떻게든 살아야 하니까, 그렇게 산 거지. 그리고 솔직하게 말해서 자식들하고 살고 싶은 게 부모 맘이지. 말이 나왔으니까 하는 말이지만, 나도 그동안 너 보면서 속상했어. 집 팔아서 돈 다 주고. 몸이 성하지 못하니까 이집 저집 가방 싸 들고 다니고. 그러는 너 보면서 나도 말할 수 없이 가슴 아팠다고. 마음 같아서는 우리 집에 와 있으라고 하고 싶었지만 그럴 수도 없고. 말하면 뭐해. 내 자식들도 그럴 텐데. 차라리 요양병원이 나을 수도 있어."

이왕 터진 입이다. 숙희는 따발총처럼 하고 싶었던 말들을 한바탕 쏟아냈다. 효심은 반박하지 않는다. 다른 날 같았으면 어림없는 일이다. 어쩌면 효심도 숙희와 같은 마음이었는지도 모른다. 왜? 자식들한테 섭섭한 마음이 없겠는가. 어미이기 전에 사람인 것이다. 창조주가 가장 심혈을 기울여 창조해 낸 작품, 사람이었다. 복잡하고도 미묘한 인간을 만들어 놓고 창조주는 숨을 불어 넣어 주며 세상의 것들과 소통하라고, 어미의 배를 빌려 태어나게 한 것이 자식들이었다. 그렇기에 제 속으로 낳아 놓고도, 그 자식들 때문에 수없는 눈물을 쏟으면서도 아무 말도 못하고 질긴 인연을 이어나가고 있는 것이 부모인 것이다. 어디 그 자식으로 해서 눈물만 흘렸던가. 아니었다. 그 자식으로 해서 생의 환희도 느꼈다. 그러면 된 것이다.

8. 어머니, 아무 곳에서나 불러도 되는 이름이

미라는 작은 방의 방문을 연다. 어머니가 기거하고 있는 방이다. 방안이 텅 비어 있다. 어머니의 모습이 보이지 않는다. 당연히 방안에 계실 줄 알았다.

'어디 계시지?'

의아한 미라는 말끔하게 치워져 있는 방안을 보며 고개를 갸웃거린다. 미라는 어머니를 찾으며 욕실 문을 열어 본다. 다용도실 문까지 열어 봤다. 어머니가 없다. 어머니가 묵고 있는 방문을 다시 열어 본다. 그리고 욕실 문과 다용도실 문도 다시 열어서 확인한다. 집안 구석구석을 다 살펴본다. 어머니는 없다. 어머니의 모습은 그 어디에서도 찾을 수 없다. 하물며 옷장 안까지 뒤져 본다. 어머니가 일부러 몸을 숨겼다고 해도 몇 번을 찾았을 정도로 집안을 이 잡듯이 뒤졌다. 그렇지만 어머니는 없다. 보이지 않는 어머니를 찾기 위해 미라는 어머니에게 전화를 넣는다. 어머니의 휴대폰에서는 전원이 꺼져 있어 전화를 받을 수 없다는 안내가 흘러나오고 있다. 어머니의 휴대폰 전원이 꺼져 있다는 소리를 듣고서도 미라는 어머니에게 전화를 걸고 또 걸어 본다. 그러나 마찬가지다. 그제야 비로소 어머니가 이 집안에 없다는 것이, 감쪽같이 어머니가 사라졌다는 것이 사실로 여겨진다. 그래도 미라는 '엄마'를 수없이 부르며 집안을 돌아다니고 있다. 미라의 부름에 어머니가 금방이라도 어디선가 대답을 하며 모습을 드러낼 것만 같다. 빛의 굴절로 헛것이 보이는 현상처럼 어머니가 눈앞에 보인다. 어머니에게 다가간다. 어머니의 모습은 없다. 끝내 볼 수도 없었고 만져지지도 않는다. 혼란스러운 미라는 또 한바탕 어머니를 찾아다닌다. 어머니가 기거하는 방을. 욕실을. 대피실을. 옷장 안의 옷과 옷 사이사이를. 미라는 안방으로 뛰어 들어간다. 미라는 침대 밑까지 훑는다. 미라는 머리를 감싸 쥔다. 이 상황이 믿어지지 않는다. 어머니가 이 집에 없다면 도대체 어디에 계시다는 걸까. 집은 언제 나가셨다는 것인가. 어제 밤인가. 오늘 아침인가. 어제 밤 어머니를 뵈었던가. 뵙지 않았던가. 뵈었던 것도 같고, 뵙지 못한 것도 같았다. 기억이 오락가락했다. 미라는 머리를 감싸 쥔 채 서성인다. 그리고는 기억을 더듬기 시작했다. 어제 밤 분명 어머니와 식탁에 앉아 저녁 식사를 했었다. 석호가 식사를 마치고 어머니에게 아무런 인사도 없이 일어선 것에 분개해 석호와 말다툼이 일었다. 석호의 부릅뜬 눈과 말아 쥐던 주먹…… 그리고 다영이가 아파 병원에 가기 위해 집을 나서다가 어머니와 벌였던 말다툼 끝에 어머니에게 맞았던 왼쪽 뺨이 지금도 얼얼한 것 같았다. 그렇다면 어제 밤에 어머니가 집에 있었던 것은 분명한 것이다. 벌떡 일어난 미라는 부리나케 현관문을 열고 뛰쳐나갔다. 아파트 단지 주변을 찾아보기 위해서였다. 자주는 아니었지만 가끔 어머니는 지팡이에 의지해 아파트 주변을 산책하곤 했다. 아파트 주변과 공원까지 샅샅이 훑어본다. 하지만 어머니의 모습은 없다. 그 어디에도 없다. 딱히 갈 만한 곳도 없는 어머니였다. 바깥출입을 거의 하지 않는 어머니는 이 동네에 알고 있는 사람도 없을 것이다. 그렇다면 어머니는 어디로 사라진 것일까. 미라는 또 헷갈렸다. 어제 밤 어머니를 뵌 것이 맞기는 맞나? 식탁의자에 앉아 어머니와 함께 저녁 식사를 한 것이 맞나. 거실 소파에 앉아 왼쪽 다리를 뻗고 있던 어머니가 계면쩍게 웃으며 일어서는 것을 본 것이 맞나. 작은 방에서 주무시고 계시는 어머니를 보기 위해 방문을 열어 본 것이 맞나. 잠든 어머니를 보기는 보았다. 동시에 어머니의 그런 모습을 모두 다 본 것 같기도 했고 아닌 것도 같았다. 어머니와 함께 산 것이 정확하게 105일째 되는 날이다. 그동안 보아 왔던 어머니의 익숙한 모습이 오늘 아침 이 시간까지의 일들과

혼동이 되어 정리가 되지 않고 있었다. 그러나 분명한 것은 어제 밤 어머니에게 맞은 뺨의 아픔이 지금도 생생하게 느껴진다는 것이다. 석호와 헤어질 수도 있다는 말은 그저 화가 나서 던진 말이었다. 그 말에 어머니의 낯빛이 싸늘하게 변하고 있었다. 그토록 무서운 어머니의 얼굴을 미라는 본 적이 없었다. 그랬던 어머니는 언제 집을 나가신 걸까.

석호가 병원으로 달려온 것은 미라가 보낸 문자 때문이었다. 열이 올라 탈진된 다영이의 손등에 바늘이 꽂혔다. 링걸 병에서 수액이 떨어지는 것을 지켜보며 미라도 석호도 말이 없었다. 부부에게 때로는 긴 말보다는 침묵이 서로를 대변하는 무기가 될 수도 있었다. 서로의 눈빛만으로도 그 안에 쌓여 있는 이야기를 대변하며 교차되는 순간이 있었다. 결국은 아무 것도 아닌 일에 서로 상처를 주고, 받았다는 것을 깨닫게 되는 시간이 바로 아픈 아이를 가운데 두었을 때일 것이다.

미라가 다영이의 치료를 끝내고 석호와 집으로 돌아왔을 때는 늦은 시간이었다. 거실의 작은 등만이 집안을 비추고 있을 뿐 조용했다. 미라는 어머니가 기거하고 있는 작은 방문 앞에서 잠깐 망설였다. 어머니의 수면을 방해하고 싶지 않았기 때문이었다. 또한 어머니에게 하지 말아야 할 말들을 쏟아낸 것에 대한 미안함이 주저하게 했다. 아니다. 사실은 어머니에게 손찌검을 당했던 것이 억울해서였다. 그때 열어 보았더라면. 이제야 후회가 밀려온다. 조바심으로 제자리에서 종종 걸음을 치던 미라는 혹시 하는 마음에 상길을 떠올린다. 상길은 불쑥 어머니를 뵈러 오곤 했었다. 어제 밤에도 어머니를 뵈러 왔다가 혼자 있는 어머니가 안쓰러워 모셔 갔을지도 모른다. 그럴 리가 없다. 어머니가 상길네 집으로 가야 하는 시간은 아직 15일이라는 날짜가 남아 있다. 그 시간을 두고 상길이 어머니를 미리 모셔 갔을 리가 없다. 아니 상길은 그렇게 무모한 사람이 아니다. 미라에게 먼저 어머니를 집으로 모셔 가겠다고 이야기를 하고 행동으로 옮겼을 것이다. 그래도 모르는 일이다. 이런 저런 생각을 해 보던 미라는 상길의 번호를 누른다. 신호음이 가고 있었다. 미라는 가슴을 지그시 누르며 심호흡을 했다. 상길은 준길과 달랐다. 준길은 목소리만 컸다. 미라를 혼내 놓고도 금방 미안하다며 달래 주는 반면, 상길은 여간해서는 화를 내는 법이 없었다. 그러나 상길은 한 번 혼을 낼 때는 무섭게 몰아세웠다. 발정이 나서 집을 나간 고양이 '미미'로 해서 상심이 컸던 미라는 매일 울다시피 했었다. 준길은 다시 고양이를 사 주겠다고 달래었다. 미라는 듣지 않았다. 급기야 상길이 나섰다. 상길은 미라가 먹고 있던 밥그릇을 빼앗으며 소리쳤다. 먹지도 말고 공부도 하지 말고 그 무엇도 하지 말고 나가서 '미미'를 찾아오라고, 호통을 치며 두 눈을 부릅떴다. 미라는 상길의 두 눈을 쳐다볼 수가 없었다. 오금이 저렸다. 그날 이후 미라는 두 번 다시 집을 나간 고양이 '미미'에 대해서 입을 열지 않았다.

상길의 음성이 들린다.

"응. 다영이 엄마냐?"

미라는 마른 침을 꿀꺽 삼킨다.

"큰… 큰, 오빠. … 저… 엄마."

미라는 상길이가 어머니를 혹시 모셔 갔는가를 묻기 위해 다음 말을 이으려는 순간 상길이 다급하게 물어 왔다.

"엄마? 왜?? 엄마한테 무슨 일, 있니???"

미라는 어머니가 상길네 집에 없다는 것을 확신했다. 만약 어머니가 상길네 집에 계시다면 어머니한테 무슨 일이 있느냐고, 상길이 저렇듯 물어 오지는 않을 것이다.

"응, 오… 오빠!"

"무슨 일인데?"

재촉하는 상길의 물음에 미라는 두 눈을 질끈 감는다. 이미 벌어진 일이다. 감춘다고 될 일도 아니다. 무엇보다 어머니를 빨리 찾아야 한다. 그러기 위해서는 상길에게 정확하게 알려야 한다.

"엄, 엄마가 집에 안 계셔."

"뭐? 어디 가셨는데?"

상길의 목소리가 한 옥타브 높아졌다.

"나도 몰라. 어제 저녁밥까지 함께 드셨는데. 아침에 일어나 보니까 안 계셔."

"그럼 저녁 드시고서 엄마가 나가셨다는 거니?"

"모르겠어, 나도. 어제 밤에 다영이가 아파서 다영이 아빠랑 병원 갔다가 늦게 왔어. 시간이 늦었으니까 당연히 엄마가 방에서 주무시고 계실 거라고 믿었지."

미라는 석호와의 다툼이 있었다는 이야기는 하지 않았다. 그로 인해 어머니한테 해서는 안 될 말을 했다는 사실을 미라는 밝히지 않고 숨겼다. 어머니한테 그런 소리를 했다고 상길에게 질책을 당하는 것도 싫다. 무엇보다 석호가 어머니를 '네, 엄마'라고 지칭한다는 사실을 이야기하고 싶지 않다.

"지금 그리로 갈 테니까, 넌 관리실에 가서 엄마 찾는 방송부터 해?"

미라는 상길의 말에 관리실에 가서 부탁을 하는 건 어렵지 않다고 여긴다. 하지만 어머니는 치매환자가 아니다. 어머니는 집을 찾지 못해 집으로 돌아오지 않는 것이 아니었다. 어디든지 전화를 할 수 있는 인지 능력이 있는 어머니이다. 어머니는 지금 스스로 집으로 돌아오지 않고 있는 것이 분명했다.

"엄마가 집을 못 찾는 치매환자도 아니잖아."

"그래도 사람 일은 모르는 거잖아. 넌 대체 뭐 하는 애냐? 엄마가 언제 집을 나갔는지조차 모른다니. 그게 지금… 됐다. 끊자."

상길은 미라의 전화를 끊으며 얼굴을 벅벅 문지른다. 답답하다. 미라에게 뭐라고 한들 사라진 어머니를 찾는 데 도움이 되겠는가. 미라에게 한 꾸지람은 스스로에게 퍼붓고 싶은 질타였을 것이다.

　어머니가 사라졌다는 미라의 전화를 받으며 상길은 눈앞이 노랬다. 마치 무리지어 있는 프리지아 꽃을 보고 있는 것 같았다. 어머니가 아프시고서부터 아니 결혼해서 분가를 해서부터였을 것이다. 이른 아침이나 저녁 늦게 가족의 전화를 받을 때, 상길은 제일 불안했다. 오늘도 그랬다. 아침 일찍 미라의 전화가 왔을 때, 상길은 어머니에게 무슨 일이 일어난 것이 아닌가 하는 불길한 생각이 먼저 들었었다. 어머니를 형제들 집을 전전하게 하는 게 아니었다. 아내가 뭐라고 해도 어머니를 준길네 집으로 미라네 집으로 옮겨 다니게 하는 것이 아니었다. 어머니로 해서 아이들이 환경의 지배를 받으면 얼마나 받는다고, 아이들을 핑계되어 어머니를 모실 수 없다는 것을 합리화한 것이다. 상길은 자책하며 미라네 집으로 향한다.

　미라는 상길의 전화를 끊자마자 관리실로 내려갔다. 관리실에는 젊은 남자가 컴퓨터 앞에 앉아 무언가를 들여다보고 있다가 문소리가 나자 고개를 돌린다. 미라는 관리실의 직원에게 몇 동 몇 호에 사는 주민이라고 밝히고는 어머니에 관한 이야기를 꺼낸다. 남자 직원은 컴퓨터에서 미라가 말한 동 호수를 확인하고는 미라의 이름을 물었다. 아마도 이 아파트의 주민이 맞는가를 확인하는 듯했다. 절차가 끝나자, 남자 직원은 미라에게 의자에 앉을 것을 권하며 어머니에 대해 물었다.

미라는 남자 직원의 물음에 어머니에 관해서 소상하게 설명했다.

미라의 이야기를 들은 남자 직원은 "언제 집을 나가셨는데요?" 하고 물었다.

"어제 밤인지, 오늘 아침인지 잘 모르겠어요. 오늘 아침에 남편 출근하고 나서 바로 엄마 방에 가 보니까, 안 계셨어요."

"키는요? 옷은 뭐 입고 계셨죠? 머리는 파마를 하셨나요?"

관리실의 직원은 마치 취조를 하는 형사처럼 이것저것 물었다. 미라는 멈칫했다. 어머니에 대해서 아무 것도 생각나지 않아서이다. 어머니의 키는 몇인지, 옷은 무엇을 입고 있었는지. 머리는 파마를 했는지 안 했었는가가, 도무지 분간이 되지 않는다.

"키는 165센티 정도 되시고요. 좀 큰 편이세요."

미라는 어머니가 뇌를 다쳐 수술을 받았을 때 기록 카드에 작성되어 있던 어머니의 키를 떠올리며 대답했다.

"몸무게는요?"

"55kg요. 그저께 목욕 하시고 나서 저랑 몸무게를 달아 보았거든요."

미라는 관리실의 남자 직원에게 간절한 눈빛을 담아 묻는 대로 설명했다. 관리실 직원이 어머니를 찾는 데 있어서 결정적인 열쇠를 죄고 있는 사람 같기 때문이다.

"옷은요?"

관리실 직원이 미라를 힐긋 보면서 물었다.

"어제 밤 식사하실 때는 고무줄로 된 헐렁한 검정바지에다가 청색 계열의 스웨터를 입고 계셨어요."

잠시 숨을 고른 미라는 입술을 혀로 핥고는 말을 잇는다.

"머리는 파마를 하지 않으셨어요. 뇌수술을 하셔서 파마 약이 좋지 않을 것 같다고 엄마가 안 하셨어요. 그냥 생머리예요. 여고생처럼 옆 가르마를 타서 핀을 꽂으셨고요."

미라는 자신 있게 대답했다. 석호 앞에서 항상 단정하게 빗어 넘긴 머리를 하고 앉아 있던 어머니였다. 어머니의 머리 모양을 설명하고 나자, 어머니가 무슨 옷을 입었는지도 기억났다. 그뿐만이 아니다. 어머니가 입고 있던 속옷과, 메리야스, 브래지어, 양말까지도. 속옷은 환자들이나 산모들을 위해 편하게 만들어진 것이다. 면 100%의 소재로 만들어진 속옷이었다. 메리야스는 얼마 전에 숙희 아주머니가 방문하면서 사 왔던 것이다. 흰색 계통의 메리야스였다. 양말은 어디서나 구입할 수 있는 것들이다. 신발은 운동화이다. 흰색과 검정색이 혼합되어 있는 것이다. 운동할 때 신으라며 준길이 사 들고 왔던 운동화였다. 하나의 기억은 여러 가지의 기억들을 끌어다 놓고 있었다. 그냥 무심코 보아 왔던 어머니의 관한 일상의 모습이, 어머니가 사라지고 난 지금에서야 또렷이 떠오른다. 식사 후 30분마다 복용하던 약 봉지도, 봉지 안에 들어 있던 붉은 색의 알약과 흰 약들. 웃을 때는 먼저 손이 입으로 가는 어머니의 습관도, 말을 안 하고 입을 다물고 있다는 것은 화가 나 있다는 것도, 보폭이 **빠른** 걸음걸이까지도.

"여고생처럼, 요? 요즘 여고생들은 머리를 길게 늘어뜨리고 다니지 않나요?"

남자 직원이 입 꼬리를 올리며 '요' 자의 발음을 강하게 했다. 남자 직원은 어머니를 여고생으로 묘사한 것이 우습다는 것처럼 묻는다. 미라는 기분이 언짢아진다. 관리실 직원에게 뭐라고 하려는데, 남자 직원이 안내 방송을 시작하고 있었다.

"입주민 여러분께 안내 말씀 드리겠습니다. 우리 아파트 107동 803호에 거주하시는 '한효심' 할머니를 보시거나 모시고 계신 분은 관리실로 연락 주시기 바랍니다. 63세인 '한효심' 할머니는 왼쪽 팔과 왼쪽 다리가 불편하시며 단발머리를 하고 계시다고 합니다. 가족들이 지금 애타게 찾고 계십니다. 다시 한 번 안내 말씀 드리겠습니다."

관리실 직원이 어머니에 관한 인상착의를 또 다시 설명하는 것을 들으며 미라는 출입문을 밀고 나왔다. 막막했다. 어디서부터 시작해야 사라진 어머니에 대한 실마리를 풀 수 있을지, 미라는 모르겠다.

집으로 돌아온 미라는 어머니 방으로 들어갔다. 어머니의 침구는 붙박이 장안에 얌전하게 정리되어 있었다. 옷장 안에는 어머니가 입고 있던 옷 몇 벌이 걸려 있을 뿐이다. 서랍장에는 어머니의 소지품이 그대로 들어 있었다. 쓰던 화장품도 그대로이다. 반쯤 남아 있는 스킨 병, 거의 바닥을 드러내고 있는 로션. 로션 병을 물끄러미 바라보던 미라는 영양크림 뚜껑을 열어 본다. 영양크림은 눈곱만큼도 남아 있지 않다. 밑바닥과 옆면이 반질반질했다. 빈 통이다. 어머니가 얼마나 알뜰하게 썼는지가 미라는 느껴졌다. 대충 쓰고 버리고, 다시 구입하고, 입기 싫으면 던져 버리는 습관화된 것들에 익숙해져서 살아가는 동안, 어머니는 여전히 이러한 삶의 방식을 택하고 있었던 것이다. 제발 그러지 말라고, 사고 싶은 것이 있으면 사고, 입고 싶은 것이 있으면 사서 입고, 먹고 싶은 것이 있으면 먹으라고. 그래야 경제도 돌아간다고. 엄마처럼 그렇게 사는 건 궁상이라고. 미라가 어머니에게 수없이 쏟아 냈던 말들이었다. 그때마다 어머니는 알았다고 했다. 아니 그렇게 살고 있다고 했다. 그리고는 미라의 가방에 지폐를 찔러 넣어 주었다. 다영이에게 필요한 거 사 주라고 했다. 미라는 어머니가 쥐어 주는 돈이 당연하다고 여겼다. 왜? 어머니니까.

미라의 눈이 충혈된 것처럼 붉어진다. 돌아가신 아버지의 빈자리까지 채우며 삼남매를 위해 살았던 어머니. 혼자서 삼남매를 출가시키느라 집을 매매해서 전세로 나 앉은 것도 모자라 이제는 월세집에서 기거를 하는 어머니이다. 그러면서도 자식들을 원망하기는커녕 괜찮다고만 하던 어머니가 지금 없다. 미라는 어머니에게 소리를 질렀던 것이 한 없이 후회스럽다. 수술을 받고 있는 어머니를 보며, 어머니를 살려만 달라고 얼마나 빌었던가. 중환자실에 누워 있는 어머니를 면회하면서 어머니의 모습이 낯설어서 얼른 잡았던 손. 어머니의 체온을 느끼고서야 안도하던 미라는 얼마나 다짐했던가. 어머니가 살아만 준다면, 어머니가 살아서 옆에만 있게 된다면, 어머니가 어떤 모습으로 있어도 상관없다고. 어머니를 제발 살려 달라고. 무엇이든지 어머니를 위해 할 것이라고. 수없이 다짐했던 말들과 약속은 거짓말이었나. 살아 돌아온 어머니를 위해 미라는 무엇을 했던가. 어머니를 모시기로 약속한 4개월의 시간이 빨리 흐르기만을 바라고 있었다. 주어진 시간이 끝나기만을 바랐다. 의무를 다하는 시간이 돌아오는 날만을 학수고대했다. 오직 4개월의 시간이 흐르기만을.

미라는 흐느낀다. 미라의 어깨가 심하게 들썩인다. 어머니가 없는 빈 방에 앉아 한참을 흐느끼던 미라는 어머니에게 전화를 넣는다. 고객이 전화를 받을 수 없다는 안내가 여전히 흘러나오고 있다.

"엄마, 엄마! 어디 있어? 엄마……."

미라는 다음 말을 잇지 못했다. '엄마'라고 부르는 순간 목이 메었다. 언제나, 어디서나 아무 때나 아무 곳에서나 불러도 되는 이름이 '엄마'였다. 아무런 이유도 없이 쉽게 불렀다. 어떤 명분이 없어도 부르던 이름이다. 그래도 되는 이름인 줄 알았다. 마음대로 막 불러도 되고, 함부로 불러도 되는 이름이 '엄마'라고 여겼다. 그렇게 '엄마'라고 부르기만 하면 달려오는 그 이름을 가진 '엄마'가 지금 눈앞에 없다. 엄마가 사라졌다는 것이 미라는 믿어지지 않는다. 눈물을 하염없이 쏟아 내던 미라는 엄마가 그립고, 그립다. 그래서 미라는 '엄마' 하고 다시 또 애절하게 불러 본다.

속이 타는지 편의점에서 생수를 사 들고 온 상길은 한 병을 미라에게 건넨다.

"숙희 아줌마한테는 연락해 봤어?"

"엄마 혼자서 숙희 아줌마네 못가."

미라의 말에 상길은 한숨을 내쉬며 고개를 끄덕인다. 그런 사실을 몰라서 물은 것도 아니다. 그냥 답답해서 해 본 소리이다. 어머니가 혼자서 버스를 타고 외출을 한다는 건 쉽지 않은 일이다. 또한 어머니의 성격으로는 숙희 아주머니 집에서 하룻밤을 지낸다는 건 어림없는 일이다. 그렇다면 어머니는 어디로 사라지신 걸까. 벌써 오후이다. 날이 점점 추워지고 있다. 해가 지면 추위는 더 맹렬 해 질 것이다. 어디선가 어머니가 추위에 오들오들 떨고 있을 것만 같다. 해가 지기 전에 어머니를 찾아야 한다. 꼭 그래야만 된다. 어머니를 찾는 일이 내일까지 이어져서는 안 되는 일이다. 상길은 빈 물통을 쓰레기통에 버리며 미라에게 다시 또 묻는다.

"엄마랑 무슨 일 있었던 건 정말 아니지?"

"없었어."

미라는 딱 잡아뗐다. 어머니와 말다툼이 있었다는 사실을. 상길에게 끝까지 비밀로 할 것이라고 다짐한 미라다.

"어린 아이도 아니신 양반이 너한테 아무런 말도 안하고 나가셨다는 게… 참 이해가 안 된다."

상길의 말에 미라는 끝내 대꾸하지 않는다. 관리실에서 연락이 온 건 허기진 배를 라면으로 채우고 있을 때다. 관리실 직원은 어머니가 돌아오셨는가를 먼저 물었다. 아직, 이라는 미라의 대답에 관리실 직원은 혹시 모르니까 CCTV를 확인해 보자고 했다. 왜, 그 생각을 못했는지. 상길과 미라는 들고 있던 젓가락을 팽개치고는 겉옷을 걸친다. 상길과 다시 관리실로 찾아간 미라는 CCTV 앞에 앉아 숨을 죽이고 모니터를 본다. 어머니가 엘리베이터 앞에 서 있다. 어머니가 엘리베이터 안으로 들어가는 것이 보인다. 왼쪽 다리를 끌며 가슴 쪽으로 붙은 왼팔에 가방을 끼운 어머니가 지팡이에 의지해 엘리베이터 안에 서 있는 모습도 선명하게 잡힌다. 멈춘 엘리베이터 안에서 나온 어머니의 모습이 다시 보인 건 1층 아파트 입구 상가 앞이다. 어머니는 상가 앞에서 아파트 주변을 두리번거리고 있다. 그러던 어머니가 지나가는 택시를 세운다. 불편한 왼발 때문에 택시에 타는 것이 힘든 어머니는 한참의 시간을 끈 뒤에야 자동차 문이 닫힌다. 그 모습이 마지막이다. 어머니를 태운 택시가 시야에서 사라졌다. 어머니의 어제 밤의 행적이 모니터에 고스란히 담겨 있었다.

"어머님께서 택시로 이동하셨네요."

어머니를 태운 택시가 모니터에서 사라지는 것을 보며 관리실 직원이 말했다.

"어디를 가신 거지?"

미라가 혼자 말을 한다.

"죄송하지만 자동차번호 좀 확인하게 다시 한 번 그 부분만 보여주실 수 있습니까?"

"네, 그럼요."

상길의 부탁에 관리실 직원은 흔쾌하게 대답하며 CCTV를 재생시키고 있었다.

"차량번호로 조회를 해 보시죠? 그러면 택시 회사도 알 수 있고요. 어제 밤 할머니를 태운 기사님을 뵈면 어디서 내렸는지 소재지 파악은 되잖아요."

관리실 직원의 말에 상길은 한숨을 쉰다. 안도의 한숨이다. CCTV에 찍힌 어머니의 모습에서 어머니가 나쁜 일에 연류된 것 같지는 않다. 온갖 상상이 난무하던 시간이었다. 택시의 차량번호만 손에 넣었을 뿐인데도, 상길은 어머니의 소재지를 파악한 것 같았다.

"네. 고맙습니다. 여러 가지로."

"아, 아닙니다. 당연히 주민의 편의를 봐 드려야 하는 게 저희가 할 의무인 걸요. 그래도 할머니의 행적을 알게 돼서 천만다행입니다."

상길의 인사에 관리실 직원은 당연히 할 일을 했을 뿐이라며 겸연쩍어 했다.

　"작은 오빠한테 알렸어?"

　"아직. 확실하게 알아보고 알려도 될 것 같아서. 직장에서 일하느라고 정신없을 텐데……."

　"곧 알게 될 텐데, 뭐."

　미라가 풀 죽은 소리로 대답하는 것을 보며 상길은 미라의 등을 토닥인다.

　"엄마를 찾으면 됐지. 뭐 하러 준길이한테 알려."

　"미안해, 큰 오빠. 내 잘못이야."

　"이게 어디 네 잘못이냐. 아무튼 차량부터 조회해 볼 테니까 넌 집에 가 있어."

　"싫어. 나도 같이 가. 집에 혼자 있어 보았자 심란하기만 하고."

　미라의 말에 상길은 더 이상 만류하지 않는다. 측은하다. 어머니가 없어졌다는 것을 알았을 때 상심하고 있었을 미라의 마음이 읽어진다. 여동생 미라는 막내여서 그런지 어린아이를 물가에 놓아둔 것처럼 항상 미덥지 못했다. 결혼해서 잘 살 수 있을까 싶어, 걱정이 앞서기도 했다. 아버지 없이 자라는 미라를 위해 상길은 아버지 같은 오빠가 되기 위해 무던히도 애썼다. 키우던 고양이를 잃어버렸다고 애면글면 속을 태울 때, 상길은 아버지에 대한 그리움이 미라를 더 외롭게 하고 있다는 걸 잘 알고 있었다. 그래서 더 혹독하게 나무랐는지도 모른다. 밥그릇을 빼앗자, 놀라서 입 안에 있는 밥을 억지로 넘기느라 불거지던 미라의 붉은 얼굴빛은 상길의 가슴에 불에 대인 자국처럼 지금도 선명하게 남아 있다. 점점 성숙해지는 미라의 성장을 보면서도 상길은 마냥 흐뭇하기만 했던 것은 아니었다. 미라가 외출해서 늦게 들어오는 날은 조바심이 일었다. 미라가 들어오는 것을 보고서야 잠이 들던 밤이었다. 곱고 밝게 키워서 좋은 상대를 골라 짝을 맺어 주고 싶은 마음이었다. 아이를 가졌다며 석호와의 결혼을 승낙해 달라고 할 때 상길은 노여움보다는 배신감에 몸을 떨었다. 그랬는데, 미라는 이제 한 아이의 엄마가 되어 가정의 중심을 잡고 살아가고 있었다. 그 모습이 대견했다.

"그래, 같이 가자. 다영이는 어린이집에 있니?"

"응. 그리고 큰 오빠!"

미라가 안전벨트를 매며 대답하고는 상길을 불렀다. 자동차 시동을 걸던 상길이 미라에게 시선을 돌린다.

"차량 조회하기 전에 숙희 아줌마한테 먼저 전화를 해 보는 게 어떨까 싶어서."

"숙희 아주머니한테?"

상길이 미라를 향해 다시 되물었다.

"응, 오빠. 그리고 사당동 집에 가 보자."

"사당동 집에?"

"집에 가실 수도 있잖아."

등잔 밑이 어둡다는 말처럼. 미라는 그 말을 하려다가 끊는다. 그 속담이 적절치 않다는 생각이 들어서다. 어머니는 미라와의 불화로 집을 나간 것이 분명한 것이다. 상길에게 솔직하게 말 할 수 없는 미라는 애가 탄다.

"엄마가 집에 다니러 가신 거면 왜 너한테 말씀을 안 하고 가셔."

"혹시나 해서."

"일단 숙희 아주머니한테 전화부터 해 보고.

상길은 시무룩한 표정으로 앉아 있는 미라를 바라다보다가 휴대폰을 꺼내 든다.

*

.
상길을 만난 숙희는 난감했다. 수척해 보이는 상길의 얼굴은 효심의 부재를 놓고 얼마나 염려했는지가 고스란히 드러나 보였다. 자식이 있는 부모의 마음은 모두 같을 것이다. 남의 자식이라고 해도 힘이 빠져 있는 모습을 보면 내 자식처럼 마음이 아픈 법이다. 숙희는 문득 상길과 욱이가 함께 유치원에 다니던 모습이 떠올랐다. 유치원 버스가 올 때쯤이면 욱이는 숙희의 옷자락을 거머쥐고는 놓지 않았다. 엄마와 떨어지기 싫다며 우는 통에 아침마다 한바탕 전쟁을 치러야 했다. 그렇게 떼를 쓰는 욱이의 손을 잡고 유치원 버스에 오르던 상길이었다. 그렇게 성장한 아이들이 이제는 그때의 우리의 나이보다 더 어른이 되어 있는 것이다. 숙희는 인생에서 제일 행복했던 시간을 꼽으라고 하면 바로 아이들이 태어나고, 아장아장 걸음마를 하고, 유치원에 보내고, 유치원에서 돌아오는 아이들을 위해 간식거리를 만들고, 유치원에서 그린 '우리 가족'이라는 제목 아래 가족의 그림이 그려진 스케치북을 보여주기 위해, '엄마! 엄마!' 하고 부르며 달려오던 그 시간이었다고 말하고 싶다.

"어머니, 어디 계신지 정말 모르세요?"

상길이 효심의 행방에 대해서 묻는 소리가 들려왔다. 생각에 잠겨 있던 숙희는 상길을 바라보다가 시선을 피한다. 상길의 시선을 피한다고 될 일이 아니다. 상길 앞에서 무조건 잡아뗄 수는 없는 일이다.

"엄마, 걱정은 되니?"

"죄송해요, 아주머니."

"나한테 죄송할 건 없어. 근데 말이다, 상길아! 네 엄마가 저러는 사람이 아니라는 것을 네가 더 잘 알 거다. 네 엄마가 그럴 때는 네들이 깊이 생각해야 되지 않겠니?"

상길은 숙희의 말에 고개를 푹 숙인다. 미라가 어머니와 다툼을 벌였다는 사실을 털어 놓은 것은 준길의 호된 다그침 때문이었다. 준길에게 연락을 안 할 수가 없었다. 자동차등록 사업소까지 찾아 갔지만, 차량번호에 대한 정보는 줄 수가 없다고 했다. 경찰서로 가라고 했다. 경찰서를 찾아 간 상길은 어머니에 대한 일을 하나도 빠짐없이 설명했다. 여러 가지의 절차가 끝나고서야 상길은 어머니가 탔던 택시회사의 주소지를 알 수 있었다. 택시회사의 휴게실에서 만난 기사는 어머니를 단 번에 기억해 냈다. 그리고는 어머니의 어제 밤의 행적에 대해서 설명했다.

상길은 미라를 미라의 집 앞에 내려 주고는 바로 운전대에 고개를 묻었다. 아버지가 돌아가신 날도 울지 않았다. 아버지를 선산에 묻고 돌아오면서도 끝내 흘리지 않던 눈물이었다. 맏이이기에. 큰 아들이기에. 동생이 둘씩이나 되기에. 홀로 된 어머니를 보살펴야 하기에, 참았던 눈물을 어머니가 누워 있던 중환자실에서 흘렸었다.

자식들이 있는 곳을 돌아보고는 발걸음을 돌려야만 했던 어머니의 마음을 십분의 일이라도 정녕 알 수 있는 자식인가. 사라진 어머니를 찾을 자격이나 있는가.

택시 기사는 상암2동 동사무소 앞에서 어머니를 내려 준 것이 끝이라고 했다. 어머니의 그 다음 행선지는 아무도 모르는 것이다. 상길은 어머니가 중환자실에서 누워 있던 날처럼 통한의 눈물을 쏟으며 '엄마' 하고 불렀다. 마냥 울고 있을 수만은 없는 일이었다. 상길은 마음을 추슬렀다. 숙희에게 전화를 넣었다. 하지만 받지 않았다. 점점 시간이 흘러 밤이었다. 어머니의 부재는 준길도 알아야 될 것 같았다. 어머니에 대한 것은 삼남매 모두가 정확하게 알아야 한다는 생각에 상길은 준길에게 어머니의 부재를 알렸다. 소식을 듣고 달려 온 준길은 미라를 다그치다가 어르기를 반복했다. 그 끝에 미라는 어머니와의 사이에서 다툼이 있었음을 시인했다. 어머니에게 자식들 집을 전전하지 말고 당당하게 살아, 라고 했다는 소리를 털어 놓는 미라에게 준길은 벌어진 입을 다물지 못했다. 화를 삭이느라 '어흐, 어흐'거리던 준길은 당장 숙희 아주머니를 만나러 가자며 앞장섰다. 한밤중이었다. 아무리 어머니에 대한 일이지만 너무 늦은 시간이었다. 상길은 준길을 달래어 집으로 돌려보냈다. 그리고는 날이 밝자, 아침 일찍 숙희를 만나기 위해 숙희의 집 앞으로 온 것이다.

"저희가 잘못 했습니다. 정말 죄송합니다."

상길이 머리를 조아린다. 숙희는 더 이상 잡아떼는 건 아니라고 여기며 상길을 부른다.

"상길아!"

"네, 아주머니."

"나랑 한 가지만 약속해라. 엄마가 네들한테 연락할 때까지 기다리겠다고. 그러면 어디 있는지 알려 주마."

"약속드리겠습니다."

숙희의 물음에 상길은 자세를 고쳐 앉는다.

"… 꼭 약속 지킬 거지?"

"네, 아주머니. 약속 꼭 지키겠습니다."

"그래, 네가 한 약속을 믿으마. 이건 너와 나의 관계에 의한 약속이 아니다. 사람과 사람으로서 지켜야 하는 신의이다. 알겠지?"

"네, 아주머니. 명심 하겠습니다."

"네 엄마, 엄마 집에 있어. 사당동에."

숙희의 말에 상길은 고개를 끄덕이며 입 주변을 쓴다. 상길은 어머니가 혹시 집에 계신 것이 아닐까, 하는 생각을 했었다. 미라의 말 때문이기 했다. 그래서 어제 밤 상길은 준길, 미라와 헤어진 뒤 어머니의 집 앞까지 갔었다. 하지만 아무런 기척을 느낄 수가 없었다. 보름에 한 번 꼴로 어머니의 집에 가 청소라든지 보일러 점검을 하던 때와 다를 것이 없게 느껴져 그냥 발걸음을 돌렸던 것이었는데. 상길은 속으로 '아' 하고 탄성을 지른다.

"네 엄마가 어디로 가겠니. 네 엄마 맞아 줄 친정이 있니. 피붙이가 있니. 네 엄마 달랑 혼자야. 오죽하면 엄마 버리고 떠난 네 외할머니가 다 보고 싶다고 하더라. 그런 네 엄마를 네들이 안 챙기면 누가 챙겨. 너희들도 자식이 있으니까 알 꺼다. 부모한테는 자식이 어떤 건지. 네들도 금방 우리 나이 된다. 내가 이런 말 하는 거 고깝게 생각하지 마."

숙희가 상길을 물끄러미 바라보며 말을 끊는다.

"고깝기는요. 말씀은 못 드렸지만 항상 감사드리고 있습니다. 어머니한테 신경 써 주시고… 저희에게 아주머니는 가족입니다."

"고맙다. 그렇게 생각해 줘서. 그리고 상길아! 네 엄마가 연락할 거야. 그러니까 그때까지 기다려. 기다릴 수 있지?"

"… 네, 아주머니."

"네 엄마가 네들한테서 서운한 마음이 있다면 엄마도 그 마음을 정리할 시간이 필요하지 않겠니? 네들도 마찬가지고. 그리고 자꾸 요양병원에 들어간다고 한다, 네 엄마. 왜 그러겠니. 네들한테 폐 끼치기 싫어서 그러는 거 아니겠어?"

"절대 그런 일은 없을 겁니다, 아주머니!"

"그럼. 그렇게 되어서도 안 되지. 아무튼 엄마가 연락해 올 때까지 기다려 보자."

"… 저 혹시 엄마한테…"

"그래, 무슨 일 있으면 내가 바로 연락해 줄게. 걱정 하 지 마."

상길은 숙희의 말에 고개를 주억거린다. 상길은 숙희와의 약속대로 어머니한테서 연락이 올 때까지 기다리기로 했다. 무엇보다 분명한 것은 가족 간에도 서로의 입장을 정리해 보는 시간은 필요한 것 같았기 때문이기도 했다. 숙희와 헤어진 상길은 준길과 미라에게 차례대로 전화를 넣는다. 어머니가 어머니의 집에서 기거하고 계시다는 것을 알린다. 준길에게 상길은 어머니의 입장에서 차근차근 설명했다. 하지만 준길은 어머니를 이해하지 못하겠다고 했다. 자식들 집을 전전하지 말고 당당하게 살라고 한 미라가 백 번 잘못했지만, 그렇다고 그 말 때문에 자식들한테 이러는 어머니도 잘하는 거 없다며 준길은 열변을 토했다. 상길은 준길에게 어머니의 마음을 말하고 싶었다. 준길네 집 앞에 서서 자식의 얼굴을 보지 못하고 돌아설 줄 알면서도 자식이 살고 있는 집 앞을 서성여야 했던 어머니의 마음을. 상길은 입을 다문다. 미라는 상길의 전화에 "엄마 어디 있는지 알아냈어" 하고 먼저 묻는다. 상길이 어머니의 소재지를 미라에게 알리자, 아무리 그래도 자식들한테 너무 하는 거 아니냐고 상길에게 반문하던 미라는 그래도 집에 계시다니 다행이네, 하며 전화를 끊었다. 그렇다. 미라의 말대로 어머니가 집에 계시면 된 것이다. 어머니의 소재를 파악한 것만으로 천만다행이다. 언제가 될지 모르지만 어머니가 연락할 때까지 기다리면 되는 것이다. 그 다음 문제는 그때 가서 생각하면 되는 것이다. 이제까지 그랬다. 일이 생기면 해결되었고, 잠시 숨을 돌리는가 싶으면 또 다른 문제 앞에 직면해 있곤 했다. 그게 인생일까. 피로가 한꺼번에 밀려왔다. 상길은 관자놀이를 지그시 누른다.

9. 어머니

　해가 바뀌었다. 새해가 밝은 지도 두 달 가까이 되어 가고 있었다. 한낮이 되자, 효심은 산행을 하기 위해 집을 나선다. 어제 저녁부터 몰아치던 바람이다. 잔바람은 여전히 불고 있다. 그러다가 바람은 한 번씩 매섭게 휘몰아친다. 그럴 때마다 효심의 몸이 넘어질 것처럼 앞으로 쏠린다. 녹지 않고 쌓여 있던 눈은 바람이 휘몰아칠 때마다 진저리를 치듯 허공을 향해 치솟는다.

　효심은 지팡이를 잡고 있는 손에 힘을 가한다. 여기서 포기하면 안 되는 것이다. 하루를 운동하면 건강이 회복되는 것이 한 달을 앞당기는 것이고, 하루를 쉬면 건강을 회복하는데, 일 년이 걸린다고 했다. '백세 시대를 건강하게 보내려면'이라는 주제를 가지고 어느 신경외과 의사가 기고한 글을 상기하며 효심은 묵묵히 걸음을 뗀다. 산행은 효심이 결심한 일이다. 아무리 이 산행이 힘들어도 이겨내야 한다고. 그래서 다시 건강을 되찾아야 한다고. 그래야만이 자식들에게 폐를 끼치는 일 없이 사는 날까지 스스로를 지키는 길이라고. 그러자 다리의 근육에 힘이 들어가는 게 느껴진다. 나이가 들수록 안 쓰는 근육을 써야 한다고 했다. 허벅지 근육을 튼튼하게 하기 위해 되도록이면 계단을 이용하는 효심이다. 효심은 지팡이 끝을 땅 바닥에 정확하게 꽂으며 정상을 향해 올라간다. 둘레 길로 조성해 놓은 곳으로 등산객들이 방향을 튼다. 대부분이 삼삼오오 짝을 이룬 중년의 여자들이다. 울긋불긋한 등산복을 입은 여자들이 둘레길 쪽으로 몸을 돌리고 있는 것을 보며 효심은 산의 정상을 쳐다본다.

효심은 주로 한낮에 산행을 시작했다. 바로 집 뒤에 있는 산의 높이는 해발 240m 정도였다. 등산로는 완만하다. 산행을 하기에 안성맞춤이다. 매일 산행을 하고 재활치료에 전념을 하고 있는 효심의 건강은 눈에 띄게 좋아지고 있었다. 질질 끌던 왼발은 오른발보다 늦게 디뎌질 뿐이다. 왼발을 디딜 때마다 몸이 옆으로 기우러졌지만 예전에 비해 많이 호전된 편이다. 가슴팍에 붙어 있던 왼팔은 위아래로 들까 부려질 정도이다. 몸의 상태가 점점 정상적으로 돌아오고 있는 것 같다. 정상을 향해 걸음을 떼던 효심은 눈가루가 바람을 타고 나뭇

가지 사이로 분분히 휘날리고 있는 것을 본다. 눈가루가 벚꽃
잎처럼 휘날린다. 회오리바람을 타고 사라지는 눈가루를 보며
효심은 아름답다고 생각했다. 뇌출혈로 쓰러졌다가 일어나서
일까. 그동안 보이지 않았던 것들이, 느껴지지 않던 풍경들이
하나둘씩 눈에 들어왔다. 자연에서 빚어지고 있는 이런 소소
한 풍경이 효심은 새삼스럽다. 효심은 끼고 있던 장갑을 벗는
다. 겨울 볕을 받아 반짝이는 눈가루를 집어 든다. 효심은 손바
닥에 있는 눈가루를 꼭 쥐어 본다. 차갑다. 못 견딜 정도는
아니다. 멀지 않아서 봄이 올 것이다. 그때면 산의 풍경도 사람
들처럼 제 각각인 모습을 하고 서 있을 것이다. 지금 이 자리를
지키고 있는 나무들의 모습 또한 바뀔 것이다. 효심의 육체도
그럴 것이다. 산의 경치가 나무들의 모습이 바뀌는 것처럼,
효심 또한 지금의 모습이 아닌 다른 모습으로 이 산과 마주하
게 될 것이다. 효심은 고개를 든다. 일직선으로 서 있는 자작나
무 사이로 햇무리가 보인다. 효심은 걸음을 뗀다. 산행을 하는
건 아직 무리라고 막아섰던 상길이다. 효심은 듣지 않았다.
산행을 한다는 것으로 상길에 대한 섭섭함을 토로하고 있는
것으로 비추어졌던가. 상길은 고개를 푹 숙이며 한숨을 내쉬
고는 얼굴을 벅벅 문질렀었다. 한숨을 내쉬고 들이쉬는 상길
을 보며 효심은 산행을 그만 둘까도 싶었다. 이내 아니라고
고개를 저었다. 앞으로도 적지 않은 세월을 살아 내야 할 것이
다. 혼자 이겨내야 하는 삶이다. 효심은 상길의 의사를 무시했

다. 상길에 대한 어떤 미움이나 노여움 때문이 아니었는데도 자꾸만 그리 생각하는 것 같아 효심은 속이 상했다. 하지만 그 또한 어쩔 수 없는 상길의 몫이라고 효심은 생각했다. 미라네서 온다 간다 말도 없이 사라져 버린 효심으로 해서 삼남매는 무던히도 속을 끓였던 모양이었다. 미라네서 집으로 온 지 열흘을 넘기고서야 효심은 삼남매에게 근황을 알렸다. 삼남매는 단 걸음에 달려왔다. 눈물을 펑펑 쏟으며 잘못했다고 하는 미라를 효심은 꼭 안아 주었다. 잘못한 것이 없다고 최선을 다한 것을 알고 있다고. 이러지 않으면 너희들이 나를 집으로 돌려보내지 않을 것 같아서 그랬다는 것으로, 효심은 강조하고 또 강조했다.

준길은 주먹으로 눈물을 훔쳤다. 집으로 들어와 어머니와 함께 살 것이라고 고집을 피웠다. 상길은 말없이 앉아 손바닥만을 비비고 있었다. 효심은 마른침을 꿀꺽 삼키었다. '효도 계약서'에 대해서는 인터넷을 뒤져 상세하게 읽어 보았던 터였다. 효도 계약서를 작성할 때, 되도록이면 구체적인 내용을 써서, 서류를 작성하라고 했다. 빌려 준 돈을 어떤 방법으로 상환할 것인지를 적어 놓는 것도 한 방법이라고 했다. 효심은 상길에게 전세금을 빼서 꾸어 준 일억은 꼭 갚아야 한다고 말했다. 그건 이 어미의 노후자금이라고. 섭섭하게 생각하지 말고 여기다가 서명을 하라고. 효심은 미리 준비해 놓은 이면지를 상길 앞에 놓았다. 상길은 두말없이 '유상길'이라고 쓴 뒤 서명했다. 상길에게 돈 이야기를 하면서 효심은 마음이 아팠다. 그러나 이 과정을 겪지 않으면 또 다시 자식들과의 관계가 불거질 것이 분명했다. 그 모습을 옆에서 지켜보던 미라의 동공이 확장되고 있었다. 미라는 준길을 쳐다보았다. 미라와 준길의 안색이 변했다. 사색이 된 얼굴로 준길을 바라다보고 있던 미라가 재빨리 한 가지 제안을 하며 나섰다.

"엄마가 청소하고 반찬하는 거 힘드실 거야. 오빠들이 올케 언니들한테 말해서 반찬하고 청소하는 거, 나하고 돌아가면서 하자고 해 줘."

미라가 상길과 준길을 쳐다보며 조바심을 쳤다. 효심은 괜찮다고 했다. 반찬은 반찬가게 가면 다 있고 밥은 전기밥솥이 할 테고, 빨래는 세탁기가 하는데 무슨 걱정이냐. 혼자서도 충분히 살아갈 수 있으니까, 그럴 필요 없다고 말하려는데, 속에 담아 두지 못하는 성미를 지닌 준길이 입을 떼었다.

"엄마, 우리 결혼할 때 준 돈도 갚아야 되는 거야?"

"무슨? 엄마 말은 우리 결혼할 때 가져간 돈 말고. 그건 우리에게 그냥 준 거고, 큰 오빠가 엄마가 살던 집 전세보증금 가져간 거 1억에 대해서 말하는 거잖아. 그치 엄마?"

미라가 준길에게 설명하다가 효심에게 묻고 있었다. 미라의 말에 효심은 고개를 끄덕였다.

핸드폰에 뜬 숫자는 낯설다. 받지 않는 것이 상책이다. 필경 보이스 피싱 같은 전화일 것이다. 아니면 대출을 해 주겠다는 대부업체의 광고성 안내이거나 그도 저도 아니면 통신사에서 번호를 이동하라는 안내양의 정감어린 목소리일 수도 있다. 핸드폰은 여전히 울리고 있다. 방금 전의 번호와 동일하다. 보이스 피싱이 분명하다. 돈을 빼앗아 가려는 자들이 진화하는 것처럼 지키려는 자들도, 고도로 발전하는 법이다. 돈을 잃지 않기 위해서는 저장되어 있지 않은 전화번호는 받지 않는 것이 최선이다. 돈을 빼앗아 가려는 자들은 그 사실을 모르는 모양이다. 상대방은 계속해서 전화를 하고 있다. 효심은 핸드폰 소리를 무시한다. 잠시 후, 문자가 도착했다는 소리가 들린다. 효심은 문자를 확인한다. 의외다. 문자는 작은 며느리 지연이 보낸 것이다. 회사일로 바빠서 이번 주에는 집안일을 하러 올 수 없다는 문자이다. 그래서 일하는 아주머니를 보내게 되었다는 내용이다. 그러니까 낯선 전화번호는 보이스 피싱 패거리가 아니다. 대출을 해 주겠다는 대부업체의 광고도 아니다. 번호를 이동하면 혜택을 많이 주겠다는 통신사의 전화도 아니다. 집안을 청소해 주고 밑반찬을 해 주라고 작은 며느리가 급파한 도우미 아주머니의 전화번호인 것이다. 일하는 아주머니가 집 앞에 도착해 있다는 작은 며느리의 문자에 효심은 부재중으로 찍힌 낯선 번호를 꾹 누른다. 약간 억양이 올라가는 여자의 목소리가 들린다. 중국 교포인 듯했다. 현관문을 열자 50대 초반쯤으로 보이는 여자가 검정 비닐봉지와

손가방을 든 채 서 있다. 여자는 작은 며느리가 알려 준 대로 반찬거리를 사 왔다고 하며, 청소부터 하겠다고 한다. 효심은 거실 한 쪽에 앉아 여자가 움직이는 동선에 따라 고갯짓을 하고 있다. 그렇지만 효심이 기다린 건 도우미 아주머니가 아니다. 집안이 좀 더러우면 어떤가. 반찬이 없으면 사다 먹으면 되는 일이다. 효심이 기다린 건 자식들이다. 한 번이라도 더 보고 싶은 얼굴, 자식들의 모습이다. 그러다가 문득 효심은 아버지의 모습을 떠올린다. 밑반찬이나 김치를 담아 아버지를 뵈러 가는 날이면 효심은 팔을 걷어 부치고 청소부터 시작했다. 청소하는 동안 노인정에 가서 놀다 오시라고 해도 아버지는 효심이 청소를 하는 내내 효심에게서 시선을 떼지 못했다. 아버지 역시 지금의 효심의 마음처럼 자식의 모습을 보기 위해 기다렸을 것이다. 집안 청소나 반찬이 아닌 자식의 얼굴을. 아버지가 얼마나 효심을 기다리고 있었던가를 그때 효심은 몰랐다. 아버지가 쓰러졌다는 연락을 받고 달려갔을 때, 아버지는 병실 침상에 누워 있었다. 효심과 눈이 마주친 아버지는 예의 그 웃을 듯 말 듯한 미소를 지으며 "왔니?" 하고 물었다. 어떻게 되신 거냐고, 효심은 의례적으로 여쭈었다. 아버지를 만나기 전에 의사에게서 아버지가 사실 날이 얼마 남지 않은 것 같다는 이야기를 이미 들었던 터였다. 하지만 효심은 아버지에게 딱히 할 말이 떠오르지도 않았다. 쓰러져 있는 아버지를 발견한 건 독거 어르신들의 안부를 챙기기 위해 방문한

종교단체였다. 아버지는 항상 문을 열어 놓고 종교단체의 방문을 기다렸던 것 같다. 그날도 아버지는 현관문을 열어 놓은 채 쓰러져 있었다고 했다. 그때는 그런 줄 알았다. 이제야 아버지의 마음이 이해가 된다. 아버지는 종교 단체의 방문을 기다리고 있었던 것이 아니다. 아버지가 기다렸던 건 언제 올지도 모르는 자식이었던 것이다. 자식을 기다리느라 현관문을 열어 놓고 있었던 아버지처럼 효심 또한 그 길을 가고 있다.

부모들은 말한다. 부모 노릇하는 것이 힘들다고. 자식들도 말한다. 자식 노릇하기 정말 힘들다고. 힘듦이 있는 건 양쪽 다 같은 마음일 것이다. 부모들이나 자식들이나……. 준길네가 올 수 없는 처지라서 일하는 사람을 대신 보내 주는 것도, 그 아이들이 자식으로서 부모에게 최선을 다하기 위한 배려일 것이다. 야속하다고 할 것만은 아니다. 그 아이들의 삶의 방식이므로. 다음 주는 미라네가 방문할 차례이다. 미라는 오지 못할 수도 있다. 지난번에도 미라는 오지 못했다. 오빠들에게 집에 오지 못한 것을 알리지 말아 달라고 당부하던 미라는 시어머니 때문이라고 핑계를 댔다. 이틀이 멀다 하고 시어머니가 찾아와서는 저녁까지 먹고 간다는 것이다. 다영이가 보고 싶어서 그런다는 시어머니에게 미라는 오시지 말라는 소리를 차마 할 수 없다고 했다. 그것 또한 미라가 겪으면서 살아내야 할 몫이다. 그 사실을 미라도 알고 있을 것이다. 준길네처럼 도우미 아주머니를 보내지도 않고, 미라처럼 시어머니 때문에 올 수 없다는 핑계를 대지 않는 건 상길네뿐이다. 약속한 날에 와서는 밀린 청소며 빨래를 해 주고 있다. 저녁 장사를 하려면 늦잠을 자야 될 텐데도, 상길네는 부부가 꼭 함께 찾아왔다. 오지 말라고 해도 상길네는 말을 듣지 않는다.

효심은 상길이 청소를 하는 동안 희선을 방에 눕게 했다. 희선을 잠시라도 쉬게 해 주고 싶었기 때문이다. 장사를 하면서 집안 살림을 하고 아이들을 거두고, 남편의 뒷바라지까지 한다는 것이 얼마나 힘들까. 며느리이기 전에 같은 여자이다. 남편의 벌이가 시원치 않은 가정을 떠안고 산다는 것이 여자에게 있어 얼마나 극심한 고통인지는 겪어보지 않으면 모른다. 모자라는 생활비는 아이들을 위해 써야 할 때 못 쓰는 것이 제일 힘든 것이다. 그때마다 그걸 충당하기 위해 누군가에게 손을 내밀어야 하는 어려움이 얼마나 하기 싫은 짓인지. 그러나 어미이기에 자식을 위하는 마음이 더 크기에 감수하고 있는 것이리라. 효심은 간절히 바란다. 제발 며느리 희선만큼은 그런 고통에서 벗어나게 해달라고. 아니 모든 자식들의 삶이 그래야 한다고. 효심은 며느리 희선 옆에 나란히 눕는다. 가만히 희선의 손을 잡는다. 거칠다. 희고 고왔던 손이었다. 상길을 따라 처음 인사를 왔을 때 잡았던 희선의 손은 부드럽고 매끄러웠다. 지금 잡아 보는 희선의 손은 더 이상 여자의 손이 아니다. 어머니의 손이다. 효심은 희선의 꺼칠꺼칠한 손등을 쓰다듬는다. 한참 동안을.

효심은 차일피일 미루고 있던 일이 있었다. 바로 편의점에 가 보는 것이다. 날씨가 따뜻해지면 가 본다는 것이 그만 어쩌다 보니 봄이 다 가고 있었다. 숙희에게서 미스 정이 곧 그만둔다는 소리를 듣고서는 더 이상 미룰 수가 없었다. 바리스타 자격증을 취득한 미스 정은 커피숍에 취직이 되었다고 했다. 독창적인 커피 맛을 내고 싶다던 미스 정이었다. 효심은 미스 정에게 작은 선물을 하고 싶었다. 미스 정만을 위한 예쁜 커피 잔을 구입한 효심은 포장지에 쌌다. 전화를 넣어 축하를 해 주려다가 직접 가기로 한 것도 커피 잔을 주기 위해서다. 그런 데다가 편의점에 두고 온 수첩과 겉옷 등등의 소지품도 있던 참이다. 효심이 병원에 입원해 있는 동안에도 미스 정은 시간이 날 때마다 들렀었다. 그만 오라고 해도 미스 정은 배시시 웃으며 병실을 찾아와 말벗을 해 주곤 했다. 무엇보다 미스 정이 중국 사람이라고 해서 믿을 수 없다고 하던 숙희의 편견을 깨 준 것이 효심은 기뻤다.

효심은 골목 입구로 들어섰다. 니코틴 냄새가 훅 풍긴다. 건물 뒤쪽 모퉁이에서는 사람들이 전과 다름없이 담배를 피우고 있다. 사람들은 손에 들려 있는 휴대폰을 들여다보며 담배 연기를 연거푸 내 품고 있다. 골목은 하나도 변한 것이 없다. 그대로이다. 좁은 골목을 지나다니는 차량들의 경적 소리도 여전했다. 변한 것이 있다면 리모델링된 건물이 새롭게 단장을 한 채 위용을 과시하고 있다는 것이다. 새로운 풍경이다.

건물 일층에는 커피숍이 들어와 있었다. 창가 쪽에는 젊은이들이 차를 마시며 담소를 나누고 있다. 또 다른 이들은 노트형 퍼스컴 앞에서 자판을 두드리고 있다.

편의점으로 가기 위해 걸음을 떼던 효심은 걸음을 멈춘다. '보금자리' 고시텔 입구에 쪼그리고 앉아 있는 염씨 때문이다. 염씨도 효심을 본 모양이다. 염씨가 몸을 일으킨다. 효심을 향해 쫓아왔다.

"아이고, 나오셨어요. 병원에 한 번 가 본다는 것이 그만. 이리 되었습니다. 사는 게 뭔지……."

염씨의 입에서는 알코올 냄새가 훅 풍긴다.

"… 아… 아니에요. … 별 말씀을요. … 괜히 걱정만 끼치고."

"무슨 그런 말씀을요. 우리는 이웃사촌인데요. 당연히 가 봐야 하는 일인데… 사는 게 이렇다 보니."

염씨는 계면쩍은 웃음을 지으며 머리를 긁적였다.

"… 말씀만으로도 충분합니다. 고마워요."

"고맙긴요. 사람 구실도 못하고… 그나저나, 다시 편의점에 나오시는 거예요?"

효심이 대답도 하기 전에, 염씨의 다음 말이 이어졌다.

"아, 빨리 다시 나오세요. 글쎄요, 제가 물건을 사면서 200원만 떨어뜨리자고 사정을 해도 절대 안 된다고 딱 자르는 거예요. 제가 이 편의점에서 팔아 준 게 얼마예요? 바로 앞집이고, 더구나 우리는 이웃사촌이잖아요. 그런데도 2천원도 아니고

200원을. 그래도 아주머니가 계실 때는 몇 백 원에서 몇 천 원은 편리를 봐 주셨잖아요. 그게 이웃사촌 아닌가요? 아휴, 정이 뚝 떨어졌어요. 그래서 제가 요즘에는 이 편의점에 안 갑니다. 좀 멀어도 저 위에 있는 편의점으로 간답니다. 저뿐이 아니에요. 고시텔에 사는 사람들 대부분이 다들 저 위에 있는 편의점으로 가요. 아주머니가 다시 편의점에 나오신다면 모를까, 전 다시는 이 편의점 이용 안 합니다, 절대로.”

염씨는 그동안 편의점에서 홀대를 받았던 일을 침을 튀기며 털어 놓고 있었다.

“… 어떡해요. …제가… 사과드릴 게요.”

“에이, 그게 어디 아주머니 잘못인가요. 그나저나 언제부터 나오시는 거예요?”

“… 아직…….”

“아하.”

염씨는 효심의 대답에 쓴 물을 삼킨 사람처럼 양 미간을 좁히며 한숨을 내쉬고는 골목 끝으로 시선을 보내었다. 염씨의 모습을 보며 효심은 어쩌면 염씨가 자식을 기다리고 있을지도 모른다고 생각했다. 염씨는 아들이 오는 날이면 편의점으로 함께 오기도 했었다. 돈이 떨어졌을 때 물건 값을 외상으로 주는 고마운 아주머니라고 효심을 소개하며 아들에게 인사를 하라고 했다. 염씨는 외상값에 대한 고마움보다는 효심에게 자식을 자랑하고 싶어서 아들을 편의점으로 데리고 왔을 것이다. 혹시나 하는 마음에 효심은 염씨의 아들의 안부를 물었다.

"… 자제분 기다리세요. … 잘 지내죠?"

효심의 물음에 염씨의 안색이 환하게 바뀐다. 부모란 누군가가 자식에 대한 안부만 물어줘도 저렇듯 행복에 겨워한다.

"잘 있대요. 이번 어버이날에 안 와서요. 온다온다 하기만 하고는… 그래서 혹시나 해서요."

"… 네. 많이… 바쁜가 보네요."

"네, 아주 많이 바쁘대요. 어휴 근데 무슨 날씨가 벌써 이렇게 덥대요? 완전 여름날이에요."

염씨는 셔츠자락을 들어 부채질을 하듯 활활 거린다.

"… 그러게요."

"더운데… 얼른 들어가 보세요. 괜히 저 때문에……."

"… 다음에 뵐게요."

"아‥ 예. 꼭 다시 나오세요. 아무리 각박한 세상이지만 그래도 이웃 간의 정은 있어야 되지 않겠어요. 그게 사람 사는 세상이지. 이건 원……."

염씨의 시선이 다시 골목 끝으로 향하는 걸 보면서 효심은 편의점으로 향했다.

효심은 편의점 문을 밀치었다. 카운터 의자에 앉아 있던 미스 정이 벌떡 일어섰다. 미스 정은 함박웃음을 지으며 효심을 맞이한다.

"이모, 어서 오세요!"

"… 잘 … 지냈지?"

"네, 이모."

"… 많이 … 변한 것 같아."

효심은 가게 안을 둘러보며 말했다. 말끔하게 정리된 가게 안은 효심이 근무하던 그때보다 훨씬 넓어 보였다.

"… 가게 안이… 훤하다."

"여기 있던 스낵 종류를 뒤쪽으로 진열해서 그럴 거예요."

"… 미스 정이… 그렇게 했어?"

"네."

미스 정의 설명에 효심은 고개를 끄덕인다. 편의점에 들어설 때마다 중앙에 진열되어 있는 스낵 종류가 높이 세워져 있어 답답하다는 생각이었다. 그런데다가 물건끼리 쓰적쓰적거렸다. 신경이 쓰였다. 하지만 자리를 바꿔 본다는 생각은 하지 않았었다. 그런데 미스 정은 스낵 종류를 과감하게 뒤로 옮겨 자리의 배치를 바꾼 것이다. 대신 작은 물건들을 앞으로 진열해 놓아 가게 안이 훨씬 쾌적하게 보이도록 했다. 시각적인 효과를 톡톡히 보고 있는 셈이 된 것이다. 새로운 것을 모색하기보다 있는 그대로에서 편리를 추구하는 게 나이 먹은 사람들이었다. 그런 반면 젊은 사람들은 항상 무언가에 도전한다는 것이다. 스낵 종류의 진열대만이 바뀐 것이 아니었다. '일인 코너'라는 새로운 진열대 위에는 적은 양으로 포장된 것들이 즐비했다. 음식들도 다채롭다. 갖가지 김치부터 시작해 여러 가지의 나물 반찬과 국 종류들, 잡채까지 없는 것이 없다. 한식집을 방불케 할 정도이다. 많은 음식들이 출시되어 있다. 대가족의 중심에서 언제부터인가는 4인 가족 위주였다. 4인 가족의 시대가 열렸다고 떠든 것이 엊그제 같았다. 그런데 이제는 혼자 사는 '일인'을 겨냥한 음식들이 주를 이루고 있다. 일인 시대가 열렸다고 해도 틀린 말이 아니다. 아무리 그런 시대 앞에 도래하였다 해도, 가족은 모여 있을 때가 가장 따스하고 아름다운 것이리라. 옹기종기 식탁에 둘러 앉아 도란도란 이야기꽃을 피우며 식사를 하는 가족들에게서 서로 힘을 주고받았다. 그런데 이제는 그 모습이 점차 사라지고 있다. 가족들에게서 주고받던 힘을 앞으로는 어디서 주고받아야 하나. 효심은 '일인' 코너를 바라보던 시선을 얼른 미스 정에게로 옮긴다.

"… 축, 축하해. 바리스타 아가씨!"

효심은 마음을 담아 미스 정에게 축하 인사를 건넸다. 효심의 칭찬에 미스 정이 얼굴을 붉힌다. 효심은 커피 잔이 든 쇼핑백을 미스 정의 손에 들려준다.

"… 커… 커피 잔이야. … 미… 미스 정을 위한 잔을 했… 했으면 해서. 타… 타인을 위한 커… 커피만… 만들지 말고. … 미… 미스 정을 위한 커… 커피도 만들기를 바라는 마… 마음으로 샀어."

"고맙습니다."

미스 정이 고개를 숙이며 인사를 건네자, 효심은 미스 정의 어깨를 토닥인다.

"… 고… 고맙긴. … 내가 더 고마웠어."

"아… 아니에요, 이모."

"… 어디에 가 … 가 있든 건강하고. … 우리 서로의 안부는 가끔 물으면서 살자?"

"네, 자주 찾아뵐게요. 편의점에 다시 나오실 거죠?"

"… 글… 글쎄."

효심은 다시 이 골목으로 돌아온다고 약속할 수는 없다. 그러나 다시 돌아오고 싶다. 언제가 될지는 모르겠지만 예전처럼 이 골목으로 돌아올 수 있다면 돌아오고 싶다. 건강한 몸으로 일을 한다는 것이 일거리가 있다는 것이 일하는 직장으로 출근한다는 것은 얼마나 행복한 일인가. 효심은 몸이 아파서 쉬는 동안 절실하게 깨달았다.

"말씀하시는 것도 저번보다 훨씬 빠르세요."

"… 고마워. 아 … 아직도 단어가 잘 안 떠오르는 게 있어. 입안에서는 뱅뱅 도는데."

"건강한 저희들도 그럴 때가 있는데요, 뭘."

"…그리 말 … 말해 주니까 좋다. 남 … 남자친구는 생겼고?"

미스 정의 얼굴에서 미소가 사라진다. 시무룩한 얼굴로 미스 정이 말했다.

"소나 돼지나 다 연애하는데, 저는 아직요."

"…뭐?"

효심은 미스 정의 말에 웃음이 터진다. 한참을 웃던 효심은 '미스 정이 소나 돼지가 아니기 때문에 아직 상대가 없는 거야. 아주 특별하니까' 그렇게 문장을 만들었다. 그 말을 막 하려고 하는데, 손님이 들어서고 있었다. 미스 정이 손님이 찾는 상품을 안내하는 동안 효심은 소지품을 챙기기 시작했다. 소지품에서 수첩을 꺼내 펼쳐 보던 효심은 오래된 영수증이 나오자 들여다본다. 하나는 막걸리 값을 지불하고 받은 영수증이다. 영수증은 2년이나 지난 것이다. 영수증을 들여다보던 효심은 곰곰이 생각에 잠긴다. 그러다가 이내 고개를 끄덕인다. 막걸리 값을 준 영수증을 서류함에 끼어 놓는다는 것이 그만 수첩에다가 넣어 놓은 것이다. 그 바람에 '18,000원'이라는 액수가 모자란 것이 분명했다. 또 하나의 영수증은 보금자리 고시텔에서 지내다가 홀로 죽음을 맞이한 노인이 물건을 가져가면서 남긴 외상값이었다. 노인에게서 외상값 '6,700원'을 받을 때 보여 드리기 위해 컴퓨터 책상에 붙여 놓았던 영수증이다. 그랬던 영수증을 노인의 시신이 들것에 실려 나가는 것을 보며 떼었었는데. 그 영수증을 버리지 않고 수첩에 끼워 놓았던 것 같았다. 아마도 그때 막걸리 값을 주고받은 영수증이 함께 들어간 것이리라. 효심은 미스 정에게 왜 그날 '18,000원'이 모자랐던가를 이야기하려다가 입을 다문다.

효심은 영수증을 찢는다. 영수증을 휴지통에 버리던 효심은 문득 유리문 밖으로 시선을 보낸다. 그리고는 노인이 기거하던 보금자리 고시텔을 올려다본다. 유리창을 투과한 오후의 강렬한 햇살이 두 눈을 찌른다. 효심은 눈을 감는다. 햇살이 어찌나 밝은지 꼭 자동차의 헤드라이트를 켜 놓은 것처럼 눈이 부셨기 때문이다. 벌써 한여름날씨이다.

- 끝 -

가족극장 너머의 인간극장, 혹은 어머니 이야기

: 박민형의 『어머니』론

박진영(문학평론가)

가족서사를 넘어

『어머니』는『4번 출구는 없다』(2011)에 이은 박민형 작가의 두 번째 장편소설이다. 전작의 남녀 간 사랑에 이어『어머니』에서는 어머니의 사랑, 가족 이야기가 다루어진다. 가족서사나 모성 신화는 사실 그 자체 새로울 것이 없어 보인다. 가족의 소중함이나 어머니의 사랑은 누구나 공감하는 소재이지만, 작가로서는 부담이 큰 선택이 아닐 수 없다. 화목한 가족서사란 어차피 황금시간대의 드라마에 적합한 허구의 세계일 뿐이며, 우리의 삶을 아름답게 만들고 가족이라는 이름을 빛나게 하는 어머니 이야기는 주변에서 흔히 발견되기 때문이다. 하지만 박민형의『어머니』는 그렇지 않다. 책장을 펼치는 순간 이러한 기시감은 간단히 사라진다.

작가는 가장 광범위하게 활용되는 서사에서 자신만의 이야기를 또렷이 펼쳐낸다. 뇌출혈로 쓰러진 어머니를 주인공으로 하지만 스토리라인은 뻔하지 않다. 몸이 불편해진 어머니를 둘러싼 삼남매의 옥신각신 모시기 전쟁(?)에서 그 누구도 전적으로 밉살스럽거나 궁상맞지 않다. 어머니의 희생과 헌신만을 다루지 않으며, 가족구성원의 갈등과 화해라는 상투적 도식에 의지하지 않기 때문이다. 뿐만 아니라 『어머니』가 품고 있는 이야기는 보다 폭넓고 예리하다. 그것은 지금 여기의 한국사회를 적확하게 반사한다.

최근 하나의 문화 현상이 된 혼밥족, 혼술러의 '혼자 문화'를 2030의 전유물로만 생각하면 오산이다. 1인가구는 취준생, 직장인만의 불가피한 선택이 아니며, 자유로운 삶을 위한 자발적 비혼족의 얘기만도 아니다. 여기 63세의 '한효심'이 있다. 인구 고령화가 흔히 언급되고, 1인가구가 한국에서 가장 흔한 가구형태가 되었다지만, 시니어가 주인공인 소설은 막상 혼치 않았다. 『어머니』는 그러나 사회적 문제를 정면화하는 소설은 아니다. 작가는 다양한 세대 층의 이야기를 포함해, 우리주변에서 흔히 볼 수 있는 한 인물의 제2의 홀로서기 과정을 그린다. '효심'의 홀로서기는 더 이상 불가피한 홀로서기가 아닌, 자발적이며 주체적인 희망의 서사로 이어진다. 나아가 '숙희'와 '미스 정'은 혈연관계에 의해 정형화된 가족의 형태를 벗어나, 느슨하고 유연한 의미에서의 정서적 가족의 가능성을 반추하게 한다.

게다가 "대한민국에서 제일 좋은 대학"을 나와 모두가 선망하는 회사를 다니다 그만두고 치킨집을 연 '상길', 혼전임신으로 결혼해 아이를 낳고 '경단녀'가 된 '미라', 시어머니를 모시는 것 자체에 반대하진 않지만 개인의 자유와 욕망을 더 중요하게 생각하는 '지연', 외국인 노동자에 대한 불신을 깨뜨리는 '미스 정' 등등. 이들은 『어머니』의 또 다른 인간군상을 이룬다. 이들이 모여 『어머니』는 '어머니'만의 이야기가 아닌, 현실의 생동감 있는 입체화에 성공한다. 뿐만 아니라 작가는 '효심'을 '숙희'의 편의점 일을 돕게 함으로써 고시텔 노인의 고독사, 1인코너 음식의 범람 사태 등을 목격하게 한다. 편의점이야말로 현대인의 생활상에 가장 밀착해 있는 고현학적 장소라 할 것이다.

『어머니』는 이렇듯 여러 갈래의 이야기를 품는다. 나홀로가족, 고독사, 노인부양, 취업 등의 다양한 사회현실의 교직 속에는 다른 한편 가족의 소중함을 일깨우는 가슴 먹먹한 장면들이 많다. 가령, 집 나간 어머니를 찾지 못하고 몇 달 만에 혼자 돌아와 어린 효심과 김장을 하는 아버지의 장면이 그러하다. 『어머니』는 또한 여러 세대의 이야기를 품는다. 어머니의 거취를 두고 불거지는 가족 갈등에서 젊은 세대가 표방하는 새로운 '합리'가 그러하다. 또 하나, 자본주의적 일상에서 현실적인 금전적 문제를 도외시할 수 없듯이, 『어머니』는 돈과 결부된 껄끄러운 관계와 먹고사는 문제를 외면하지 않는다. 속도감 있는 단문의 촘촘한 묘사 속 현실보다 더 현실적인 이야기는 독자들에게 적지 않은 공감과 울림을 선사할 것이다.

인간극장 안으로

가족 안에서 우리는 보살핌과 돌봄을 주고받고, 일용할 양식을 함께 나누며 사랑을 배운다. 하지만 인간이 지닌 이기심과 속물스러움을 가장 적나라하게 표출하는 곳 또한 가족이다. 생명의 근본이 시작된 출발지이지만, 때때로 민낯의 욕망을 드러내고 다양한 인간본성을 본의 아니게 전시하는 곳 또한 가족이기 때문이다. 그리고 그곳엔 이 모든 것을 가만히 바라보고 묵묵히 품는 '어머니'가 계신다. 『어머니』 또한 마찬가지다. "대문 밖까지 아니 그 먼 곳까지도 향기를 풍기는 사람"이 계신다, 『어머니』에는

어머니란 존재는 그런 것이다. 자식의 얼굴 표정에서도 사소한 몸짓에서도 가만가만 내뱉는 숨소리에서도 조심조심 걷는 걸음에서도 알아차린다. 자식이 지금 밥을 먹었는지 굶었는지 어떤 고민을 하고 있는지를. 자식이란 부모에게 있어 그런 존재

이다. 그렇기 때문에 그 자식들이야말로 부모에게 있어, 이 지구상에서 가장 사랑하는 존재인 동시에 최대의 적일 수도 있다.

어머니가 부재하는 성장기를 보낸 효심은 상길, 준길, 미라에게 어머니로서의 헌신과 희생을 다한다. 하지만 몸이 불편한 현재 자식에게서 되돌아오는 것은 "대여품"처럼 4개월마다 삼남매 집을 전전해야 하는 현실이다. 막내딸과 며느리는 요양병원 행을 주장하지만, 자식과 살기 원하는 이들 세대의 속내를 고려한다면 이는 "현대판 고려장"이 아닐 수 없다. 가게가 어려워지자 어머니의 전세를 빼 1억을 빌린 '상길', 수술이 채 끝나지 않은 상황에서 병원비 문제로 계산기를 두드리는 며느리들, 결혼 때 어머니에게서 받은 돈이 빚이 아닌 무상증여임을 재차 확인하는 '준길'과 '미라'.

'자식'이라는 이름의 못난 특권을 전횡하기라도 하듯, 이들은 눈앞의 작은 이익과 자신의 편의를 우선시한다. 하지만 어머니는 이들의 이기심을 탓하지 않는다. 이유는 오직 하나이다. 이들이 '자식'이기 때문이다.

왜? 자식들한테 섭섭한 마음이 없겠는가. 어미이기 전에 사람인 것이다. 창조주가 가장 심혈을 기울여 창조해 낸 작품, 사람이었다. 복잡하고도 미묘한 인간을 만들어 놓고 창조주는 숨을 불어 넣어 주며 세상의 것들과 소통하라고, 어미의 배를 빌려 태어나게 한 것이 자식들이었다. 그렇기에 제 속으로 낳아 놓고도, 그 자식들 때문에 수없는 눈물을 쏟으면서도 아무 말도 못하고 질긴 인연을 이어나가고 있는 것이 부모인 것이다. 그러나 어디 그 자식으로 해서 눈물만 흘렸던가. 아니었다. 그 자식으로 해서 생의 환희도 느꼈다. 그러면 된 것이다.

어머니는 가족 내부에 어떤 갈등과 알력이 생겨도 시비를 따지기보다 덕과 감화로써 문제를 해결한다. 자식이 기대에 미치지 못하더라도 이를 숨기고 감싸주며, 물질의 소유권에 있어 네 것과 내 것을 따지지 않는다. 어머니는 세상의 모든 계산과 잇속을 넘어 존재하는 이름이며, 신을 대신해 인간을 보살피는 사랑의 현신이기 때문이다. 어머니의 사랑은 이러한 점에서 너그럽고 따뜻한 인간 정신의 표현이 된다. 그러나 『어머니』에 이러한 전통적인 사랑의 가치, 가족의 소중함만이 강조되는 것은 아니다. '효심'은 소설의 결말 부분에서 "효도 계약서"를 작성해 상길이 빚을 갚아야 함을 각성시킨다. '네 것과 내 것'을 따지는 변화를 보이는 것이다. 이는 물론 어머니의 진짜 변화라기보다는 자식 간 분란을 막는 사전 예방 조치이다.

'눈물'과 '환희'를 함께 경험하게 했으니 그것으로 충분하다고 『어머니』가 말한다면, 이제 우리가 되물어야 할 차례이다. 그러한 자식에게 있어, 우리에게 있어, 효도는 가장 숭고한 사랑을 보여준 한 인간에 대한 예우이자 계약을 빌어서라도 이행해야 할 또 다른 '이해관계'가 아닐까, 라고. 『어머니』는 그러한 계산 아닌 계산을 우리에게 넌지시 비칠 뿐이다. 분명한 것은 개인주의로 무장한 차가운 도시문화 속에서, 경제적 불황과 실업난이 지속되는 현 상황에서, 인간 존재에 대한 예우는 더욱 갈망되며, 어머니를 비롯한 가족의 존재는 그 향기를 더 하며 빛날 것이라는 점이다.

늙고 병듦에 대하여

늙고 병들어가는 일이 삶의 일부로서 자연스러운 일이라면, 근대사회는 질병과 죽음을 터부시하고 타자화한다. 이유는 명백하다. 죽음의 주체는 그 어떤 생산자도 소비자도 될 수 없기 때문이다. 죽음의 완벽한 차단만이 자본 중심으로 더욱 가속화되는 현재의 삶에 '집중력'을 만든다. 그러나 우리사회는 빠르게 '늙어간다'. 영원히 스러지지 않을 것 같은 삶과 방부제미모의 인공적인 젊음의 이면에서. 노후준비와 건강관리를 위한 아이템들은 여전히 최고 흥행 중이다. 죽음과 질병은 여전히 껄끄러운 대상임에 분명하다. 『어머니』는 그러나 말 그대로 홀로 맞는 고독한 죽음, 고독사로부터 이야기를 시작한다. 소설의 첫 장면은 상징적이다. 효심이 일하는 편의점의 단골이기도 했던 "보금자리 고시텔"의 노인의 죽음이 그것이다.

노인의 시신이 구급차 안으로 밀어 넣어진다. 동시에 문이 닫힌다. 홀로 죽음을 맞이한 노인을 위한 어떤 의식도 없다. 짐짝처럼 구급차에 태워진 노인은 이제 이 골목에서 영원히 작별을 하는 것이다. 노인을 태운 구급차는 사이렌 소리를 요란하게 내며 골목을 빠져나가고 있었다. 노인을 위해 눈물을 흘리는 가족도 없다. 지인이나 친구도 없다. 마지막 가는 길을 배웅하는 사람은 단 한 사람도 없다. 뜨거운 햇볕을 머리에 인 채 서 있는 구경꾼들이, 노인의 마지막 길을 배웅하는 유일한 사람들이다. 구급차가 떠나자, 구경꾼들은 아무 일도 없었다는 듯 제 각각 흩어지고 있었다. 염씨만이 소주병을 든 채 앉아 있을 뿐이다. 작열하는 햇살이 염씨의 어깨를 짓누르고 있는 것처럼 꼼짝하지 않던 염씨가 일어난다. 그리고는 노인을 태운 구급차가 떠난 자리에 천천히 소주를 흩뿌리고 있다.

노인은 "컵라면, 빵, 우유, 계란 등등"의 외상값 6,700원을 남기고 고독사한 지 며칠 만에 발견되었다. "자식들의 냉대"로 가족도 없이 고독사한 노인의 죽음이 '효심'에게 남의 일 같지 않은 이유는 다용도실 문이 닫혀 홀로 2시간 동안 갇혀 있었던 일의 공포감 때문이다. 효심이 쓰러진 후 자식과 함께 살기 원했던 것 또한 외로움 때문만은 아니다. 화장실에 갈 때도 핸드폰을 늘 목에 걸고 다니라는 '숙희'의 충고는 씁쓸한 여운을 줄 뿐이다.

『어머니』에는 이렇듯 나홀로가족의 심리적 고립감이 반복 제시되지만 작가는 이를 '무겁게' 다루지 않는다. 이는 소설에서 일어나는 개별 사건들은 무겁지만, 전체적으로 어둠보다 빛을 향하는 서사적 방향에 기인한다. 소설의 마지막 장면이 "유리창을 투과한 오후의 강렬한 햇살", "어찌나 밝은지 꼭 자동차의 헤드라이트를 켜 놓은 것처럼 눈이 부신" 햇살 이야기로 끝나는 것은 결코 우연이 아니다. 그 중심엔 '효심'의 재활의지와 삶에 대한 강한 에너지가 있다. 위험한 수술을 이겨내고 "기적"처럼 퇴원한 '효심'의 삶에 대한 갈망은 자식들 집을 전전하며 느끼는 자괴감과 모멸보다도, 그 어떤 비루함보다도 크고 강렬하다. 어머니의 부양문제를 해결하는 것은 아이러니하게도 어머니 자신이다. '효심'은 이제 "… 나 … 나 혼자 살 거야. … 자 … 자식들한테… 짐… 짐 되는 거보다, 힘들어도 나 혼… 혼자 사… 사는 게 맞는 거 같아."라며 불편한 몸을 이끌고 자신의 집으로 돌아온다.

홀로서기에 나선 어머니의 모습은 다른 한편 가족과 사회가 해결하지 못하는 일을 스스로 해결한다는 점에서 우리사회의 현주소를 반영한다. 어머니가 가족에게 요구하는 것은 정서적 지지와 사랑뿐이다. 그 자신이 삼남매에게 아낌없이 주었던 사랑 말이다. 작가는 소설 모두에 집회서 3장 12절의 말씀을 인용해두었다. "애야, 네 부모가 나이 들었을 때 잘 보살피고, 그들이 살아 있는 동안 슬프게 하지 마라."『어머니』는 이 말의 진정한 무게를 전한다. 뿐만 아니라 『어머니』는 지나치게 건강함만을 추구하는 사회에서, 부자연스럽게 삶의 가치만이 강조되는 현실에서, 우리를 잠시나마 질병과 죽음에 대한 사유 속에 머무르게 한다. 건강과 질병이 맞붙어 있고 삶과 죽음이 한 몸인 엄연한 생의 두 얼굴을 대면하게 해준다.

그 양면성을 도외시하지 않은 채 『어머니』에는 아름다운 얼굴이 있다. 빛나는 이름이 있다. "따뜻하고 감미롭고 평화롭고 편안하고 안락감에 젖어들게 하는." 어머니는 그런 분이다.

지은이 박민형

1996년 『월간문학』에 단편 「서 있는 사람들」로 소설 부분 신인상을 수상하며 작품 활동을
시작했다. 장편소설 『침묵과 함성』이 2000년 문예진흥원 창작지원 수상작에 선정되었으며,
『4번 출구는 없다』(2011), 『달의 계곡』(2018), 『달콤한 이별』(2020) 등을 펴냈다. 또한
『별똥별』(2019, 단편소설집)을 출간하였다.
그 밖에도 2003년 KBS 악극 〈빈대떡 신사〉, 2007년 CPBC 창사 특집 드라마 〈강완숙〉,
2010년 〈동정 부부 요한 루갈다〉 극본, 2013년 뮤지컬 〈롤리폴리〉 각색, 2019년 CPBC
〈김수환 추기경 선종 10주년〉 다큐 3부작 드라마 극본, 2019년 연극 〈깻잎 전쟁〉의 희곡을
발표했다.

어머니

© 박민형, 2022

1판 1쇄 인쇄__2022년 04월 10일
1판 1쇄 발행__2022년 04월 20일

지은이__박민형
펴낸이__양정섭

펴낸곳__예서
   등록__제2019-000020호

제작·공급__경진출판
   이메일__mykyungjin@daum.net
   블로그__https://mykyungjin.tistory.com/
   사업장주소__서울특별시 금천구 시흥대로 57길(시흥동) 영광빌딩 203호
   전화__010-3171-7282 팩스__02-806-7282

값 14,000원
ISBN 979-11-91938-07-4 03810